ひるね姫《ひめ》

～知《し》らないワタシの物《もの》語《がたり》～

神山健治《かみやまけんじ》・作
よん・挿絵

角川つばさ文庫

もくじ

人《じん》物《ぶつ》紹《しょう》介《かい》

森《もり》川《かわ》ココネ

お父《とう》さん思《おも》いの、活発《かっぱつ》な女《おんな》の子《こ》。
昼《ひる》寝《ね》をすると、ふしぎな夢《ゆめ》を見《み》る。

佐《さ》渡《わたり》モリオ

ココネよりも2歳年上《さいとしうえ》で
幼《おさな》なじみの男《おとこ》の子《こ》。

ジョイ

ココネが大切《たいせつ》に
している、
柴犬《しばいぬ》のぬいぐるみ。

エンシェン

ココネの夢《ゆめ》に出《で》てくる
ハートランドのお姫様《ひめさま》。
ジョイに魔法《まほう》をかけた。

ピーチ

ハートランドで
働《はたら》いている男《おとこ》の人《ひと》。

志《し》島《じま》一《いっ》心《しん》

「志島自動車《しじまじどうしゃ》」
という自動車《じどうしゃ》
会社《がいしゃ》を作《つく》った。

渡《わた》辺《なべ》一《いち》郎《ろう》

ココネの家《いえ》にある
タブレットをねらう、
あやしい男《おとこ》の人《ひと》。

森《もり》川《かわ》イクミ

ココネが小《ちい》さい
ころに亡《な》くなった
お母《かあ》さん。

森《もり》川《かわ》モモタロー

ココネのお父《とう》さん。
いつも車《くるま》のことを
考《かんが》えている。

第一章《だいしょう》

むかし、むかし。

「ハートランド」という、すべての人《ひと》が機械作《きかいづく》りに携《たずさ》わっている国《くに》がありました。

海沿《うみぞ》いのその国《くに》は、機械《きかい》と道路《どうろ》に埋《う》め尽《つ》くされており、中心《ちゅうしん》には大《おお》きなお城《しろ》がありました。お城《しろ》は巨大《きょだい》な工場《こうじょう》でもあり、人々《ひとびと》は毎朝《まいあさ》、車《くるま》で出勤《しゅっきん》します。どんなに近《ちか》くに住《す》んでいようと、通勤《つうきん》手段《しゅだん》は車《くるま》。だから、この国《くに》の道路《どうろ》はいつでも渋滞《じゅうたい》しています。そのためお城《しろ》までは何時間《なんじかん》もかかり、誰《だれ》もが遅刻《ちこく》ばかり。この国《くに》の空《そら》は美《うつく》しく真《ま》っ青《さお》に晴《は》れているのに、人々《ひとびと》はいつもくたびれ、曇《くも》った顔《かお》をしていました。

「今日《きょう》も、すごい渋滞《じゅうたい》……」

お城《しろ》のはずれにあるガラスの塔《とう》で呟《つぶや》いたのは、このハートランド王国《おうこく》のお姫様《ひめさま》、エンシェント・ハート。ハートランド王《おう》の実《じつ》の娘《むすめ》ですが、ある理由《りゆう》からこのガラスの塔《とう》に閉《と》じ込《こ》められていました。窓《まど》からはるかに見下《みお》ろす下界《げかい》では、道路《どうろ》という道路《どうろ》にびっしりと車《くるま》が並《なら》んでいます。

「みんなどこへ向《む》かっているの？」

窓《まど》ガラスに額《ひたい》をくっつけて、犬《いぬ》のぬいぐるみがエンシェンに尋《たず》ねます。彼《かれ》の名《な》はジョイ。ぬいぐるみでありながら自《みずか》ら動《うご》き、しゃべることができる、エンシェンの親友《しんゆう》です。

エンシェンはジョイを抱《だ》き上《あ》げ、なおも窓《まど》の外《そと》を眺《なが》めながら彼《かれ》の質問《しつもん》に答《こた》えます。

「ここ、ハートランド城《じょう》よ。みんな機械《きかい》を作《つく》るために、二十四時間体制《じかんたいせい》で働《はたら》いているの」

お城《しろ》の高《たか》い高《たか》いところにあるこのガラスの塔《とう》から眺《なが》めると、車《くるま》の列《れつ》はちっとも動《うご》いていないみたいに見《み》えます。まるで時間《じかん》が止《と》まっているような、つまらない風景《ふうけい》。エンシェンはため息《いき》をひとつ吐《つ》くと、ジョイをぎゅっと抱《だ》きしめました。

渋滞《じゅうたい》のせいで進《すす》まない車《くるま》の列《れつ》をすいすいと

追《お》い抜《ぬ》いていくバイクの存在《そんざい》に、エンシェンはまだ、気付《きづ》いていませんでした。

この城《しろ》の主《あるじ》であるハートランド王《おう》――エンシェンのお父様《とうさま》は、機械作《きかいづく》りの技術《ぎじゅつ》に絶対《ぜったい》の自信《じしん》を持《も》っていました。機械《きかい》こそが全《すべ》ての人《ひと》を幸《しあわ》せにするのだと信《しん》じていたのです。

だから国民《こくみん》みんなに機械《きかい》を作《つく》らせているし、誰《だれ》もが常《つね》に最新式《さいしんしき》の自動車《じどうしゃ》に乗《の》るように定《さだ》めていました。でも、国中《くにじゅう》にあふれた車《くるま》のせいで道路《どうろ》がいつも渋滞《じゅうたい》し、みんなが遅刻《ちこく》してばかりいることを、王様《おうさま》は知《し》りません。今日《きょう》もまた、街《まち》とお城《しろ》とを繋《つな》ぐゲートでは門番《もんばん》が怒鳴《どな》り散《ち》らしていましたが、王様《おうさま》の耳《みみ》に届《とど》くことはないのです。

ようやくお城《しろ》にたどり着《つ》いた人々《ひとびと》は、城内《じょうない》の工場《こうじょう》で自動車《じどうしゃ》を作《つく》ります。生産《せいさん》ラインは交替制《こうたいせい》で、昼《ひる》も夜《よる》も作業《さぎょう》は続《つづ》けられます。持《も》ち場《ば》へ向《む》かう人々《ひとびと》の制服《せいふく》のネクタイは、どこか南京錠《なんきんじょう》に似《に》ていました。

「いやぁ、今日《きょう》は四時間《じかん》しか働《はたら》けなかったな」

帰宅《きたく》のしたくをしながら、労働者《ろうどうしゃ》は言《い》います。もちろん遅刻《ちこく》のせいです。しかしそれが当《あ》たり前《まえ》になってしまっているので、口《くち》ぶりとは裏腹《うらはら》に残念《ざんねん》そうな様子《ようす》もありません。彼《かれ》らに日当《にっとう》の入《はい》った袋《ふくろ》を渡《わた》す現場主任《げんばしゅにん》の男《おとこ》も、淡々《たんたん》と告《つ》げます。

「遅刻分《ちこくぶん》は引《ひ》いといたからな」

なんの変革《へんかく》もなく繰《く》り返《かえ》される日常《にちじょう》。不毛《ふもう》なやり取《と》りを横目《よこめ》で眺《なが》めながら、革《かわ》のつなぎに身《み》を包《つつ》み、頭《あたま》にバンダナを巻《ま》いた男《おとこ》――ピーチはため息《いき》をつきました。

「マジかよ……」

ハートランド城《じょう》での初《はじ》めての仕事《しごと》を終《お》えたピーチは、お城《しろ》の駐車場《ちゅうしゃじょう》に停《と》めてある愛車《あいしゃ》のもとに向《む》かいました。動《うご》かない車《くるま》の列《れつ》を、さっそうと縫《ぬ》って走《はし》れるバイクをピーチは気《き》に入《い》っていました。どんなに重《おも》い気分《きぶん》の時《とき》でも、このバイクにまたがって街《まち》を走《はし》れば、ピーチの気分《きぶん》は晴《は》れるのです。そんなお気《き》に入《い》りのバイクで家《いえ》に帰《かえ》ろうとした、その時《とき》。現場主任《げんばしゅにん》が冷《つめ》たい声《こえ》をかけてきました。

「おいお前《まえ》。いつまでそんなバイクに乗《の》っている」

つかつかと近《ちか》づいてくる主任《しゅにん》の言葉《ことば》に目《め》を丸《まる》くするピーチ。このバイクは確《たし》かに古《ふる》いですが、もともとこのお城《しろ》で最初《さいしょ》に作《つく》られた由緒正《ゆいしょただ》しいS《エス》‐193ハーツだったからです。

「新車《しんしゃ》に乗《の》り換《か》えろ！」

田舎《いなか》から出《で》てきたばかりのピーチには、この国《くに》のルールがわかっていません。思《おも》わずヤンキー時代《じだい》の言葉《ことば》が口《くち》をついて出《で》てしまいました。

「――やだね」

その生意気《なまいき》な返答《へんとう》にも主任《しゅにん》は顔色《かおいろ》一つ変《か》えず、ピーチの手《て》の中《なか》の給料袋《きゅうりょうぶくろ》をひったくりました。

「ルールを守《まも》らないやつは給料《きゅうりょう》から天引《てんび》きだぞ！」

言《い》うが早《はや》いか三千円《えん》の日当《にっとう》から二千円《えん》を引《ひ》き抜《ぬ》くと、主任《しゅにん》はピーチの顔《かお》に給料袋《きゅうりょうぶくろ》を投《な》げつけます。

「はあ？」

あまりのことに、変《へん》な声《こえ》をあげてしまったピーチは、ぺらぺらに薄《うす》くなった給料袋《きゅうりょうぶくろ》を拾《ひろ》い上《あ》げました。

「お前《まえ》も今月《こんげつ》から乗《の》り換《か》えだ」

主任《しゅにん》は既《すで》に別《べつ》の男《おとこ》に呼《よ》びかけています。彼《かれ》は最新式《さいしんしき》でない、ちょっと古《ふる》びた自動車《じどうしゃ》に乗《の》っていました。

「でもこの車《くるま》、かわいくて結構気《けっこうき》に入《い》っているんですけど……」

ダメですかねえ、と続《つづ》けようとした男《おとこ》の声《こえ》を遮《さえぎ》り、現場主任《げんばしゅにん》は断罪《だんざい》するように告《つ》げました。

「ルールを無視《むし》してはいかん」

「ですよねえ……」

さびしげな男《おとこ》の苦笑《にがわら》いを、ピーチは見《み》つめるほかありませんでした。

これがハートランドの首都《しゅと》、イーストポリスの日常《にちじょう》でした。どれだけ道《みち》が渋滞《じゅうたい》しようが、どんなに前《まえ》の車《くるま》が気《き》に入《い》っていようが、王様《おうさま》が決《き》めた「ルール」の前《まえ》では問答無用《もんどうむよう》。すべては王様《おうさま》の一存《いちぞん》で決《き》まるのが、ハートランドのやり方《かた》なのです。

そんなハートランド王《おう》にも、ひとつ大《おお》きな悩《なや》みがありました。それは、自分《じぶん》の愛娘《まなむすめ》であるエンシェンが「魔法使《まほうつか》い」として生《う》まれてしまったことでした。

この国《くに》に災《わざわ》いをもたらすと言《い》い伝《つた》えられる魔法使《まほうつか》い。機械仕掛《きかいじか》けのハートランドでは、魔法《まほう》は異端《いたん》の力《ちから》です。生《う》まれながらにしてその力《ちから》を持《も》っていたエンシェンは、愛用《あいよう》のタブレットを通《とお》して魔法《まほう》をかけることができました。

エンシェンは三歳《さい》のとき、王様《おうさま》から何《なん》の変哲《へんてつ》もない犬《いぬ》のぬいぐるみをプレゼントされました。その犬《いぬ》をジョイと名《な》づけたエンシェンは、ジョイと遊《あそ》びたくて、仲良《なかよ》くなりたくて、魔法《まほう》をかけました。ぬいぐるみは、自分《じぶん》で動《うご》き、笑《わら》い、しゃべれるようになったのです。

さらに彼女《かのじょ》が六歳《さい》のときに決定的《けっていてき》な出来事《できごと》が起《お》こりました。王国《おうこく》の人々《ひとびと》が見守《みまも》る前《まえ》で、エンシェンはお気《き》に入《い》りのサイドカー付《つ》きバイクに魔法《まほう》をかけ、それを「ハーツ」という名《な》のロボット

に変《か》えて見《み》せたのです。拍手《はくしゅ》と喝采《かっさい》が巻《ま》き起《お》こりました。

魔法《まほう》をかければ、街中《まちじゅう》の機械《きかい》が自発的《じはつてき》に動《うご》くようになる。人間《にんげん》があくせく働《はたら》かなくても、機械《きかい》が機械《きかい》を作《つく》れるようになるかもしれない……。エンシェンは、労働《ろうどう》と渋滞《じゅうたい》で疲《つか》れきった国民《こくみん》を助《たす》けたいだけでしたが、それをよしとしない男《おとこ》がいました。王様《おうさま》の側近《そっきん》であり、異端審問官《いたんしんもんかん》という役職《やくしょく》に就《つ》くベワン。彼《かれ》は即座《そくざ》にハーツとタブレットをエンシェンから取《と》り上《あ》げてしまいました。

「エンシェン様《さま》のあの力《ちから》は危険《きけん》です。いずれこの王国《おうこく》を滅《ほろ》ぼしてしまうことでしょう」

ベワンの強《つよ》い進言《しんげん》により、エンシェンはお城《しろ》のはずれにあるガラスの塔《とう》に閉《と》じ込《こ》められてしまったのです。


もっとみんなが幸《しあわ》せな顔《かお》をする国《くに》になればいいのに。エンシェンの気持《きも》ちは、ガラスの塔《とう》に幽閉《ゆうへい》された今《いま》でもまったく変《か》わりありません。そしてろくな説明《せつめい》も話《はな》し合《あ》いもなく魔法《まほう》の力《ちから》を危険《きけん》だと決《き》めつける、ベワンと王様《おうさま》に対《たい》する不信《ふしん》もつのるばかりでした。

そんなある日《ひ》の夕方《ゆうがた》、窓《まど》の外《そと》の街《まち》で大《おお》きな爆発《ばくはつ》が起《お》こったのを見《み》て、エンシェンは決意《けつい》しました。

――やっぱり私《わたし》は、魔法《まほう》の力《ちから》でみんなを幸《しあわ》せにしたい。くたくたに疲《つか》れ果《は》てて車《くるま》を作《つく》らなくても、みんながにこにこ笑《わら》っていられるハートランドになってほしい。
そう願《ねが》うエンシェンの目《め》の前《まえ》で街《まち》は巨大《きょだい》な鬼《おに》に襲《おそ》われ、爆発《ばくはつ》が続《つづ》いています。黒《くろ》い山《やま》のような、のっぺらぼうの鬼《おに》は、エンシェンがこの国《くに》にいるために現《あらわ》れた災《わざわ》いと言《い》われていました。魔法《まほう》の力《ちから》は本当《ほんとう》に災《わざわ》いなのでしょうか。災《わざわ》いを鎮《しず》めるためにこそ、魔法《まほう》の力《ちから》が必要《ひつよう》なのではないでしょうか――。エンシェンはジョイと一緒《いっしょ》に、ガラスの塔《とう》の天窓《てんまど》を開《あ》け、外《そと》に飛《と》び出《だ》しました。冷《つめ》たい風《かぜ》が吹《ふ》きすさぶ、高《たか》い高《たか》い塔《とう》。その丸《まる》みを帯《お》びた屋根《やね》をつうーっと滑《すべ》り降《お》り、壁《かべ》からわずかに突《つ》き出《だ》した庇《ひさし》を一歩《いっぽ》一歩《いっぽ》踏《ふ》みしめながら、颯爽《さっそう》とお城《しろ》の中心部《ちゅうしんぶ》へ向《む》かいます。日暮《ひぐ》れ時《どき》の強《つよ》い風《かぜ》が、エンシェンの髪《かみ》とスカートを揺《ゆ》らしました。

巨大《きょだい》な金庫《きんこ》のような部屋《へや》の鉄扉《てっぴ》が、ゆっくりと開《ひら》きます。そこはベワンが「危険《きけん》だ」と言《い》って没収《ぼっしゅう》した魔法《まほう》にまつわる品《しな》の数々《かずかず》を、封印《ふういん》しておくための部屋《へや》です。エンシェンはベワンが魔法《まほう》にまつわる品々《しなじな》を、宝物《たからもの》のようにひっそり溜《た》めこんでいることを知《し》っていました。ベワンは魔法《まほう》の力《ちから》を排除《はいじょ》するのではなく、自分《じぶん》のものにしようとしている――きっと、エンシェンのタブレットはこの部屋《へや》にあるはずです。手《て》さぐりで部屋《へや》の明《あ》かりをつけたエンシェンの後《うし》ろから、ぴょこりと部屋《へや》に入《はい》り込《こ》んだジョイが声《こえ》を上《あ》げました。

「――あ！　魔法《まほう》のタブレット！」

エンシェンがタブレットに近《ちか》づくと、ハーツの姿《すがた》も目《め》に入《はい》りました。エンジンが切《き》られているらしく、ハーツはぴくりとも動《うご》きません。その丸《まる》みを帯《お》びた大《おお》きな体《からだ》は、部屋《へや》のすみに押《お》し込《こ》められるようにして、冷《つめ》たくたたずんでいました。

「私《わたし》が魔法《まほう》をかけたばっかりに、こんなところに入《い》れられて……かわいそうに」

ハーツは元々《もともと》、世界《せかい》を自由《じゆう》に走《はし》り回《まわ》るサイドカー付《つ》きバイクだったのです。せっかく自分《じぶん》の意《い》思《し》で動《うご》けるようになったというのに、世界《せかい》の広《ひろ》さを知《し》らないままにこんな狭苦《せまくる》しい部屋《へや》に押《お》し込《こ》められているのは、とても寂《さび》しい光景《こうけい》でした。エンシェンはハーツを見《み》つめたまま、しばらく動《うご》けませんでした。

突然《とつぜん》、部屋《へや》の明《あ》かりが非常用《ひじょうよう》のそれに変《か》わり、警戒音《けいかいおん》が鳴《な》り響《ひび》きます。

「――後《あと》で助《たす》けに来《く》るから、待《ま》っててね」

ハーツに告《つ》げると、エンシェンはジョイと一緒《いっしょ》に部屋《へや》の外《そと》へと飛《と》び出《だ》しました。

お城《しろ》の衛兵《えいへい》たちが忙《せわ》しなく駆《か》けていきます。

「もしや!?」

騒《さわ》ぎを察知《さっち》したベワンは「失礼《しつれい》します」と一礼《いちれい》するや王の間《ま》を出《で》てガラスの塔《とう》へと続《つづ》く通路《つうろ》を歩《ある》き出《だ》しました。周囲《しゅうい》の衛兵《えいへい》たちが向《む》かう方向《ほうこう》には、魔法《まほう》にまつわる品々《しなじな》を封印《ふういん》した部屋《へや》があります。あそこにしまってある魔法《まほう》の品々《しなじな》を狙《ねら》う者《もの》がいるとすれば――。

まったく、忌々《いまいま》しい娘《むすめ》だ！

そう毒《どく》づきながらガラスの塔《とう》を目指《めざ》すベワンと、壁《かべ》一枚《まい》へだてた外側《そとがわ》にエンシェンはいました。ベワンがガラスの塔《とう》にたどり着《つ》き、エンシェンがいないことを確認《かくにん》するより前《まえ》に、塔《とう》に戻《もど》らなければなりません。外壁《がいへき》のわずかな凹凸《おうとつ》に手《て》を伸《の》ばし、足《あし》をかけて、先《さき》ほど抜《ぬ》け出《だ》してきたガラスの塔《とう》へと急《いそ》ぎます。

ガラスの塔《とう》は、お城《しろ》から細《ほそ》い腕《うで》のように突《つ》き出《だ》した鋼鉄《こうてつ》の柱《はしら》の先《さき》にあります。ベワンはその柱《はしら》のたもとに立《た》ち、すぐ横《よこ》の壁《かべ》に備《そな》え付《つ》けられたボタンを慣《な》れた手《て》つきで操作《そうさ》しました。機械《きかい》がうなりを上《あ》げ、お城《しろ》から塔《とう》へと渡《わた》れるように柱《はしら》が短《みじか》くなっていきます。

エンシェンは、ぎりぎりと動《うご》く柱《はしら》の陰《かげ》を器用《きよう》に飛《と》び移《うつ》りながらガラスの塔《とう》へと戻《もど》り、さっき抜《ぬ》け出《だ》したばかりの部屋《へや》のベッドへともぐりこみます。その瞬間《しゅんかん》、お城《しろ》と塔《とう》は接続《せつぞく》され、ベワンが部屋《へや》に足《あし》を踏《ふ》み入《い》れました。

入口《いりぐち》に背《せ》を向《む》けてふとんをかぶったエンシェンと、その背中《せなか》をじっと見《み》つめるベワン。無言《むごん》の数秒《すうびょう》が過《す》ぎたのち、小《ちい》さく舌打《したう》ちをするとベワンはお城《しろ》へ戻《もど》っていきました。

「……セー、フ」

寝《ね》ぼけ眼《まなこ》でつぶやき、ココネはふとんの上《うえ》に身《み》を起《お》こした。ぎりぎりのタイミングでふとんにもぐりこむ、そんな夢《ゆめ》を見《み》ていた気《き》がする。眠気《ねむけ》の抜《ぬ》けないまま枕《まくら》もとのスマホに触《ふ》れると、画《が》面《めん》に数字《すうじ》が浮《う》かび上《あ》がる。七時《じ》三十四分《ぷん》。

「わあ！　遅刻《ちこく》するっ！」

一声《ひとこえ》叫《さけ》ぶとココネは、隣《となり》に寝《ね》かせていた犬《いぬ》のぬいぐるみを拾《ひろ》い上《あ》げた。もう何年《なんねん》も一緒《いっしょ》に眠《ねむ》っているぬいぐるみを棚《たな》の上《うえ》の定位置《ていいち》に置《お》くと、手早《てばや》くふとんを畳《たた》んで押《お》し入《い》れに突《つ》っ込《こ》み、制服《せいふく》に着替《きが》える。高校最後《こうこうさいご》の夏休《なつやす》みを翌日《よくじつ》に控《ひか》えた、よく晴《は》れた朝《あさ》だった。

「――いよいよ開会《かいかい》が三日後《みっかご》に迫《せま》った東京《とうきょう》オリンピックですが、メインスタジアムとなる新国立《しんこくりつ》競技場《きょうぎじょう》では、開会式《かいかいしき》に向《む》けた最終調整《さいしゅうちょうせい》が行《おこな》われています。日本《にほん》で夏《なつ》のオリンピックが開催《かいさい》されるのは──」

テレビから流《なが》れる、朗《ほが》らかな女性《じょせい》アナウンサーの声《こえ》。二〇二〇年《ねん》の夏《なつ》、ニュースは東京《とうきょう》オリンピック関連《かんれん》のものばかりで、いよいよという熱気《ねっき》が日本中《にほんじゅう》に満《み》ちているようだった。それは東京《とうきょう》から遠《とお》く離《はな》れたここ、岡山《おかやま》でも変《か》わらない。

「寝坊《ねぼう》したんよ、ごめんなぁ」

身支度《みじたく》を整《ととの》えたココネは、二階《かい》にある自室《じしつ》から一階《かい》へと下《お》りてきた。階段《かいだん》の下《した》のほうを埋《う》め尽《つ》くしている自動車《じどうしゃ》のパーツをひょいと飛《と》び越《こ》え、廊下《ろうか》から玄関《げんかん》にまで並《なら》べられたエンジンやあれこれの部品《ぶひん》の間《あいだ》をすいすいと縫《ぬ》って、台所《だいどころ》に入《はい》る。食卓《しょくたく》の上《うえ》にはココネの見覚《みおぼ》えのないビニール袋《ぶくろ》が載《の》っていた。中《なか》には、ココネと二人暮《ふたりぐ》らしの父親《ちちおや》であるモモタローで消費《しょうひ》するには、ちょっと多《おお》いぐらいの量《りょう》のトマト。

「……おとうさーん？　これまさか、三宅《みやけ》さんとこの修理代《しゅうりだい》じゃないん？」

台所《だいどころ》から顔《かお》を出《だ》し、作業場《さぎょうば》にいる父親《ちちおや》──モモタローに問《と》いかけてみるが、返事《へんじ》はなかった。

モモタローがたった一人《ひとり》で営《いとな》むこの零細自動車修理工場《れいさいじどうしゃしゅうりこうじょう》「森川自動車《もりかわじどうしゃ》」は、始業時間《しぎょうじかん》も終業時《しゅうぎょうじ》間《かん》もモモタローの裁量次第《さいりょうしだい》だ。今朝《けさ》は朝食《ちょうしょく》も食《た》べないうちから、黙々《もくもく》と仕事《しごと》を始《はじ》めていた。モモタローは、ただひたすらに機械《きかい》と向《む》き合《あ》っている時間《じかん》が好《す》きだった。だがその大切《たいせつ》な時間《じかん》は、突《とつ》然《ぜん》の電話《でんわ》に邪魔《じゃま》されていた。

「……それって、本当《ほんとう》に志島会長《しじまかいちょう》が言《い》ってんのか？」

スマホの向《む》こうに問《と》いかけるモモタローの眉間《みけん》には、さっきから皺《しわ》が入《はい》りっぱなしだ。

「会長《かいちょう》は、タブレットを渡《わた》さないのであれば、通告通《つうこくどお》り裁判《さいばん》を起《お》こすと」

「今更《いまさら》なんでそんな話《はなし》になるんだよ！」

「これが最後通告《さいごつうこく》となりますが」

あくまで正義《せいぎ》はこちらにある、と言外《げんがい》に告《つ》げるような通話相手《つうわあいて》のふてぶてしい顔《かお》が、モモタローの脳裏《のうり》に浮《う》かぶ。あの事故《じこ》が起《お》きるまでは、下心《したごころ》まる出《だ》しのいやらしい笑顔《えがお》でこちらに近《ちか》づいてきたというのに。これが殴《なぐ》り合《あ》いのケンカだったならと、モモタローは奥歯《おくば》を噛《か》み締《し》めた。

「私《わたし》がご飯作《はんつく》らんかったら、お昼《ひる》までなーんも食《た》べんでおるんじゃろうなぁ……」

返事《へんじ》をしないままのモモタローへの呼《よ》びかけを早々《そうそう》に諦《あきら》め、ココネは朝食作《ちょうしょくづく》りに取《と》り掛《か》かった。

熱《ねっ》したフライパンに溶《と》き卵《たまご》を流《なが》し入《い》れ、じゅわああああという音《おと》が台所《だいどころ》に満《み》ちるのを心地《ここち》よく聞《き》く。中学生《ちゅうがくせい》の時《とき》に祖母《そぼ》を亡《な》くしてからは、この森川家《もりかわけ》の食事《しょくじ》の支度《したく》はココネの役目《やくめ》だった。無口《むくち》で車《くるま》いじりしかできないモモタローに家事《かじ》などできるはずもなく、生《う》まれてすぐに母親《ははおや》を亡《な》くし、母親《ははおや》という存在《そんざい》を実感《じっかん》したことがないココネにとって、それはごく当《あ》たり前《まえ》のことだった。自分《じぶん》が寝坊《ねぼう》してしまったら、学校《がっこう》に遅刻《ちこく》するのは必至《ひっし》である。フライパンを振《ふ》ってオムレツの形《かたち》を整《ととの》えているところへ、モモタローが作業場《さぎょうば》から居間《いま》にやってくる気配《けはい》がした。

「お父《とう》さん！　せめて麻雀牌《マージャンパイ》くらいよけとってぇ」

食卓《しょくたく》として使《つか》っているこたつの上《うえ》には、昨晩《さくばん》モモタローとその友人《ゆうじん》たちが麻雀《マージャン》をした形跡《けいせき》がそのまま残《のこ》されている。モモタローも慣《な》れたもので、特《とく》に言《い》い訳《わけ》や不平《ふへい》を漏《も》らすことなく、散《ち》らばった牌《パイ》を片付《かたづ》け始《はじ》めた。

「——東京湾《とうきょうわん》に面《めん》したベイゾーンには、新《あら》たに十七の競技会場《きょうぎかいじょう》が建設《けんせつ》されました。これに対《たい》して都心部《としんぶ》のエリアは、ヘリテッジゾーンと名《な》づけられ、前回《ぜんかい》の東京大会《とうきょうたいかい》でも使《つか》われた代々木競技場《よよぎきょうぎじょう》や日本武道館《にっぽんぶどうかん》などの施設《しせつ》を利用《りよう》する予定《よてい》となっています……」

なおもオリンピック関連《かんれん》のニュースを伝《つた》えるテレビをよそに、ココネは出来上《できあ》がったオムレツをお皿《さら》に盛《も》りつける。田舎暮《いなかぐ》らしの平凡《へいぼん》な女子高生《じょしこうせい》にとって、オリンピックの存在《そんざい》はまるで別世《べっせ》界《かい》のお祭《まつ》りごとのように思《おも》えていた。それよりも、今日《きょう》のオムレツはちょっといつもよりきれいに焼《や》けたんじゃないかな、と誇《ほこ》らしげに見《み》つめると、切《き》っておいたトマトを添《そ》えて居間《いま》へと向《む》かった。

「おはよ」

「おう……」

麻雀牌《マージャンパイ》がどけられた食卓《しょくたく》に、ココネはてきぱきと朝食《ちょうしょく》を並《なら》べる。モモタローはリモコンを手《て》に取《と》りテレビを消《け》した。そして「いただきます」とも言《い》わずに、皿《さら》が置《お》かれたそばから箸《はし》をつけていく。その行儀《ぎょうぎ》の悪《わる》さはいつものことだが、今朝《けさ》はいつにも増《ま》して不機嫌《ふきげん》そうに感《かん》じられた。

「もうお母《かあ》さんのお墓参《はかまい》り、行《い》ったん？」

「まだじゃ」

心《こころ》ここにあらずというモモタローの顔《かお》つきに何《なに》かひっかかるものを感《かん》じながら、ココネはふうん、と口《くち》をへの字《じ》に曲《ま》げた。

「いただきまーす」

気《き》を取《と》り直《なお》して両手《りょうて》を合《あ》わせ、箸《はし》を手《て》に取《と》る。思《おも》わず写真《しゃしん》を撮《と》りたくなるほどきれいに焼《や》けたオムレツを一口《ひとくち》サイズに切《き》り分《わ》け口《くち》に運《はこ》ぶと、ちょっと大《おお》げさに声《こえ》を上《あ》げてみた。

「おいしー！　最高《さいこう》！　我《われ》ながらうまいこと焼《や》けとるわぁ」

「……」

まるで反応《はんのう》を見《み》せないモモタローに、ココネは質問《しつもん》を重《かさ》ねる。

「明日《あした》から私《わたし》、夏休《なつやす》みゆうて知《し》っとった？」

「おお？　おう」

「なあなあ、久《ひさ》しぶりに旅行《りょこう》行《い》ってみぃん？」

ぴたりとモモタローの箸《はし》が止《と》まる。が、それも一瞬《いっしゅん》のことで、黙《だま》ったままトマトを口《くち》に運《はこ》び出《だ》した。

「前《まえ》はよう行《い》きょーったがぁ。ドライブとかキャンプとかぁ」

モモタローは味噌汁《みそしる》を飲《の》む。

「……まぁ、でも今年《ことし》は我慢《がまん》しようかな。受験《じゅけん》もあるしぃ！」

「……」

目下《もっか》の重要事《じゅうようごと》である受験《じゅけん》の話《はなし》を持《も》ち出《だ》しても、モモタローは思案顔《しあんがお》で黙《だま》りこくっている。

いま何《なに》を考《かんが》えているのかはわからないが、ここでモモタローを問《と》い詰《つ》めても、頑《がん》として口《くち》を割《わ》ることはないだろう。父親《ちちおや》の頑固《がんこ》さを知《し》るココネは追及《ついきゅう》を諦《あきら》めて、朝食《ちょうしょく》の残《のこ》りをさっさと頬張《ほおば》った。もうすぐバスの時間《じかん》だ。

「ごちそうさまぁ」

ココネは自分《じぶん》の食器《しょっき》をまとめてシンクに持《も》っていくと、固《かた》まったままのモモタローにお茶《ちゃ》を差《さ》し出《だ》し、仏間《ぶつま》へ向《む》かう。

カーテンを開《あ》け、眩《まぶ》しい朝《あさ》の日差《ひざ》しを仏間《ぶつま》に入《い》れるのもココネの仕事《しごと》だ。仏壇《ぶつだん》には、お盆《ぼん》の精霊馬《しょうりょううま》があった。キュウリの上《うえ》にオクラが載《の》っているそれは、馬《うま》のはずだがどことなくバイクのように見《み》える。モモタローの毎年《まいとし》のスタイルだ。ココネはふっと苦笑《くしょう》を漏《も》らした。

「お父《とう》さん、まだお盆《ぼん》には早《はや》くね？」

よっぽど早《はや》く帰《かえ》ってきてほしいのだろうか。

ココネはすとんと仏壇《ぶつだん》の前《まえ》に座《すわ》り、手《て》を合《あ》わせる。遺影《いえい》の中《なか》の母親《ははおや》は、今日《きょう》も変《か》わらず自《じ》信《しん》に満《み》ちた、華《はな》やかな笑顔《えがお》だった。

ガラガラと引《ひ》き戸《ど》を開《あ》けると、ココネは声《こえ》を張《は》り上《あ》げた。

「いってくるなー」

相変《あいか》わらずモモタローからの返答《へんとう》はない。ココネは玄関前《げんかんまえ》で鞄《かばん》からスマホを取《と》り出《だ》し、メッセージアプリを立《た》ち上《あ》げて「いってきま～す♪」と送信《そうしん》する。既読《きどく》はすぐにつき、しかし少《すこ》し間《ま》を置《お》いて返信《へんしん》がきた。

『お前東京《まえとうきょう》の大学《だいがく》に行《い》きたいとかって希望《きぼう》があるのか』

受験《じゅけん》の話《はなし》は一応気《いちおうき》になっていたらしい。

「なんでぇ急《きゅう》に……。さっきはなぁんも反応《はんのう》せんかったくせに」

呆《あき》れつつもココネは返事《へんじ》を打《う》ち込《こ》む。

『そりゃあお父《とう》さんと違《ちが》ってわたしは東京《とうきょう》にアコガレとかはありますけどね』

『そうか　今日《きょう》　帰《かえ》りが遅《おそ》くなるかもしれんから　先《さき》に墓参《はかまい》りに行《い》っとくわ』

「ええ……なんなんそれ。その上本題《うえほんだい》への回答《かいとう》はナシなん？」

もともと言葉《ことば》が少《すく》なくぶっきらぼうな父親《ちちおや》だが、今日《きょう》は格別《かくべつ》のひどさだ。いつもどおりのようでいて、やはりいつもとはどこか違《ちが》う。

『もしかして今日《きょう》もモモタローズ集《あつ》まるの？　麻雀《マージャン》の面子《メンツ》足《た》りてんの？』

モモタローズとは、昨晩遅《さくばんおそ》くまで森川家《もりかわけ》の食卓《しょくたく》を占領《せんりょう》し、麻雀《マージャン》に興《きょう》じていた男《おとこ》たち、雉田《きじた》と佐《さ》渡《わたり》のことだ。モモタローとは高校《こうこう》からの付《つ》き合《あ》いである彼《かれ》らは、モモタローのバイク仲間《なかま》であり、もはや悪友《あくゆう》に近《ちか》いレベルの親友《しんゆう》であり、この森川自動車《もりかわじどうしゃ》のお得意《とくい》さんであり、ご近所《きんじょ》さんでもあった。それなりにいい年齢《ねんれい》で、しっかりした職《しょく》も家族《かぞく》も持《も》つ大人《おとな》の男《おとこ》たちなのに、どこか悪《わる》ガキめいた空気《くうき》をまとう彼《かれ》らを、ココネは愛情《あいじょう》とほんの少《すこ》しの呆《あき》れを込《こ》めてそう呼《よ》んでいた。

スマホでのやり取《と》りがまだるっこしくなったココネは作業場《さぎょうば》へ回《まわ》ると、返信《へんしん》を打《う》ちかけているモモタローの背後《はいご》から、直接声《ちょくせつこえ》をかけた。

「お父《とう》さん、今日《きょう》はちゃーんと修理代《しゅうりだい》もらうんよ」

今《いま》の今《いま》まで文字《もじ》だけのやり取《と》りをしていた相手《あいて》が急《きゅう》に現《あらわ》れたので、モモタローの仏頂面《ぶっちょうづら》もわずかに崩《くず》れた。

「わかったぁ!?」

「お、おう」

ようやくいつもどおりのモモタローの表情《ひょうじょう》が垣間見《かいまみ》られたことに満足《まんぞく》げな笑《え》みを浮《う》かべると、

ココネはくるりと踵《きびす》を返《かえ》し、バス停《てい》へと駆《か》け出《だ》していく。モモタローはそんな娘《むすめ》の後《うし》ろ姿《すがた》を黙《だま》って見送《みおく》った。

——大《おお》きくなったもんだ。あいつはもう、十八になるのか。

バス停《てい》へ向《む》かう道《みち》すがら、ココネは雉田《きじた》が自宅前《じたくまえ》で白《しろ》バイを整備《せいび》しているのを見《み》かけた。雉田《きじた》は田舎《いなか》のヤンキーがそのまま歳《とし》をとったといった風貌《ふうぼう》をしているが、これでもれっきとした警察《けいさつ》官《かん》である。バイクへの熱《あつ》い思《おも》いをこじらせ、白《しろ》バイ隊員《たいいん》にまで上《のぼ》り詰《つ》めたという異色《いしょく》の警察官《けいさつかん》であった。

つい数時間前《すうじかんまえ》までココネの家《いえ》で麻雀卓《マージャンたく》を囲《かこ》んでいたというのに、普段通《ふだんどお》りのその表情《ひょうじょう》には疲《つか》れの色《いろ》すら浮《う》かんでいない。さすがは元《もと》ヤンキーのバイク乗《の》り、その体力《たいりょく》には敬服《けいふく》するほかない。

「雉田《きじた》さんおはよー！」

非番《ひばん》の雉田《きじた》にいつも通《どお》りの挨拶《あいさつ》をするココネ。

「おう、ココネ。よく起《お》きれたのう」

「おじさんらタフ過《す》ぎなんよ。今夜《こんや》もお父《とう》さん頼《たの》むなぁ」

そう言《い》い残《のこ》すと、ココネは瀬戸大橋《せとおおはし》を左手《ひだりて》に見《み》ながら、軽快《けいかい》な足取《あしど》りで石段《いしだん》を駆《か》け下《お》りていく。

人《ひと》がすれ違《ちが》うのもやっとの、細《ほそ》く狭《せま》い道《みち》をすり抜《ぬ》ける。途中《とちゅう》で出会《であ》った顔見知《かおみし》りに挨拶《あいさつ》するのは忘《わす》れずに、何年《なんねん》も前《まえ》から時《とき》が止《と》まっているような小道《こみち》や裏通《うらどお》り、家々《いえいえ》の隙間《すきま》を潜《くぐ》り抜《ぬ》けて進《すす》む。スマホの経路検索《けいろけんさく》では絶対《ぜったい》に出《で》てこないこのルートが、バス停《てい》まで最短《さいたん》だということを、物心《ものごころ》ついてからずっとこの町《まち》で暮《く》らすココネは身《み》をもって知《し》っているのだ。

「佐渡《さわたり》さぁん、おはよー！」

海沿《うみぞ》いの道《みち》にぶつかったあたりで、ココネはもうひとりのモモタローズである佐渡《さわたり》に声《こえ》をかけた。佐渡船舶《さわたりせんぱく》という小《ちい》さな会社《かいしゃ》を起《お》こし、船《ふね》の修理《しゅうり》や管理《かんり》を生業《なりわい》にしている佐渡《さわたり》は、自動車《じどうしゃ》の修《しゅう》理工場《りこうじょう》を営《いとな》むモモタローと、仕事《しごと》のうえでも馬《うま》が合《あ》うらしい。雉田《きじた》は白《しろ》バイ隊員《たいいん》だし、結局《けっきょく》のところモモタローズは三人《にん》とも、機械《きかい》いじりが大好《だいす》きなのだろう。

「おう、おはようココネ！　今日《きょう》も元気《げんき》じゃのう！」

「元気《げんき》じゃないけど頑張《がんば》るわー」

駆《か》け抜《ぬ》けるスピードは変《か》えずに、ココネは佐渡《さわたり》と、佐渡《さわたり》と一緒《いっしょ》にいた漁師《りょうし》たちに手《て》を振《ふ》る。

「今晩《こんばん》もお父《とう》さん頼《たの》むなぁ！」

そう言《い》いながら、ゆるくカーブを描《えが》く海沿《うみぞ》いの道《みち》を駆《か》けていく。バス停《てい》まではあともう少《すこ》しだ。

「田《た》の浦港前《うらこうまえ》のりば」――ココネがいつも通《つう》学《がく》に使《つか》っているバス停《てい》だ。普段《ふだん》、この時間《じかん》にこのバス停《てい》を利用《りよう》しているのはココネぐらいだが、今日《きょう》は珍《めずら》しく先客《せんきゃく》がバスを待《ま》っている。水中眼鏡《すいちゅうめがね》のように顔面《がんめん》を覆《おお》って使《つか》うAR《エーアール》デバイスを装着《そうちゃく》し、何《なに》やら雑談《ざつだん》している二人《ふたり》の若《わか》い男《おとこ》。空中《くうちゅう》でキーボードをタイプし、すいすいと画面《がめん》をスクロールしているらしきその姿《すがた》は、都会《とかい》ではだいぶ見慣《みな》れたものになっているが、こののどかな田舎町《いなかまち》では異質《いしつ》な光景《こうけい》だった。ココネは荒《あら》い呼吸《こきゅう》を整《ととの》えながら、二人《ふたり》をちらりと見《み》る。うち一人《ひとり》は、その口元《くちもと》と、知的《ちてき》だがどこかオタク的《てき》な物腰《ものごし》に見覚《みおぼ》えがあった。

「……あれ？　もしかしてモリオ？」

ココネは嬉《うれ》しそうにつぶやくと、男《おとこ》のデバイスを断《ことわ》りもなく奪《うば》い取《と》った。

「うぉわ！」

間抜《まぬ》けな悲鳴《ひめい》とともにこちらを見《み》た顔《かお》は、ココネの予想通《よそうどお》り幼《おさな》なじみのモリオであった。佐渡《さわたり》の息子《むすこ》で、この町《まち》きっての秀才《しゅうさい》であり、東京《とうきょう》の有名《ゆうめい》な理系《りけい》の大学《だいがく》に進《すす》んでいた。地元《じもと》を離《はな》れてからはとんとご無沙汰《ぶさた》だったが、近所《きんじょ》にいるときは兄《あに》のように頼《たよ》りがいがあり、しかし時々《ときどき》弟《おとうと》のように情《なさ》けなくもなる幼《おさな》なじみとして、モモタローズが酒盛《さかも》りをしている横《よこ》などでよく一緒《いっしょ》に遊《あそ》んでいたものだ。

「やあっぱり、モリオだ！」

「コ、ココネ……」

再会《さいかい》の喜《よろこ》びに顔《かお》をほころばせるココネから、モリオはすこし後《あと》ずさる。

「久《ひさ》しぶり！　もう大学《だいがく》は休《やす》みなんだ？　いつこっち帰《かえ》ってきてたん？　また少《すこ》し背《せ》ぇ伸《の》びたん？　昔《むかし》はちいっちゃくて、いっつも私《わたし》の後《うし》ろぉ追《お》っかけぇきよーたのになあ」

お節介《せっかい》な親戚《しんせき》のおばさんのようにまくしたてるココネに気圧《けお》されつつも、モリオは「昔《むかし》は小《ちい》さかった」への反論《はんろん》もわずかに込《こ》めながら、背筋《せすじ》をぐっと伸《の》ばした。

「……つうか、いい加減《かげん》その呼《よ》び捨《す》てやめろって……」

照《て》れくさそうに、モリオは頰《ほお》を赤《あか》らめる。しかしそれに気《き》づきもせず、ココネはにこにこ笑《わら》いながらモリオの肩《かた》に寄《よ》り掛《か》かる。

「えぇー？　じゃって、今更《いまさら》〝モリオ君《くん》〟とか〝モリオさん〟やこう呼《よ》びづらいがー」

ふたりのやり取《と》りをじろじろと眺《なが》めていたモリオの友人《ゆうじん》が、ココネには聞《き》こえない声量《せいりょう》でモリオに耳打《みみう》ちした。

「おい。そいつなぁ、オラジャーんとこの娘《むすめ》じゃろ。おめえ知《し》り合《あ》いなんか？」

耳慣《みみな》れない〝オラジャー〟という単語《たんご》に思《おも》わずモリオが首《くび》をかしげると、友人《ゆうじん》は苛立《いらだ》ったように、坂《さか》の上《うえ》の自動車工場《じどうしゃこうじょう》の……と言葉《ことば》を濁《にご》した。

「ああ……〝オラオラジャージ〟ね」

モリオは昔《むかし》から見慣《みな》れている、モモタローの後《うし》ろ姿《すがた》を思《おも》い出《だ》す。黒地《くろじ》にゴールドの髑髏《どくろ》と翼《つばさ》が組《く》み合《あ》わされたバックプリントのジャージ。ここらへんではあまり見《み》ない特徴的《とくちょうてき》なデザインのそれは、モモタローの「元《もと》ヤン」という過去《かこ》を実《じつ》によく象徴《しょうちょう》するものだった。

「最近《さいきん》、近所《きんじょ》の子《こ》らが言《い》い始《はじ》めたんよぅ」

あまり褒《ほ》めてはいないだろう父親《ちちおや》のその呼称《こしょう》にも平然《へいぜん》とした様子《ようす》で、ココネはその会話《かいわ》に割《わ》って入《はい》った。口《くち》は悪《わる》いし喧嘩《けんか》っぱやいし、いつもどこか不機嫌《ふきげん》そうに顔《かお》をしかめている父親《ちちおや》だが、仕事《しごと》に対《たい》する真面目《まじめ》な姿勢《しせい》とその技術《ぎじゅつ》の確《たし》かさには、周《まわ》りから信頼《しんらい》が置《お》かれているのをココネは知《し》っている。古《ふる》くさくも真《ま》っ当《とう》な職人《しょくにん》タイプの父親《ちちおや》を、ココネは誇《ほこ》らしく思《おも》っているのだ。――本人《ほんにん》には、なんとなく言《い》いづらいけれど。

バスに乗《の》ってからも、ココネは一方的《いっぽうてき》な質問《しつもん》を止《や》めなかった。

「――そうゆうたらモリオ、なんて大学行《だいがくい》きよるんかなぁ？　ええなあ、私《わたし》も東京《とうきょう》の大学《だいがく》とか行《い》ってみたいわぁ」

片眉《かたまゆ》をぴくりと上《あ》げたモリオが何《なに》か言《い》う前《まえ》に、隣《となり》の席《せき》の友人《ゆうじん》が意地悪《いじわる》く言《い》った。おめえやこう一生《いっしょう》かけても行《い》けけんとこじゃ。

「マジ!?　そんなに遠《とお》いんかぁ……。ほんなら、飛行機《ひこうき》とかなら行《い》けるんかなぁ……」

あまりにピントのずれたココネの答《こた》えに、モリオは友人《ゆうじん》と顔《かお》を見合《みあ》わせた。

東京《とうきょう》という大都市《だいとし》に憧《あこが》れは抱《いだ》いているようだが、東京《とうきょう》について具体的《ぐたいてき》には何《なに》も知《し》らない。父親《ちちおや》の世話《せわ》を焼《や》きながら、時《とき》にモモタローズと麻雀卓《マージャンたく》を囲《かこ》み、時《とき》に学校《がっこう》でくだらないおしゃべりに興《きょう》じる田舎暮《いなかぐ》らしは、ココネにとって実《じつ》に居心地《いごこち》がいいのだろう。高校《こうこう》三年生《ねんせい》にもなるというのにココネには、よく言《い》えばどこか浮世離《うきよばな》れした天真爛漫《てんしんらんまん》さ、悪《わる》く言《い》えば自分《じぶん》の身《み》の回《まわ》りしか目《め》に入《はい》らない幼《おさな》さがあった。

「ワシの軽《けい》トラにもアレ、ついたんか？」

犬《いぬ》の散歩《さんぽ》をしながら、常連《じょうれん》らしき老人《ろうじん》が、森川自動車《もりかわじどうしゃ》にやってきた。パンク修理《しゅうり》のために預《あず》けてある軽《けい》トラの様子《ようす》を見《み》にきたのだ。ちょうどその軽《けい》トラの車内《しゃない》をいじっていたモモタローは、言葉少《ことばすく》なに答《こた》える。

「ああ、なんとかな」

アレ——軽《けい》トラのルーフの上《うえ》にちょこんと載《の》った、丸《まる》っこい防犯《ぼうはん》カメラのような機械《きかい》をモモタローは誇《ほこ》らしげに見《み》つめた。

老人《ろうじん》を助手席《じょしゅせき》に、犬《いぬ》を運転席《うんてんせき》に座《すわ》らせると、モモタローは運転席側《うんてんせきがわ》から身《み》を乗《の》り入《い》れて、ルーフの上《うえ》のカメラとつながっているカーナビのような機器《きき》の使用方法《しようほうほう》のレクチャーを始《はじ》める。画面《がめん》にヒビが入《はい》ったモモタローのタブレットを、そのカーナビもどきに接続《せつぞく》すると、手早《てばや》く操作《そうさ》画面《がめん》を出《だ》してみせた。

「こけぇタッチして、行先《いきさき》ィ言《い》うたら地図《ちず》が出《で》るけぇ」

画面《がめん》をタップしながら説明《せつめい》するのを、老人《ろうじん》と犬《いぬ》は素直《すなお》に目《め》で追《お》う。

「OK《オーケー》なら、もう一回《いっかい》ここを押《お》す」

はあ、と感心《かんしん》したようなため息《いき》を漏《も》らすと、老人《ろうじん》はちょっと嬉《うれ》しそうに言《い》った。

「ワシらぁみてえな年寄《としよ》りにとっては、えらくありがてえことじゃが、そんなんばっかりを相手《あいて》にしようたら、儲《もう》かるまぁがな」

「ああ？——そんなこたぁねえで」

ふ、とそっぽを向《む》くと、モモタローは続《つづ》けた。

「今《いま》ぁまだ、じじばばの方《ほう》が金持《かねも》っとるからなぁ」

もちろんこの言葉《ことば》が本心《ほんしん》からのものでなく、モモタローなりの照《て》れ隠《かく》しみたいなものだということを、老人《ろうじん》は知《し》っている。最近運転《さいきんうんてん》が億劫《おっくう》になってきたと愚痴《ぐち》る老人《ろうじん》たちの言葉《ことば》をモモタローはきちんと覚《おぼ》えていて、そういう老人《ろうじん》たちがここに車《くるま》の修理《しゅうり》を頼《たの》みにやってくると、「修理《しゅうり》のついでにアレつけるか」と確認《かくにん》し、しれっとした顔《かお》で「魔法《まほう》の機械《きかい》」を追加《ついか》してくれるのだ。厚意《こうい》を素直《すなお》に表《あらわ》さないモモタローに、老人《ろうじん》は皺《しわ》だらけの顔《かお》に笑《え》みを浮《う》かべながら聞《き》く。

「ほんまかぁ？——ほんで、なんぼなあ？」

「あん？　パンクの修理代《しゅうりだい》だけでええわ。二千円《えん》」

相変《あいか》わらず欲《よく》のない男《おとこ》だ。老人《ろうじん》はスイカの入《はい》ったビニール袋《ぶくろ》を、二千円《えん》と一緒《いっしょ》にモモタローに手渡《てわた》した。

「なら、代《か》わりにこれ食《た》べてくれぇ」

モモタローはわずかに微笑《ほほえ》んで、素直《すなお》にそれを受《う》け取《と》る。よいしょ、と老人《ろうじん》は運転席《うんてんせき》に移動《いどう》した。

「そんなら、小山病院《こやまびょういん》へ――」

老人《ろうじん》がタブレットに喋《しゃべ》りかけると、すぐに小山病院《こやまびょういん》の位置《いち》が画面《がめん》に表示《ひょうじ》されたので、老人《ろうじん》は先《さき》ほどモモタローに言《い》われた通《とお》りに画面《がめん》をタップしてみた。読《よ》み込《こ》み中《ちゅう》の画面《がめん》が表示《ひょうじ》されたのを見《み》ると、モモタローは運転席《うんてんせき》のドアを閉《し》め、一歩後《ぼうし》ろに下《さ》がる。それを待《ま》っていたかのように、静《しず》かに車《くるま》が動《うご》き始《はじ》める。が、すぐにその動《うご》きは止《と》まった。老人《ろうじん》が不思議《ふしぎ》そうに周囲《しゅうい》を見回《みまわ》すと、前《ぜん》方《ぼう》の道路《どうろ》を別《べつ》の車《くるま》がぶぅんと横切《よこぎ》っていった。

運転《うんてん》が困難《こんなん》になってきた老人《ろうじん》のために、モモタローが無償《むしょう》で車《くるま》に積《つ》んでやったのは自動運転《じどううんてん》システムだった。他《ほか》の車《くるま》の進行状況《しんこうじょうきょう》もきちんと把握《はあく》し、事故《じこ》を起《お》こさないように自律的《じりつてき》に動《うご》く。前《まえ》の車《くるま》が去《さ》ってから、再《ふたた》び老人《ろうじん》の軽《けい》トラは動《うご》き出《だ》し、老人《ろうじん》が触《さわ》ってもいないのにゆっくりとハンドルが右《みぎ》に切《き》られた。その様子《ようす》を満足《まんぞく》げに見守《みまも》っていたモモタローは、走《はし》り去《さ》ろうとする老人《ろうじん》に慌《あわ》てて声《こえ》をかける。

「おおい、ジジイ！　一応《いちおう》ハンドルは握《にぎ》っとけ！　お巡《まわ》りに見《み》つかって怒《おこ》られるんは、俺《おれ》なんじゃからな！」

自動運転技術《じどううんてんぎじゅつ》は、実《じつ》はまだ公《おおやけ》に流通《りゅうつう》しているものではない。三日後《みっかご》のオリンピックの開会式《かいかいしき》で、巨大自動車《きょだいじどうしゃ》メーカー「志島自動車《しじまじどうしゃ》」の全面的《ぜんめんてき》なバックアップにより、世界《せかい》に先駆《さきが》けてこの革《かく》新的《しんてき》な技術《ぎじゅつ》がお披露目《ひろめ》されることが発表《はっぴょう》されていた。選手団《せんしゅだん》を自動運転《じどううんてん》の車《くるま》が乗《の》せて走《はし》るのだ。自動運転技術搭載《じどううんてんぎじゅつとうさい》の新車《しんしゃ》が大々的《だいだいてき》に発売《はつばい》されるのはそのあと——のはずだった。

「あいよ～」

今自分《いまじぶん》が目《め》にしている技術《ぎじゅつ》が、どれほど革新的《かくしんてき》なものであるか知《し》るよしもなく、呑気《のんき》に老人《ろうじん》は答《こた》えた。

「……ほんまにもう」

困《こま》ったようにひとつため息《いき》をついたが、それでもモモタローの表情《ひょうじょう》は晴《は》れやかだった。作業場《さぎょうば》に戻《もど》ると、壁《かべ》に貼《は》った古《ふる》い写真《しゃしん》に誇《ほこ》らしげな笑《え》みを向《む》ける。若《わか》いころの自分《じぶん》が、ココネの母親《ははおや》であるイクミの肩《かた》を抱《だ》き、笑《わら》っている写真《しゃしん》に。

この国《くに》は以前《いぜん》からたびたび、巨大《きょだい》な鬼《おに》に襲撃《しゅうげき》されていました。それは、エンシェンがこの国《くに》にいるために起《お》きた災《わざわ》いとされていました。

今夜《こんや》も真《ま》っ黒《くろ》な海《うみ》が山《やま》のように大《おお》きく盛《も》り上《あ》がったかと思《おも》うと、水《みず》しぶきをあげて鬼《おに》が姿《すがた》を現《あらわ》しました。黒《くろ》く濡《ぬ》れた頭部《とうぶ》に目鼻《めはな》はなく、ただ口《くち》だけが地獄《じごく》に通《つう》じる穴《あな》のごとく開《ひら》かれています。いびつに長《なが》い手足《てあし》で波《なみ》を掻《か》き分《わ》け船《ふね》を蹴散《けち》らし、帰宅《きたく》ラッシュ真《ま》っ最中《さいちゅう》の湾岸地区《わんがんちく》へと上陸《じょうりく》しました。渋滞《じゅうたい》した道路《どうろ》を軽々《かるがる》とまたぎ越《こ》す鬼《おに》を、前《まえ》にも後《うし》ろにも動《うご》きようのない車《くるま》の列《れつ》から人々《ひとびと》は見上《みあ》げます。鬼《おに》はそんな車《くるま》の数々《かずかず》を、まるで菓子《かし》でもつまむような手軽《てがる》さで、大《おお》きく開《ひら》いた口《くち》にぱくりぱくりと放《ほう》り込《こ》んでいきました。今夜《こんや》もまた、ハートランド王国《おうこく》に爆発音《ばくはつおん》が轟《とどろ》きます。

異端審問官《いたんしんもんかん》のベワンから「姫《ひめ》を国外《こくがい》に追放《ついほう》せよ」と進言《しんげん》されていたハートランド王《おう》でしたが、さすがに愛娘《まなむすめ》を追放《ついほう》する決意《けつい》はできません。その代《か》わりに絶対《ぜったい》の自信《じしん》を持《も》つ機械作《きかいづく》りの技術《ぎじゅつ》を結集《けっしゅう》し、国《くに》の威信《いしん》をかけて、鬼《おに》を退治《たいじ》するための巨大機械兵《きょだいきかいへい》「エンジンヘッド」を建造《けんぞう》しました。

湾岸地区《わんがんちく》に鬼《おに》が出現《しゅつげん》したという報告《ほうこく》を受《う》けると、王《おう》は伝声管《でんせいかん》に向《む》かって重々《おもおも》しく宣言《せんげん》します。

「機械兵団《きかいへいだん》、エンジンヘッドを出動《しゅつどう》させよ！」

鶴《つる》の一声《ひとこえ》を受《う》けて、エンジンヘッドは即座《そくざ》に駆《か》け出《だ》す……わけにはいきません。エンジンヘッドは、その体《からだ》の各駆動部分《かくくどうぶぶん》に多《おお》くの運転手《うんてんしゅ》を配《はい》して操縦《そうじゅう》する仕組《しく》みになっています。艦橋《かんきょう》に文字《もじ》通《どお》り〝脳《ブレーン》みそ役〟としての艦長《かんちょう》がひとり。その艦長《かんちょう》からの命令《めいれい》を伝《つた》える動力部部長《どうりょくぶぶちょう》が、両手両足《りょうてりょうあし》にひとりずつ。そして、両手両足《りょうてりょうあし》を動《うご》かす操舵兵《そうだへい》にそれぞれ三人《にん》ずつ。他《ほか》にも細部《さいぶ》のパーツの調《ちょう》整役《せいやく》や伝令役《でんれいやく》と、実《じつ》に多《おお》くの兵士《へいし》が連係《れんけい》を取《と》ってようやく一歩《ぽ》を踏《ふ》み出《だ》せるという兵器《へいき》なのです。

王《おう》の命《めい》を受《う》けた艦長《かんちょう》は、エンジンヘッドの全身《ぜんしん》に延《の》びている伝声管《でんせいかん》に、喉《のど》を潰《つぶ》さんばかりの声《こえ》を張《は》り上《あ》げて叫《さけ》びます。

「左足《ひだりあし》！　前方《ぜんぽう》十八メートルに七度《ど》で踏《ふ》み出《だ》せェっ！」

艦長《かんちょう》からの命令《めいれい》を一言《ひとこと》も聞《き》き漏《も》らさんと、伝声管《でんせいかん》の前《まえ》に直立不動《ちょくりつふどう》で待機《たいき》していた左足《ひだりあし》の動力部《どうりょくぶ》部長《ぶちょう》は、うやうやしく敬礼《けいれい》をしてから配下《はいか》の操舵兵《そうだへい》三人《にん》に向《む》き直《なお》ります。そしてエアロバイクのような操舵席《そうだせき》に乗《の》っている三人《にん》に、あらためて大声《おおごえ》で命令《めいれい》が下《くだ》されるのです。

「前方《ぜんぽう》十八メートル、七度《ど》に踏《ふ》み出《だ》せっ！」

操舵兵《そうだへい》たちはいっせいに重《おも》たいペダルをこぎ始《はじ》めます。ハートランド技術《ぎじゅつ》の結晶《けっしょう》は、伝統《でんとう》と非《ひ》効率《こうりつ》の表裏一体《ひょうりいったい》でもありました。

「前方《ぜんぽう》十八メートル、七度踏《どふ》み出《だ》あぁぁし！」

どんな時《とき》でも命令《めいれい》は復唱《ふくしょう》しなければなりません。三人《にん》の操舵兵《そうだへい》は荒《あら》い息《いき》を吐《は》きながら復唱《ふくしょう》し、ペダルをこぐ速《はや》さをぐんと上《あ》げました。やがてコンソールの数字《すうじ》が最高速《さいこうそく》に達《たっ》したところで、彼《かれ》らはタイミングを合《あ》わせて全体重《ぜんたいじゅう》をかけ、操舵席《そうだせき》をななめ後《うし》ろに傾《かたむ》けました。

エンジンヘッドの格納庫《かくのうこ》の扉《とびら》が開《ひら》き、いよいよ出陣《しゅつじん》のときです。鋼鉄《こうてつ》の円筒《えんとう》の胴体《どうたい》に、橋脚《きょうきゃく》のごとく長《なが》く無骨《ぶこつ》な手足《てあし》を備《そな》えたエンジンヘッドが三体《たい》、足並《あしな》みを揃《そろ》えて夜《よる》の街《まち》へと歩《あゆ》みを進《すす》めます。渋滞《じゅうたい》している道路《どうろ》をていねいに避《よ》けながら、地響《じひび》きのように重《おも》い足音《あしおと》とともに鬼《おに》のほうへ向《む》かいます。

座《すわ》り込《こ》んだ鬼《おに》が無造作《むぞうさ》につまんだ車《くるま》からは炎《ほのお》が噴《ふ》き出《だ》し、周囲《しゅうい》では至《いた》る所《ところ》から火《ひ》の手《て》が上《あ》がっています。人々《ひとびと》はとうに車《くるま》を捨《す》てて逃《に》げていました。もうもうと黒《くろ》い煙《けむり》が空《そら》に立《た》ち上《のぼ》っているのも構《かま》わず、鬼《おに》は道路上《どうろじょう》の車《くるま》をひたすらに口《くち》に運《はこ》び続《つづ》けました。しかし突然《とつぜん》、何《なに》かに気付《きづ》いたように鬼《おに》は動《うご》きを止《と》めたのです。

ベワンは自分《じぶん》の部屋《へや》の窓《まど》から、燃《も》え上《あ》がる街《まち》と炎《ほのお》の中《なか》に揺《ゆ》れる鬼《おに》のシルエットを見《み》つめていました。

「ふん……」

かすかに鼻《はな》で笑《わら》うと、つかつかと自分《じぶん》の机《つくえ》に向《む》かい、椅子《いす》を引《ひ》いて座《すわ》りました。机《つくえ》の上《うえ》には不《ぶ》気味《きみ》な色《いろ》の液体《えきたい》が入《はい》った試験管《しけんかん》や薬瓶《くすりびん》、さまざまな本《ほん》に書類《しょるい》が、所狭《ところせま》しと載《の》っかっています。その中央《ちゅうおう》に据《す》えられているのは、ガラスの管《くだ》がからまったような奇怪《きかい》なデザインのタイプライター。

ベワンが暗《くら》い笑《え》みを浮《う》かべながら、ぱちぱちと音《おと》を立《た》ててタイプしはじめると、ガラス管《かん》の中《なか》には蛍光《けいこう》グリーンの靄《もや》が現《あら》われて広《ひろ》がり、渦《うず》を巻《ま》いていきます。やがて一際《ひときわ》大《おお》きな音《おと》とともに最後《さいご》のキーが押《お》されると、緑色《みどりいろ》に光《ひか》る靄《もや》はぐるんと大《おお》きく弧《こ》を描《えが》き、ガラス管《かん》のフタを内《うち》からこじ開《あ》け、噴煙《ふんえん》のごとく飛《と》び出《だ》していきました。その靄《もや》の中《なか》にはベワンがタイプしていたたくさんの文《も》字《じ》が浮《う》き沈《しず》みし、コウモリのような姿《すがた》にまとまった途端《とたん》に空《そら》を駆《か》け、ものすごい勢《いきお》いで鬼《おに》へと向《む》かっていきました。

ベワンは鬼《おに》が出現《しゅつげん》するたびに、誰《だれ》にも気付《きづ》かれないように密《ひそ》かに、しかし周到《しゅうとう》に、鬼《おに》をパワーアップさせる魔法《まほう》の呪文《じゅもん》を試《ため》していました。今日《きょう》の呪文《じゅもん》の出来《でき》はどうだろうかと、にやにや笑《わら》いながらベワンは窓《まど》の外《そと》を見《み》つめます。ベワンは王様《おうさま》が無能《むのう》であることを世《よ》の中《なか》に知《し》らしめ、王様《おうさま》を退陣《たいじん》させて、空《あ》いた王座《おうざ》に自分《じぶん》が座《すわ》る日《ひ》を夢見《ゆめみ》ていたのです。その目的《もくてき》のために、ベワンは鬼《おに》を最大限利用《さいだいげんりよう》する方法《ほうほう》を日々《ひび》研究《けんきゅう》していました。

「あれじゃダメ。魔法《まほう》で動《うご》くロボットでなきゃ、あの鬼《おに》は倒《たお》せないよ……」

悔《く》しそうにエンシェンはつぶやきました。このガラスの塔《とう》からは、街《まち》の様子《ようす》が実《じつ》によく見渡《みわた》せます。しかしエンシェンには、のろのろと鬼《おに》に近《ちか》づいていくエンジンヘッドを、唇《くちびる》を噛《か》みながら見守《みまも》ることしかできないのです。

エンジンヘッドに気付《きづ》いた鬼《おに》が、低《ひく》い体勢《たいせい》を保《たも》ったまま先頭《せんとう》の一体《たい》にタックルをかけます。あっけなくバランスを崩《くず》すエンジンヘッドの緩慢《かんまん》な動《うご》きに比《くら》べ、鬼《おに》の動《うご》きのなんと俊敏《しゅんびん》なことでしょう。

「右足《みぎあし》、後方《こうほう》二十三メートル、十二度下《どさ》がれぇ！」

慌《あわ》てて艦長《かんちょう》が新《あら》たな命令《めいれい》を下《くだ》しますが、操舵兵《そうだへい》たちのペダルが追《お》いつきません。鬼《おに》に押《お》さえ込《こ》まれたエンジンヘッドは、反撃《はんげき》の拳《こぶし》を振《ふ》り上《あ》げる間《ま》もなく、地面《じめん》に叩《たた》きつけられてしまいました。

様子《ようす》を見守《みまも》るハートランド王《おう》も、苦々《にがにが》しい表情《ひょうじょう》を隠《かく》しません。

敗色濃厚《はいしょくのうこう》な戦《たたか》いを見上《みあ》げる市民《しみん》の傍《かたわ》らで、背中《せなか》に髑髏《どくろ》と翼《つばさ》をあしらったジャケット姿《すがた》のピーチが、大型《おおがた》の銃《じゅう》をかまえました。静《しず》かに狙《ねら》いを定《さだ》め、鬼《おに》に向《む》けて一発《ぱつ》。弾《たま》は鬼《おに》の背中《せなか》に見事命中《みごとめいちゅう》しましたが、ピーチのほうへ向《む》き直《なお》った鬼《おに》はまったくダメージを受《う》けていないように見《み》えます。

ですがピーチは、その弾《たま》を撃《う》ったのは俺《おれ》だと鬼《おに》にアピールするように、大《おお》きく両腕《りょううで》を振《ふ》って見《み》せました。そして鬼《おに》がピーチに気付《きづ》き、捕《つか》まえようと動《うご》き始《はじ》めると、ピーチは急《いそ》いでバイクにまたがり走《はし》り出《だ》します。鬼《おに》はその長《なが》い腕《うで》を振《ふ》り回《まわ》しながら追《お》いかけますが、渋滞《じゅうたい》のまま放置《ほうち》された車《くるま》の隙間《すきま》を縫《ぬ》うように走《はし》り回《まわ》るピーチにはなかなか追《お》いつけません。小《ちい》さな生《い》き物《もの》に翻弄《ほんろう》される鬼《おに》の姿《すがた》は、遠《とお》くガラスの塔《とう》から見下《みお》ろすエンシェンの目《め》をも引《ひ》きました。

「……誰《だれ》だ、あの者《もの》は!?」

エンシェンは突然《とつぜん》現《あらわ》れその戦況《せんきょう》を一変《いっぺん》させた謎《なぞ》の男《おとこ》に、急《いそ》いで双眼鏡《そうがんきょう》のピントを合《あ》わせ倍率《ばいりつ》を上《あ》げます。こちらに背《せ》を向《む》けているので顔《かお》はわかりませんが、髑髏《どくろ》と翼《つばさ》を背中《せなか》にあしらった革《かわ》ジャンはエンシェンの目《め》に焼《や》き付《つ》けられました。

「海賊《かいぞく》!?」

ピーチが乗《の》っているのはもちろん船《ふね》ではなくバイクでしたが、風《かぜ》をはらんではためく髑髏《どくろ》はまさに海賊《かいぞく》の旗印《はたじるし》。海賊《かいぞく》の風貌《ふうぼう》を昔《むかし》の文献《ぶんけん》でしか知《し》らないエンシェンには、それはまさしく海賊《かいぞく》に見《み》えたのでした。まだ顔《かお》も見《み》ていないその男《おとこ》に、大《おお》きな可能性《かのうせい》を感《かん》じたエンシェン。

「ジョイ、あの者《もの》をしもべにして鬼《おに》を退治《たいじ》するぞ!」

ジョイはさっそく海賊《かいぞく》の真似《まね》をして敬礼《けいれい》を返《かえ》し、元気《げんき》よくアイアイサーと答《こた》えます。再《ふたた》びガラスの塔《とう》を抜《ぬ》け出《だ》した二人《ふたり》が目指《めざ》すは、魔法《まほう》にまつわる品々《しなじな》が封印《ふういん》された部屋《へや》。ジョイが見《み》かけによらない素早《すばや》さと力《ちから》で衛兵《えいへい》を気絶《きぜつ》させると、二人《ふたり》は重《おも》い扉《とびら》の隙間《すきま》から室内《しつない》へ滑《すべ》り込《こ》みました。魔《ま》法《ほう》のタブレットとハーツを、今度《こんど》こそ取《と》り戻《もど》すのです。

久《ひさ》しぶりに起動《きどう》したばかりのハーツの手《て》を取《と》り、エンシェンは急《いそ》いで部屋《へや》を出《で》ました。二本《ほん》の足《あし》で立《た》っているものの、ずんぐりと丸《まる》いハーツの姿《すがた》には、もともとのバイクとサイドカーのフォルムが見《み》て取《と》れます。

「ハーツ、行《い》こう！　私《わたし》と一緒《いっしょ》においで！」

がしゃん、がしゃんと数歩《すうほ》だけ進《すす》んで、ハーツはぼんやりと首《くび》をかしげてエンシェンを眺《なが》めます。

「今度《こんど》こそ、ココロネをあげる！」

ココロネとは、この世界《せかい》に伝《つた》わる究極《きゅうきょく》の魔法《まほう》と言《い》われ、それさえ手《て》に入《い》れれば人《ひと》は空《そら》も飛《と》べるのだそうです。

エンシェンは魔法《まほう》のタブレットに呪文《じゅもん》を打《う》ち込《こ》み、ハーツに向《む》けて送信《そうしん》ボタンを押《お》しました。

途端《とたん》にハーツはなめらかに変形《へんけい》を始《はじ》め、サイドカー付《つ》きバイクの姿《すがた》に戻《もど》ります。いったんハーツを元《もと》の姿《すがた》に戻《もど》したエンシェンはバイクに、ジョイはサイドカーに飛《と》び乗《の》りました。ジョイは拳《こぶし》を突《つ》き上《あ》げて出発《しゅっぱつ》を宣言《せんげん》します。そのかけ声《ごえ》とともにエンシェンがアクセルを全開《ぜんかい》にすると、ハーツのタイヤは床《ゆか》を蹴《け》り、大音響《だいおんきょう》を残《のこ》して急発進《きゅうはっしん》しました。

人気《ひとけ》のない湾岸地区《わんがんちく》へと向《む》かう道路《どうろ》を走《はし》りながら、ピーチはちらりと後《うし》ろを振《ふ》り返《かえ》りました。鬼《おに》はまんまとピーチを追《お》ってこちらにやってきています。お城《しろ》から鬼《おに》の注意《ちゅうい》を逸《そ》らすことができたこと、ある程度《ていど》の距離《きょり》は保《たも》てていることにホッとしたピーチが視線《しせん》を前《まえ》に戻《もど》すと、目前《もくぜん》に誰《だれ》かが乗《の》り捨《す》てた車《くるま》が迫《せま》っていました。

「！」

慌《あわ》ててハンドルを切《き》り、衝突《しょうとつ》は回避《かいひ》しましたが、ピーチはバイクから投《な》げ出《だ》されてしまいました。じりじりと迫《せま》る巨大《きょだい》な鬼《おに》を見上《みあ》げ、すぐさま周囲《しゅうい》に目《め》を配《くば》ります。運《うん》よくすぐ近《ちか》くに転《ころ》がっていたピーチの銃《じゅう》に飛《と》びつくと、その勢《いきお》いのまま立《た》ち上《あ》がり鬼《おに》の前《まえ》へと駆《か》け出《だ》しました。体勢《たいせい》を整《ととの》え、こちらに向《む》かって鬼《おに》が伸《の》ばしてくる右手《みぎて》を目《め》がけて一発《ぱつ》。爆炎《ばくえん》とともに、弾《たま》は鬼《おに》の中指《なかゆび》のあたりを吹《ふ》き飛《と》ばしていました。大《おお》きく裂《さ》けた傷口《きずぐち》からは、自動車《じどうしゃ》がちらちらと見《み》えています。

喰《く》った自動車《じどうしゃ》で鬼《おに》の身体《からだ》はできているのか……？　だとしたら、今《いま》ピーチが持《も》っている銃《じゅう》の火力《かりょく》では、とても致命傷《ちめいしょう》は与《あた》えられそうにありません。ぞっとしたピーチのすぐ近《ちか》くに、鬼《おに》の手《て》の裂《さ》け目《め》から車《くるま》が滑《すべ》り落《お》ち、ものすごい音《おと》を立《た》てました。

つられて見上《みあ》げたピーチの前《まえ》で、鬼《おに》の傷口《きずぐち》はうぞうぞと蠢《うごめ》き、急速《きゅうそく》にふさがり始《はじ》めています。どうやら鬼《おに》は再生機能《さいせいきのう》すら備《そな》えているようです。ピーチは、もはや意味《いみ》のなくなった銃《じゅう》を投《な》げ捨《す》てました。――とはいえ、このままでは自分《じぶん》も殺《や》られてしまう。何《なに》か良《よ》い方法《ほうほう》はないものか？

と、その時《とき》ピーチの耳《みみ》に、聞《き》き慣《な》れたエンジン音《おん》が飛《と》び込《こ》んできました。急速《きゅうそく》に近《ちか》づいてくる音《おと》のほうへ向《む》き直《なお》ったピーチは我《わ》が目《め》を疑《うたが》います。猛《もう》スピードで向《む》かってくるサイドカー付《つ》きのバイクS《エス》‐193ではありませんか。しかも運転《うんてん》しているのはちっちゃな女《おんな》の子《こ》とぬいぐるみ!?

面食《めんく》らうピーチの目《め》の前《まえ》で、ハーツを停止《ていし》させたエンシェンは反動《はんどう》を利用《りよう》してピーチの前《まえ》に飛《と》び降《お》りると、すぐさまその背後《はいご》に回《まわ》りこみ、背中《せなか》の髑髏《どくろ》マークを確認《かくにん》しました。

「――やっぱり海賊《かいぞく》だ！」

わけがわからないピーチは、目《め》の前《まえ》に迫《せま》った鬼《おに》のことも一瞬《いっしゅん》忘《わす》れて、エンシェンを見《み》つめ直《なお》しました。エンシェンこそ、いつの間《ま》にか海賊《かいぞく》の首領《しゅりょう》らしき帽子《ぼうし》と、やはり髑髏《どくろ》を背中《せなか》に背負《せお》った上着《うわぎ》を身《み》に着《つ》けています。こんな絶体絶命《ぜったいぜつめい》の状況《じょうきょう》で、突然現《とつぜんあらわ》れたこの子《こ》は実《じつ》に楽《たの》しげです。

「よし！　しもべにしてやる。ついてまいれ！」

エンシェンがハーツにまたがり、即座《そくざ》にエンジンをふかしました。その音《おと》で我《われ》に返《かえ》ったピーチは、走《はし》り出《だ》したサイドカーに手《て》をかけ、勢《いきお》いよく飛《と》び乗《の》ります。すると今《いま》の今《いま》までピーチが立《た》っていたところへ、鬼《おに》の手《て》が振《ふ》り下《お》ろされました。

地響《じひび》きと大《おお》きな揺《ゆ》れ、めくれ上《あ》がる路面《ろめん》にもうもうと上《あ》がる土煙《つちけむり》。アスファルトのかけらがバラバラと落《お》ちてくる中《なか》、土煙《つちけむり》が途切《とぎ》れないうちにハーツは走《はし》り去《さ》りました。うろちょろと動《うご》き回《まわ》る目障《めざわ》りな存在《そんざい》を見失《みうしな》い、鬼《おに》は立《た》ち尽《つ》くすしかありませんでした。

「名《な》はなんと言《い》う？」

鬼《おに》を振《ふ》り切《き》り、しばらく走《はし》り続《つづ》けてから、エンシェンは〝海賊《かいぞく》〟に名前《なまえ》を尋《たず》ねました。

「……ピーチ」

ずっと後《うし》ろを警戒《けいかい》していたピーチは、ようやくエンシェンに向《む》き直《なお》ってぶっきらぼうに名乗《なの》ります。

「ピーチかぁ」

にっこりほほ笑《え》むと、エンシェンは聞《き》いたばかりのその名前《なまえ》を、何度《なんど》も心《こころ》の中《なか》で反芻《はんすう》しました。


「ふつうピーチつったら、お姫様《ひめさま》の名前《なまえ》じゃね……？」

教室《きょうしつ》の机《つくえ》に突《つ》っ伏《ぷ》したまま、夢《ゆめ》の内容《ないよう》に突《つ》っ込《こ》みを入《い》れるココネ。ぼんやりしながら、余韻《よいん》を噛《か》み締《し》める。

「……久《ひさ》しぶりじゃわぁ、この夢見《ゆめみ》るの……」

「夢《ゆめ》まで見《み》とったんか、森川《もりかわ》！」

放《ほう》っておけばまた眠《ねむ》ってしまいそうなココネに、すっかり呆《あき》れ返《かえ》った担任《たんにん》の声《こえ》が浴《あ》びせられる。

「今《いま》はまだ夏休《なつやす》みじゃなかろう」

ハッとして身《み》を起《お》こすココネ。

「へへ、さーせん」

照《て》れ笑《わら》いしながらおどけて見《み》せると、クラス中《じゅう》がどっと笑《わら》いに包《つつ》まれた。担任《たんにん》はひとつため息《いき》をついて、出席簿《しゅっせきぼ》で軽《かる》くぺしん、とココネをはたき、そしてゆっくり教壇《きょうだん》に戻《もど》りながら、笑《わら》いの収《おさ》まってきた生徒《せいと》たちに呼《よ》びかける。

「みんなにとっては、この夏休《なつやす》みはホンマ重要《じゅうよう》な時期《じき》になるんじゃけぇ、高校生最後《こうこうせいさいご》の夏休《なつやす》みを有意義《ゆういぎ》に過《す》ごすようにな」

おだやかにそう言《い》ったのち、再《ふたた》びうつらうつらし始《はじ》めたココネには、また少《すこ》し声《こえ》を荒《あら》らげた。

「だらだらと寝《ね》たりしよったらいけんぞ、わかったんか森川《もりかわ》!?」

後《うし》ろの席《せき》の親友《しんゆう》・チコに揺《ゆ》り起《お》こされたココネは、机《つくえ》に突《つ》っ伏《ぷ》しかけた体《からだ》をむりやりに持《も》ち上《あ》げて手《て》を上《あ》げてみせた。

「はあい！　ちゃんと聞《き》いてますう」

「ほんなら、新学期《しんがっき》には元気《げんき》に戻《もど》ってきてください」

担任《たんにん》のその一言《ひとこと》を合図《あいず》に、机《つくえ》と椅子《いす》をガタガタ言《い》わせながら生徒《せいと》たちが立《た》ち上《あ》がる。彼《かれ》らの高校生活最後《こうせいかつさいご》の夏休《なつやす》みは、この瞬間《しゅんかん》から始《はじ》まったのだ。みんな晴《は》れやかな顔《かお》で、担任《たんにん》に向《む》かって一礼《いちれい》した。

第《だい》二章《しょう》

「先《さき》に墓参《はかまい》りに行《い》っとくわ」

ココネに送信《そうしん》したとおり、モモタローは出《で》かける支度《したく》を始《はじ》めた。朝《あさ》の電話《でんわ》の件《けん》をとにかく解決《かいけつ》しないことには、どうにも落《お》ち着《つ》かなかったからだ。今日中《きょうじゅう》に東京《とうきょう》に向《む》かうと決心《けっしん》し、まずはその旨《むね》を亡《な》き妻《つま》に報告《ほうこく》しようと思《おも》っていた。

トレードマークのジャージから、慣《な》れないスーツに着替《きが》えると、ネクタイはせず、シャツの襟元《えりもと》を開《あ》け、スマホ、鍵《かぎ》、財布《さいふ》をジャージのポケットからスーツに移《うつ》す。墓《はか》に供《そな》える花《はな》は、庭《にわ》に咲《さ》いているバラを切《き》って用意《ようい》した。それは妻《つま》のイクミが、生前好《せいぜんす》きだった花《はな》だ。そして最後《さいご》にもう一つ、準備《じゅんび》をしておくことがあった。普段《ふだん》はまず足《あし》を踏《ふ》み入《い》れないココネの部屋《へや》から、あるモノを見《み》つけ出《だ》すこと。だが探《さが》し物《もの》はすぐ目《め》に飛《と》び込《こ》んできた。ペタペタと、ココネの写真《しゃしん》がたくさん貼《は》られたコルクボードの前《まえ》に置《お》かれた犬《いぬ》のぬいぐるみ――ジョイである。

ジョイは、もともとはイクミが子《こ》どもの頃《ころ》から大切《たいせつ》にしていたぬいぐるみで、母《はは》の記憶《きおく》のないココネにとって、唯一《ゆいいつ》の形見《かたみ》と言《い》っていい宝物《たからもの》だった。

「ココネの奴《やつ》、ちゃんと大事《だいじ》にしてくれとるんじゃな」

幼少期《ようしょうき》の写真《しゃしん》を見《み》ながら、いつの間《ま》にかココネが成長《せいちょう》していたことに驚《おどろ》きつつ、ジョイを掴《つか》むと、椅子《いす》に腰《こし》かけ、まるで〝男同士《おとこどうし》の会話《かいわ》〟をするようにつぶやく。

「……昔《むかし》のことを全部《ぜんぶ》知《し》っとるんは、お前《まえ》だけじゃのう」

ひとつ大《おお》きく息《いき》を吐《つ》くと、ぬいぐるみの背面《はいめん》を見《み》る。そこにはファスナーが付《つ》いており、小物《こもの》を入《い》れられるようになっている。おもむろにファスナーを開《ひら》くと、普段車《ふだんくるま》の整備《せいび》の際《さい》に使《つか》っている画面《がめん》にヒビの入《はい》ったタブレットを強引《ごういん》に押《お》し込《こ》める。そのせいで形《かたち》の歪《ゆが》んだジョイを脇《わき》に抱《かか》えると、モモタローは足早《あしばや》に家《いえ》を出《で》た。


瀬戸大橋《せとおおはし》と海《うみ》がよく見《み》える丘《おか》の上《うえ》の墓地《ぼち》に、ココネの母親《ははおや》であるイクミは眠《ねむ》っている。夏《なつ》の青《あお》空《ぞら》のもと花《はな》と線香《せんこう》を墓前《ぼぜん》に手向《たむ》け、さらにタブレットが押《お》し込《こ》まれたジョイを置《お》く。墓前《ぼぜん》に立《た》ち、神妙《しんみょう》な表情《ひょうじょう》になるモモタロー。

「今朝《けさ》、また――お義父《とう》さんの会社《かいしゃ》から連絡《れんらく》があってのう。いよいよタブレットを渡《わた》さんかったら、裁判《さいばん》する言《い》い始《はじ》めたで」

今朝《けさ》の電話《でんわ》のことを、ゆっくりとイクミに報告《ほうこく》しはじめる。

「……それで今更《いまさら》、ココネの親権《しんけん》をよこせとかゆわれても、ふざけんな、言《い》うことじゃな」

ぐっ、と奥歯《おくば》を噛《か》みしめるモモタロー。

イクミと結婚《けっこん》するという報告《ほうこく》をした際《さい》、――金輪際連絡《こんりんざいれんらく》するな、と言《い》ってきたのは向《む》こうのほうだった。ココネが生《う》まれたことを知《し》ろうともせず、イクミの葬儀《そうぎ》にも姿《すがた》さえ現《あらわ》さなかったというのに、何《なに》を今更《いまさら》。

「……じゃが、いっぺん直接話《ちょくせつはな》そう思《おも》うとるんで、今《いま》から東京《とうきょう》行《い》ってくるわ」

思《おも》い立《た》ったら即行動《そくこうどう》の自分《じぶん》を「そんなこと、無駄《むだ》だからやめて」と反対《はんたい》するであろうイクミを納得《なっとく》させるかのように、墓石《はかいし》に手《て》を置《お》いてみる。海風《うみかぜ》が吹《ふ》いて、まっすぐ立《た》ち上《のぼ》っていた線香《せんこう》の煙《けむり》を大《おお》きく揺《ゆ》らせる。

「大丈夫《だいじょうぶ》じゃ。どこかで一度《いちど》はお義父《とう》さんと話《はな》さんおえん思《おも》うとったけん」

墓石《はかいし》から手《て》をどけ、足下《あしもと》に置《お》いた鞄《かばん》に手《て》をのばした時《とき》、ふっと人《ひと》の気配《けはい》を感《かん》じて顔《かお》を上《あ》げた。

視線《しせん》の先《さき》に立《た》っていたのは、制服《せいふく》を着《き》た警察官《けいさつかん》だった。

「ん……？」

高校生《こうこうせい》の時分《じぶん》、ヤンキーだったことから警察《けいさつ》とはあまり相性《あいしょう》はよろしくないが、妻《つま》の墓前《ぼぜん》で、警察官《けいさつかん》に睨《にら》まれるような理由《りゆう》は思《おも》い当《あ》たらなかった。さらに後方《こうほう》にもう一人《ひとり》の警察官《けいさつかん》と、背広《せびろ》を着《き》た二人《ふたり》の男《おとこ》が立《た》ちふさがる。

「森川《もりかわ》、モモタローだな」

声《こえ》を発《はっ》したのはその中《なか》で一番年《いちばんとし》がいった背広《せびろ》の男《おとこ》である。ここらあたりの人間《にんげん》ではないらしく、平板《へいばん》なアクセントだ。男《おとこ》は内《うち》ポケットから警察手帳《けいさつてちょう》を取《と》り出《だ》し、モモタローに見《み》せる。その瞬間《しゅんかん》、モモタローはある程度事態《ていどじたい》を飲《の》み込《こ》んだ。

「俺《おれ》が東京《とうきょう》に行《い》く前《まえ》に、警察《けいさつ》に訴《うった》えでたってわけか……」

「志島自動車《しじまじどうしゃ》のシステムに侵入《しんにゅう》し、データを盗《ぬす》み出《だ》した容疑《ようぎ》だ。事態《じたい》が切迫《せっぱく》しているんで、家宅《かたく》捜索《そうさく》も同時《どうじ》にやらせてもらってるぞ」

一瞬《いっしゅん》で血液《けつえき》が沸騰《ふっとう》するのがわかったが、今《いま》はヤンキーだった昔《むかし》とは違《ちが》う。固《かた》く握《にぎ》り締《し》めた拳《こぶし》を、黙《だま》ってポケットにしまった。墓前《ぼぜん》に置《お》いたジョイを一瞥《いちべつ》し、モモタローは誰《だれ》にも聞《き》こえないくらいに小《ちい》さな声《こえ》でつぶやいた。

「ジョイ、そいつを頼《たの》むで……」

「……志島会長《しじまかいちょう》と、直接会《ちょくせつあ》われちゃ困《こま》るんだよ」

モモタローがパトカーに乗《の》せられる様子《ようす》を、少《すこ》し離《はな》れた道路《どうろ》に停《と》めた大型《おおがた》のセダンの中《なか》から見《み》つめていた男《おとこ》がいた。そのハイブリッド車《しゃ》の後部座席《こうぶざせき》にゆったりと腰掛《こしか》け、モモタローを見《み》つめる男《おとこ》のスマホには、今朝《けさ》がたモモタローに電話《でんわ》をかけた際《さい》の履歴《りれき》が映《うつ》っている。そして、黒々《くろぐろ》と顔半分《かおはんぶん》にヒゲをたくわえた濃《こ》い顔立《かおだ》ちは、ココネの夢《ゆめ》の中《なか》に出《で》てきた異端審問官《いたんしんもんかん》——ベワンにそっくりだった。

「ココネはいーっつも、春眠暁《しゅんみんあかつき》を覚《おぼ》えずじゃなあ」

ざかざかと竹《たけ》ぼうきで学校《がっこう》の裏庭《うらにわ》を掃《は》きながら、チコは呆《あき》れたような声《こえ》を上《あ》げた。

「なんなんそれ？　意味《いみ》わからんしぃ」

四六時中安眠《しろくじちゅうあんみん》を貪《むさぼ》れるココネに、ことわざをもじって突《つ》っ込《こ》んだつもりだったが、高三《こう》とは思《おも》えぬココネの反応《はんのう》に思《おも》わず黙《だま》り込《こ》んだ。なのに、それにもまったく気《き》づかぬ能天気《のうてんき》さで、ココネは続《つづ》けた。

「昨日《きのう》はお父《とう》さんらに付《つ》きおうて、ほぼほぼオールじゃったんよ」

麻雀牌《マージャンパイ》を場《ば》に出《だ》す手《て》つきをして見《み》せるココネに、チコは呆《あき》れるのを通《とお》り越《こ》し素《す》っ頓狂《とんきょう》な声《こえ》を上《あ》げた。

「大丈夫《だいじょうぶ》ぅ⁉」

「へへー」

ココネはポケットから一万円札《まんえんさつ》を取《と》り出《だ》し、誇《ほこ》らしげにそれを見《み》せてきた。

バイト代《だい》もろうたし、とにんまり笑《わら》って見《み》せるココネに、いや、だから心配《しんぱい》してるんはそっちじゃのうて、体《からだ》のほう……と言《い》おうとして再《ふたた》び口《くち》をつぐんだ。

「そうじゃのうても、いっつも眠《ねむ》いんよなぁ……これって特技《とくぎ》？」

そんなん特技《とくぎ》言《い》わんわ、と苦笑《くしょう》すると、二人《ふたり》は止《と》まっていた掃除《そうじ》の手《て》をまた動《うご》かし始《はじ》めた。チコはすこし話題《わだい》を変《か》えてみる。

「そういやぁ、夏期講習《かきこうしゅう》はどうするん？」

「んー。うち、お金《かね》ないけんピンチかも。今朝《けさ》なーんとなく聞《き》いてみたんじゃけど、返事《へんじ》なかったし……」

シビアな状況《じょうきょう》を、ココネは微笑《ほほえ》みながらなんでもないことのように語《かた》る。チコは再《ふたた》び掃除《そうじ》の手《て》を止《と》めてしまったが、ココネはほうきを動《うご》かしながら話《はなし》を続《つづ》けた。

「多分今日《たぶんきょう》も修理代《しゅうりだい》、野菜《やさい》でもろうとる思《おも》うんよ。……なんであいうとこおえんのかなぁ、お父《とう》さん……。いまだに車《くるま》の改造《かいぞう》ばぁ、しよるんよ」

「家《いえ》ではあんまり話《はな》さんの？」

「もう、全然《ぜんぜん》」

ひらひらと片手《かたて》を振《ふ》り、あっけらかんと答《こた》える。

「ほっといとったら〝いただきます〟もメールで来《く》るんよ。最近《さいきん》は……」

「マジ……？」

一見《いっけん》、あっけらかんと話《はな》しているココネだったが、いつの間《ま》にか竹《たけ》ぼうきを動《うご》かす手《て》が止《と》まる。

眉《まゆ》をひそめるチコとココネの間《あいだ》を、クラスメイトの男子二人《だんしふたり》が唐突《とうとつ》に駆《か》け抜《ぬ》けていった。男子《だんし》はその勢《いきお》いで裏門《うらもん》に飛《と》びつくと、さっさと乗《の》り越《こ》えてから振《ふ》り返《かえ》り、片手《かたて》だけで謝罪《しゃざい》のポーズをとった。掃除《そうじ》をサボるつもりなのだ。

「また、あいつら……」

ココネは足下《あしもと》の小石《こいし》を掴《つか》むと、走《はし》り去《さ》る男子《だんし》めがけて、神《かみ》ってる投球《とうきゅう》フォームでその小石《こいし》を放《ほう》った。

「貸《か》しじゃけえなー！」

到底《とうてい》あたると思《おも》えない距離《きょり》だったが、ココネの手《て》から放《はな》たれた小石《こいし》は見事《みごと》に逃《に》げていく男子《だんし》の頭頂部《とうちょうぶ》に命中《めいちゅう》した。

痛《いた》みというよりは、その見事《みごと》さと恥《は》ずかしさに、男子生徒《だんしせいと》はその場《ば》に撃沈《げきちん》した。

元《もと》ヤンキーの父《ちち》を持《も》つココネは運動神経《うんどうしんけい》はいいし、妙《みょう》に正義感《せいぎかん》の強《つよ》いところがあって、ズルやインチキを捨《す》て置《お》けないところがあった。

ぐっと小《ちい》さくガッツポーズをし、勝利《しょうり》を確信《かくしん》するココネ。だがしかし直《す》ぐに声《こえ》を落《お》とした。

「高校最後《こうこうさいご》の夏休《なつやす》みじゃいうのに、どうしよう……」

校庭《こうてい》から聞《き》こえてくる運動部《うんどうぶ》の掛《か》け声《ごえ》と、ブラスバンド部《ぶ》の演奏《えんそう》が遠《とお》くから耳《みみ》に届《とど》き始《はじ》めた。

掃除《そうじ》を終《お》え、手《て》を洗《あら》おうと二人《ふたり》は廊下《ろうか》の手洗《てあら》い場《ば》に向《む》かった。

「帰省《きせい》とかせんのん？」

蛇口《じゃぐち》をひねりつつチコがココネに尋《たず》ねる。

「うち実家《じっか》じゃし、親戚《しんせき》おらんのよ」

「じゃけど、お母《かあ》さんの実家《じっか》はドイツなんじゃろ？」

「ええ？　なんでぇ？」

心底不思議《しんそこふしぎ》そうに返《かえ》すココネに、チコは眉根《まゆね》を寄《よ》せて聞《き》き返《かえ》す。

「なんでぇ言《い》うて……中学《ちゅうがく》ん時《とき》、自分《じぶん》でお母《かあ》さんはドイツ人《じん》じゃあ言《い》うて、作文《さくぶん》に書《か》いとらんかった？」

「ああ、あれなぁ。チコちゃんよう覚《おぼ》えとるなぁ……あれホンマはウソ！」

「ええ⁉」

手《て》を拭《ふ》いていたハンカチを落《お》としそうになったチコに、ココネは笑《わら》いながら告《つ》げる。

「学年《がくねん》が変《か》わるたんびに、『なんでお母《かあ》さんおらんの？』とか、『自分《じぶん》の名前《なまえ》の意味《いみ》をなんで分《わ》からんの』とか『心《こころ》に羽《はね》と書《か》くんなら〝ココネ〟じゃのうて〝ココハ〟じゃね？』いうて、毎回《まいかい》うるそう言《い》われるんで、あん時《とき》は思《おも》いっきりウソ書《か》いたんよ」

悪《わる》びれずに真実《しんじつ》を告《つ》げるココネに、自分《じぶん》は六年間《ねんかん》もココネの嘘《うそ》を真《ま》に受《う》けていたのか？と、一瞬《いっしゅん》親友《しんゆう》という自負心《じふしん》が消《け》し飛《と》びそうになるチコだったが、ある種《しゅ》のいじめに対《たい》し、悪《わる》びれもせず大嘘《おおうそ》の作文《さくぶん》で〝反撃《はんげき》〟をしたココネに、らしいなとすぐに納得《なっとく》して微笑《ほほえ》んだ。

「……ほんまアホじゃけど、そういうとこかわいいなあ、ココネは」

親友《しんゆう》からの、心《こころ》からの褒《ほ》め言葉《ことば》に安堵《あんど》するココネ。

「ありがとう、友《とも》よ！」

嬉《うれ》しくなって飛《と》びつくココネを抱《だ》きとめて、チコもにっこりと微笑《ほほえ》んだ。長《なが》い付《つ》き合《あ》いなので、チコはよく知《し》っていた。なんでもないようにいつも笑《わら》っているココネだが、そんな時《とき》こそ弱気《よわき》な心《こころ》を必死《ひっし》に誤魔化《ごまか》していることを。ココネの染《そ》めているわけでもないのに、少《すこ》し赤《あか》みのある柔《やわ》らかい髪《かみ》が鼻先《はなさき》に触《ふ》れた時《とき》、チコはようやくそのことを思《おも》い出《だ》したのだった。

「おい、森川《もりかわ》！」

廊下《ろうか》で熱《あつ》い抱擁《ほうよう》を交《か》わす二人《ふたり》の友情《ゆうじょう》に、担任《たんにん》のあわてた声《こえ》が水《みず》を差《さ》した。廊下《ろうか》は走《はし》るな、といつも口《くち》やかましく言《い》っている担任《たんにん》が駆《か》けてくるのが見《み》えた。

「おい、今連絡《いまれんらく》があってじゃな、森川《もりかわ》のお父《とう》さんがのう、警察《けいさつ》に逮捕《たいほ》されたいうことじゃ！」

血相《けっそう》を変《か》えあわてた口調《くちょう》で告《つ》げる担任《たんにん》の言葉《ことば》に、ココネは顔色《かおいろ》を失《うしな》った。

学校《がっこう》から児島警察署《こじまけいさつしょ》まではそれなりに距離《きょり》があったが、バスを待《ま》つ余裕《よゆう》はココネにはなかった。海沿《うみぞ》いの道《みち》を全力《ぜんりょく》で走《はし》り、呼吸《こきゅう》も整《ととの》わないまま警察署《けいさつしょ》に飛《と》び込《こ》んだ。

「おお、ココネ！」

そこにはモモタローズの一人《ひとり》、雉田《きじた》が、駆《か》けつけてくれていた。雉田《きじた》はバイク好《ず》きがこうじて白《しろ》バイ隊員《たいいん》にまでなった、交通機動隊《こうつうきどうたい》に勤務《きんむ》する警察官《けいさつかん》だが、今日《きょう》は非番《ひばん》だったために私服《しふく》のジャンプスーツ（ブルース・リーが『死亡遊戯《しぼうゆうぎ》』の時《とき》に着《き》ていた黄色《きいろ》いジャージのレプリカ）とサンダルのまま駆《か》けつけていた。

雉田《きじた》の顔《かお》を見《み》た瞬間《しゅんかん》ココネが真《ま》っ先《さき》に思《おも》ったことは、父親《ちちおや》の改造自動車《かいぞうじどうしゃ》のことだった。きっと車《くるま》の改造《かいぞう》が問題《もんだい》になって、とうとう悪友《あくゆう》に逮捕《たいほ》されてしまったのだと。

だが事態《じたい》はもっと複雑《ふくざつ》だった。

「俺《おれ》もびっくりして事情《じじょう》を聞《き》いて回《まわ》ったんじゃが、なんでも極秘《ごくひ》の捜査《そうさ》いうことで、モモさんがどこに連《つ》れていかれたんかは、教《おし》えてもらえんかったんじゃ」

極秘《ごくひ》の捜査《そうさ》という普段聞《ふだんき》きなれない物騒《ぶっそう》な言葉《ことば》に、ココネは表情《ひょうじょう》をこわばらせた。

——じゃあお父《とう》さん、いったい何《なに》しようたん……？

事情《じじょう》がわかり次第説明《しだいせつめい》に行《い》くからと雉田《きじた》に説得《せっとく》され、ココネはしぶしぶ帰宅《きたく》した。


だが、気《き》がつくとココネの足《あし》は、イクミの墓《はか》に向《む》かっていた。モモタローは墓参《はかまい》り中《ちゅう》に逮捕《たいほ》されたと聞《き》かされていたこともあるが、いったい何《なに》が起《お》きているのか、という不安《ふあん》と、自分《じぶん》は何《なに》をしたらいいのかわからない焦《あせ》りがないまぜになり、混乱《こんらん》してしまった上《うえ》の行動《こうどう》だった。

そこに父《ちち》の面影《おもかげ》などあろうはずもないのに、父親《ちちおや》の手《て》がかりを探《さが》すかのようにやってきたココネは、ふっと墓前《ぼぜん》に手向《たむ》けられている花束《はなたば》の間《あいだ》に置《お》かれたジョイを見《み》つけてしゃがみこんだ。

「なんでジョイが？」

まだみずみずしい花《はな》と、燃《も》えさしのお線香《せんこう》。モモタローは逮捕《たいほ》される前《まえ》に墓参《はかまい》りを済《す》ませることはできたのだなと察《さっ》し、では何故《なぜ》ジョイをここに持《も》ってきたのか、その理由《りゆう》に思《おも》いを巡《めぐ》らせる。

両手《りょうて》でそっと持《も》ち上《あ》げると、ジョイの外見《がいけん》が妙《みょう》に歪《ゆが》んでいることに気《き》がつく。体《からだ》の中《なか》に何《なに》か四角《しかく》いものが入《い》れられているようだ。ココネはジョイの背中《せなか》のファスナーを下《お》ろし、体《からだ》の中《なか》に無理《むり》やりねじ込《こ》まれている中身《なかみ》を取《と》り出《だ》してみた。

それはココネにも見覚《みおぼ》えのある、画面中央《がめんちゅうおう》にまっすぐヒビが入《はい》った、モモタローが仕事《しごと》で使《つか》っているタブレットだった。なんでこんな所《ところ》にこれが、という疑問《ぎもん》を抱《いだ》きつつ、ココネはいったんタブレットをジョイの中《なか》にしまい込《こ》み、傾《かたむ》き始《はじ》めた太陽光《たいようこう》を反射《はんしゃ》し、ギラギラと輝《かがや》く瀬戸内《せとうち》の海《うみ》を背《せ》に家路《いえじ》を急《いそ》いだ。


「ただいまぁ」

鍵《かぎ》をかける習慣《しゅうかん》のない玄関《げんかん》のドアを開《あ》け、土《つち》ぼこりで白《しろ》くなったローファーを脱《ぬ》ぎ、框《かまち》に片足《かたあし》をかける。ふっと、普段《ふだん》と違《ちが》う気配《けはい》を感《かん》じ「誰《だれ》か、来《き》たん？」とつぶやいてみる。普段《ふだん》から車《くるま》のエンジンや分解《ぶんかい》したパーツが散乱《さんらん》する廊下《ろうか》だが、何《なに》かいつもと配置《はいち》が違《ちが》っている。ジョイを片手《かたて》に、静《しず》まり返《かえ》った廊下《ろうか》でひとり身《み》を硬《かた》くするココネ。


ココネは汗《あせ》をかいて湿《しめ》っているシャツを脱衣所《だついじょ》で脱《ぬ》ぎ捨《す》てると、畳《たた》んで置《お》いておいた部活用《ぶかつよう》のポロシャツを手《て》に取《と》り居間《いま》に向《む》かった。歩《ある》きながら袖《そで》を通《とお》し呼吸《こきゅう》を整《ととの》えると、どっと疲労感《ひろうかん》が押《お》し寄《よ》せてきて、力《ちから》なく仏間《ぶつま》の畳《たたみ》に寝《ね》そべった。

「お父《とう》さん、どこ連《つ》れていかれたんで……」

独《ひと》り言《ごと》をつぶやくと、タブレットを詰《つ》めたままのジョイを枕《まくら》にごろんと仰向《あおむ》けになる。

その体勢《たいせい》のまま、鴨居《かもい》の上《うえ》に飾《かざ》られたイクミの遺影《いえい》をじっと見《み》つめる。その隣《となり》に並《なら》ぶモモタローの父母《ふぼ》の遺影《いえい》に比《くら》べ、あまりにも若《わか》いイクミの写真《しゃしん》は、どこか死者《ししゃ》の物《もの》とは思《おも》えぬ趣《おもむき》があった。すでにこの世《よ》にはいない人《ひと》だとは信《しん》じられない、晴《は》れやかな笑顔《えがお》を浮《う》かべている。ココネが物心《ものごころ》つく頃《ころ》には、既《すで》に故人《こじん》だったその人《ひと》は、ココネを産《う》むと数日後《すうじつご》には働《はたら》き始《はじ》め、それからあっという間《ま》に逝《い》ってしまったということしか知《し》らない、とても美《うつく》しい人《ひと》だった。

「なぁ、お母《かあ》さん。お父《とう》さん、何《なに》やったんじゃろか？」

静《しず》まり返《かえ》った仏間《ぶつま》でひとり母《はは》の遺影《いえい》に語《かた》りかけ、ココネは我《われ》に返《かえ》った。寝返《ねがえ》りを打《う》つと、半身《はんしん》を起《お》こし本気《ほんき》で母《はは》に語《かた》りかけた。

「……そういやあな、私《わたし》お母《かあ》さんのこと、何《なん》にも知《し》らんのよ。私《わたし》が生《う》まれてすぐに、事故《じこ》で死《し》んでしもうたこととしか。……お父《とう》さんそれ以外《いがい》、なーんも教《おし》えてくれんのじゃもん……」

珍《めずら》しく母《はは》に語《かた》りかけてみて、あらためていろんなことに気《き》がついた。

自分《じぶん》に母親《ははおや》の記憶《きおく》がないのは仕方《しかた》がないとして、その空白《くうはく》を埋《う》めるための想《おも》い出話《でばなし》すら話《はな》して聞《き》かせたことのないモモタローが、尋常《じんじょう》ではないほどに無口《むくち》な人間《にんげん》であったということ。それはただ無口《むくち》だから、ということだけではなく、何《なに》か固《かた》く心《こころ》に決《き》めていることがあるのだろうと子《こ》どもながらに感《かん》じ、あえて母《はは》のことをいつしか聞《き》かなくなってもいたわけだが、とはいえ自分《じぶん》の母《はは》を遺影《いえい》の中《なか》のただ美《うつく》しい人《ひと》と、今《いま》の今《いま》まで思《おも》っていた自分《じぶん》も、母《はは》に対《たい》して随分《ずいぶん》と不義理《ふぎり》な娘《むすめ》だったなと思《おも》えた。

「……お母《かあ》さんって、私《わたし》んくらいの時《とき》、何《なに》しとったん？」

ココネはまっすぐに母親《ははおや》の遺影《いえい》を見《み》つめ、尋《たず》ねた。答《こた》えは返《かえ》ってこないとわかっていても、問《と》いかけを止《や》めることができない。普段《ふだん》すっかり意識《いしき》の外《そと》に追《お》い出《だ》してしまっている母親《ははおや》と、こんなにも話《はな》がしたいと思《おも》ったのも、もしかしたら生《う》まれて初《はじ》めてのことかもしれなかった。

「……大学《だいがく》とか、行《い》きようた？」

閉《と》ざされたカーテンの隙間《すきま》から、いよいよ傾《かたむ》いた陽《ひ》の光《ひかり》が差《さ》し込《こ》んできて、ココネはまた現実《げんじつ》に引《ひ》き戻《もど》される。

「……ああ、もうどうすりゃええんで……」

全身《ぜんしん》から力《ちから》が抜《ぬ》けていく。昨夜《ゆうべ》の麻雀《マージャン》と、父親《ちちおや》が逮捕《たいほ》されたという不安《ふあん》が眠気《ねむけ》となって押《お》し寄《よ》せてきて、ココネの瞼《まぶた》はもうどうしようもなく重《おも》たくなってしまっていた。なかば無意識《むいしき》に、ぎゅっとジョイを抱《だ》きしめると、ココネは母《はは》に甘《あま》えるように哀願《あいがん》した。

「お母《かあ》さん、何《なん》とかしてや……」

力《ちから》なくつぶやくと、ココネはゆっくり目《め》を閉《と》じた。

静《しず》かな海《うみ》にかかる大《おお》きな橋《はし》の袂《たもと》に、人々《ひとびと》に忘《わす》れられてしまった港町《みなとまち》がありました。そこはヒル・マウンテンと呼《よ》ばれる辺境《へんきょう》の漁師町《りょうしまち》です。その町《まち》の外《はず》れには、波《なみ》に削《けず》られた岸壁《がんぺき》があり、その縁《ふち》にはもうずいぶん前《まえ》にその役目《やくめ》を終《お》えた小《ちい》さな小《ちい》さな灯台《とうだい》が、少《すこ》し斜《なな》めにかしいだまま、ポツンと孤独《こどく》に立《た》っていました。

心地《ここち》よい南風《みなみかぜ》が灯台《とうだい》の脇《わき》をすり抜《ぬ》け、石灰質《せっかいしつ》の土壌《どじょう》にしがみつくように生《は》えている草《くさ》を揺《ゆ》らすころ、あたりを警戒《けいかい》しながら、一人《ひとり》の男《おとこ》がたくさんの食料《しょくりょう》を抱《かか》えて帰《かえ》って来《き》ました。それは、エンシェンと行動《こうどう》をともにすることにしたピーチでした。

お城《しろ》の外《そと》のことにはあまり詳《くわ》しくないお姫様《ひめさま》のエンシェンを匿《かくま》うことにしたピーチは、追《お》っ手《て》から身《み》を隠《かく》すために、自分《じぶん》の生《う》まれ故郷《こきょう》であるこの町《まち》にやってきたのです。そして自分《じぶん》が子《こ》どもの頃《ころ》に見《み》つけた灯台《とうだい》の地下室《ちかしつ》を改造《かいぞう》し、エンシェンの隠《かく》れ家《が》としたのでした。

人《ひと》ひとり入《はい》るのがやっとの扉《とびら》を開《あ》けると、そこには地下《ちか》へとつながる秘密《ひみつ》の階段《かいだん》が隠《かく》されていました。

ピーチは、誰《だれ》にも見《み》つからないよう警戒《けいかい》しながら、その階段《かいだん》を下《お》りていきました。

エンシェンは秘密《ひみつ》の地下室《ちかしつ》で、ココロネと呼《よ》ばれる魔法《まほう》の呪文《じゅもん》を書《か》き上《あ》げるべく、タブレットと向《む》き合《あ》っていました。

「今度《こんど》こそうまくいったかなぁ……」

隠《かく》れ家《が》の中《なか》は地中海《ちちゅうかい》の家《いえ》のように真《ま》っ白《しろ》な漆喰《しっくい》で塗《ぬ》られ、とても快適《かいてき》な空間《くうかん》に仕立《した》てられていました。入口《いりぐち》こそ地下《ちか》に隠《かく》れていますが、裏側《うらがわ》は岬《みさき》の突端《とったん》に面《めん》しており、海《うみ》を望《のぞ》めるのです。岩《いわ》をくり抜《ぬ》いて作《つく》った窓辺《まどべ》に腰掛《こしか》け、ジョイは楽《たの》しげに外《そと》を眺《なが》めています。

「ジョイはすぐに喋《しゃべ》れたのにね」

「えっへん、僕《ぼく》は特別《とくべつ》なんだぞ！」

自慢《じまん》げにそう言《い》うと、ジョイは大《おお》げさに胸《むね》を張《は》って見《み》せました。

その時《とき》、かすかな物音《ものおと》がして、二人《ふたり》は顔《かお》を見合《みあ》わせると同時《どうじ》に叫《さけ》びました。

「ピーチが帰《かえ》ってきた！」

言《い》うが早《はや》いか、ジョイは入口《いりぐち》に向《む》かって駆《か》け出《だ》しました。エンシェンもタブレットを大事《だいじ》に抱《かか》えたまま、ジョイの後《あと》に続《つづ》いて階段《かいだん》を下《お》りていきます。

「ピーチ、おかえり！」

隠《かく》れ家《が》のさらに下《した》の階《かい》はガレージになっていて、壁《かべ》はなく美《うつく》しく広《ひろ》がる海《うみ》と、巨大《きょだい》な橋《はし》が見渡《みわた》せるようになっていました。

ガレージの脇《わき》にはハーツが置《お》かれていて、今《いま》もなお自由《じゆう》に動《うご》けぬまま佇《たたず》んでいました。その姿《すがた》を、難《むずか》しい顔《かお》で眺《なが》めているピーチのもとに二人《ふたり》は近《ちか》づきました。ピーチは二人《ふたり》に気《き》づくと表情《ひょうじょう》を和《やわ》らげました。

「どうだ？　機械《きかい》に心《こころ》を与《あた》える究極《きゅうきょく》の魔法《まほう》は書《か》き上《あ》げられたかい？」

「んーまだわかんない……今度《こんど》こそ、うまくいくといいんだけど」

魔法《まほう》のタブレットを見《み》つめながら答《こた》えるエンシェンは、どこか不安《ふあん》げです。そんなエンシェンを励《はげ》ますように、ピーチは力強《ちからづよ》く笑《わら》いかけました。

「大丈夫《だいじょうぶ》。やってみろよ！」

「……うん！」

タブレットを持《も》ち直《なお》し、表情《ひょうじょう》をきりりと引《ひ》き締《し》めて、エンシェンは先《さき》ほど書《か》き上《あ》げたばかりの呪文《じゅもん》の詠唱《えいしょう》を始《はじ》めました。そんなエンシェンを、ジョイは誇《ほこ》らしげに見守《みまも》ります。

「……ココロネひとつで、人《ひと》は空《そら》も飛《と》べるはず。ハーツ、自《みずか》らの意思《いし》をもって、自由《じゆう》を手《て》に入《い》れよ！」

エンシェンは確信《かくしん》に満《み》ちた手《て》つきでタブレットの画面《がめん》に人差《ひとさ》し指《ゆび》を触《ふ》れると、一際声《ひときわこえ》を高《たか》めました。

「送信《そうしん》！」

シュゥウンと音《おと》を立《た》て、魔法《まほう》の呪文《じゅもん》がいずこかへと飛《と》び去《さ》っていきました。

静《しず》まり返《かえ》るガレージ。エンシェンもピーチもジョイも、無言《むごん》でハーツを見《み》つめてごくりと唾《つば》を飲《の》み込《こ》みます。

「……おぉ!?」

最初《さいしょ》に驚《おどろ》きの声《こえ》を上《あ》げたのはピーチでした。彼《かれ》はいち早《はや》く、ハーツの胸《むね》のランプがちかちかと点《とも》るのに気付《きづ》きました。

「よっし！」

エンシェンも続《つづ》いて声《こえ》を上《あ》げます。さらにジョイが飛《と》び上《あ》がって喜《よろこ》ぼうとした、その時《とき》でした。

ゴツゴツと重《おも》い足音《あしおと》が近《ちか》づいてきて、銃剣《じゅうけん》をかまえた二人《ふたり》の衛兵《えいへい》が踏《ふ》み込《こ》んできました。

銃口《じゅうこう》を向《む》けられ、思《おも》わず身《み》を硬《かた》くする三人《にん》。すると衛兵《えいへい》の背後《はいご》から悠々《ゆうゆう》と入《はい》ってきたのは、異《い》端審問官《たんしんもんかん》のベワンでした。

「とうとう見《み》つけましたぞ、姫《ひめ》！」

用心《ようじん》していたのに、なんてこった……。ピーチは悔《くや》しさで歯噛《はが》みしましたが、すぐにエンシェンを庇《かば》ってベワンを睨《にら》みつけました。

「魔法《まほう》を使《つか》った罪《つみ》で、再《ふたた》びガラスの塔《とう》に入《はい》っていただきます」

「それは本当《ほんとう》に王様《おうさま》が言《い》っていることなのか!?」

直接王様《ちょくせつおうさま》と会《あ》ったことのないピーチでしたが、一国《いっこく》の王《おう》とはいえ実《じつ》の娘《むすめ》にそんな仕打《しう》ちをするとは、どうしても考《かんが》えられません。

強《つよ》い口調《くちょう》で問《と》い詰《つ》めるピーチに、ベワンは、ふんと鼻《はな》を鳴《な》らし、

「痴《し》れたこと。……ですが、タブレットを私《わたし》にお渡《わた》しくだされば、国王《こくおう》に取《と》り計《はか》らうことにやぶさかではございません」

馬鹿《ばか》にしたような口調《くちょう》でピーチをけん制《せい》しながら、ベワンは醜悪《しゅうあく》な笑《え》みを浮《う》かべました。

ピンポーン、という聞《き》き慣《な》れた自宅《じたく》のチャイムで、ココネはハッと目《め》を覚《さ》ました。

室内《しつない》はすっかり暗《くら》くなっており、ココネは自分《じぶん》がしばらく眠《ねむ》ってしまっていたことに気《き》づく。

「……お父《とう》さん？」

寝《ね》ボケた頭《あたま》でぼんやり考《かんが》えていると、もう一度《いちど》チャイムが鳴《な》った。急《いそ》いで起《お》き上《あ》がり、廊下《ろうか》の柱《はしら》に設置《せっち》してあるインターフォンのモニタを見《み》にいく。そこに映《うつ》っていたのは、高級《こうきゅう》そうなスーツに身《み》を包《つつ》んだヒゲ面《づら》の男《おとこ》。初《はじ》めて見《み》る顔《かお》だが、ココネにはその男《おとこ》の顔《かお》に見覚《みおぼ》えがあった。

「この人《ひと》……！」

先《さき》ほどまで見《み》ていた夢《ゆめ》の中《なか》で、ベワンと呼《よ》ばれていた男《おとこ》にそっくりではないか。混乱《こんらん》している頭《あたま》をなんとか整理《せいり》しようとモニタを覗《のぞ》き込《こ》むココネ。男《おとこ》はココネが見《み》ているのも知《し》らず、インターフォンのカメラを覗《のぞ》き込《こ》むように顔《かお》を近《ちか》づけてくる。

「もう帰宅《きたく》しているはずだ。娘《むすめ》は私《わたし》が一緒《いっしょ》に連《つ》れていく。……〝保護者不在《ほごしゃふざい》〟で、東京《とうきょう》の警察《けいさつ》に勘繰《かんぐ》られても困《こま》るからな」

高級《こうきゅう》そうな腕時計《うでどけい》をチェックしながら、背後《はいご》に立《た》つ黒《くろ》ずくめの男二人《おとこふたり》に告《つ》げる言葉《ことば》が、インターフォンのマイクを通《とお》して聞《き》こえてくる。

「東京《とうきょう》の、警察《けいさつ》……？」

父《ちち》が逮捕《たいほ》されたことと、これは何《なに》か関係《かんけい》がある。とっさにそう考《かんが》えたココネだったが、胸騒《むなさわ》ぎとともに怖《こわ》さが襲《おそ》ってきて、その場《ば》で身動《みうご》きできなくなってしまった。

その時《とき》、スカートのポケットに入《い》れていたスマホから、メッセージアプリの着信音《ちゃくしんおん》が短《みじか》く鳴《な》った。あわてて取《と》り出《だ》し、ホーム画面《がめん》を見《み》る。

「お父《とう》さんから!?」

それは、今《いま》どこに居《い》るのかもわからない父《ちち》からのメッセージだった。

『この男《おとこ》が来《き》たらそいつは悪《わる》い奴《やつ》だ』

あまりに率直《そっちょく》な一文《いちぶん》とともに、一枚《まい》の写真《しゃしん》が添付《てんぷ》されている。そこには若《わか》き日《ひ》のモモタローと、その隣《となり》でジョイを抱《かか》えて微笑《ほほえ》む母《はは》。そしてその二人《ふたり》の後《うし》ろに立《た》ち、媚《こ》びへつらうような笑《え》みを浮《う》かべて見切《みき》れている男《おとこ》の写真《しゃしん》……。この見切《みき》れている男《おとこ》こそ、まさに今《いま》、インターフォン越《ご》しに立《た》ってこちらを覗《のぞ》き込《こ》んでいるヒゲの男《おとこ》であった。

「これ……こいつじゃわ！」

異端審問官《いたんしんもんかん》のベワンとそっくりな男《おとこ》――渡辺《わたなべ》は、ココネの家《いえ》の引《ひ》き戸《ど》に手《て》をかけ、そっと横《よこ》へ滑《すべ》らせてみた。カラカラと音《おと》を立《た》てて抵抗《ていこう》もなく開《ひら》く扉《とびら》に「救《すく》いようがないほどおおらかだな、田舎《いなか》ってのは」とひとりごちた。そして部下二人《ぶかふたり》を伴《ともな》い、勝手《かって》に土間《どま》へと侵入《しんにゅう》していく。薄暗《うすぐら》い室内《しつない》をきょろきょろと見渡《みわた》す。

「まだ帰《かえ》ってないのか……不良娘《ふりょうむすめ》が」

玄関《げんかん》から襖《ふすま》一枚《まい》へだてた居間《いま》で息《いき》を殺《ころ》すココネには気付《きづ》かず、渡辺《わたなべ》は部下《ぶか》に指示《しじ》を出《だ》した。

「必要《ひつよう》なのはタブレットだ。警察《けいさつ》が押収《おうしゅう》した証拠品《しょうこひん》の中《なか》にはなかった。何《なん》としてもアレを見《み》つけろ！」

指示《しじ》に従《したが》い、男《おとこ》たちは二階《かい》と台所《だいどころ》へと分《わ》かれていく。渡辺《わたなべ》は居間《いま》へと足《あし》を向《む》けた。間一髪《かんいっぱつ》、ココネは忍《しの》び足《あし》で隣《となり》の仏間《ぶつま》へと移動《いどう》する。

「暗《くら》いな……」

居間《いま》に入《はい》った渡辺《わたなべ》は、無遠慮《ぶえんりょ》に蛍光灯《けいこうとう》の紐《ひも》を引《ひ》っ張《ぱ》り電灯《でんとう》をつけた。すぐ隣《となり》の仏間《ぶつま》にいるココネは思《おも》わず口《くち》を押《お》さえ息《いき》をひそめた。

どこか身《み》を隠《かく》す場所《ばしょ》はないか？

と、その時《とき》。

「渡辺《わたなべ》さん！　これは？」

「ん？」

台所《だいどころ》を探《さぐ》っていた男《おとこ》に呼《よ》ばれ、渡辺《わたなべ》は居間《いま》を後《あと》にする。軽《かる》く息《いき》を吐《つ》いたココネは、台所《だいどころ》のほうへ耳《みみ》を澄《す》ませる。

「馬鹿《ばか》！　それはただのホワイトボードだ！」

「……すいません」

ペシッと部下《ぶか》が頭《あたま》を叩《たた》かれる音《おと》が聞《き》こえ、渡辺自《わたなべみずか》らが台所《だいどころ》を探索《たんさく》し始《はじ》めたようだ。だが、すぐに渡辺《わたなべ》は戻《もど》ってくるだろう。とにかく仏間《ぶつま》を離《はな》れようと足《あし》を踏《ふ》み出《だ》した瞬間《しゅんかん》、再《ふたた》び手《て》にしていたスマホが短《みじか》く、しかしはっきりと着信音《ちゃくしんおん》を上《あ》げた。

「!?」

渡辺《わたなべ》と部下《ぶか》の一人《ひとり》が息《いき》を呑《の》む気配《けはい》がした。恐々《きょうきょう》としながらスマホに目《め》を落《お》とすと『お墓《はか》にタブレット隠《かく》したからとられるな』のメッセージが、再《ふたた》びモモタローから送《おく》られてきていた。

その、間《ま》の悪《わる》いメッセージに、ココネは思《おも》わず声《こえ》を漏《も》らす。

「……先《さき》に言《い》うてや！」

ちらりと、仏間《ぶつま》の中央《ちゅうおう》に置《お》きっ放《ぱな》しのジョイを見《み》る。自分《じぶん》は襖《ふすま》の陰《かげ》にいるのでまだ見《み》つかってはいないはずだが、今動《いまうご》けば、台所《だいどころ》の渡辺《わたなべ》からは丸見《まるみ》えになってしまう。

「いけん！」

確《たし》かに着信音《ちゃくしんおん》と、少女《しょうじょ》の声《こえ》を聞《き》いた。そう確信《かくしん》した渡辺《わたなべ》は、足音《あしおと》を忍《しの》ばせ再《ふたた》び居間《いま》に踏《ふ》み入《い》った。だが人影《ひとかげ》は見当《みあ》たらない。それよりも、仏間《ぶつま》の畳《たたみ》の上《うえ》に転《ころ》がるぬいぐるみに目《め》が行《い》った。どこか見覚《みおぼ》えのある、古《ふる》ぼけた犬《いぬ》のぬいぐるみ。

「このぬいぐるみは……⁉」

拾《ひろ》い上《あ》げると、ふかふかの頭部《とうぶ》と比《くら》べて胴体《どうたい》に違和感《いわかん》がある。明《あき》らかに、何《なに》か固《かた》いものが入《はい》っている。渡辺《わたなべ》はぬいぐるみの背中《せなか》にファスナーを見《み》つけ、それを開《ひら》く。そして勝《か》ち誇《ほこ》ったように大声《おおごえ》をあげた。

「……あった！　おい、あったぞ‼」

しかし、いくらタブレットを取《と》り出《だ》そうとしても四隅《よすみ》が引《ひ》っかかって出《で》てこない。強引《ごういん》に引《ひ》っ張《ぱ》るたびに、ジョイの体《からだ》が引《ひ》きちぎれんばかりに形《かたち》を変《か》える。

「ジョイ……！」

押《お》し入《い》れの中《なか》、襖《ふすま》の隙間《すきま》から様子《ようす》を見《み》ていたココネは、思《おも》わず声《こえ》を上《あ》げてしまってから自分《じぶん》の迂闊《うかつ》さに後悔《こうかい》した。

「もう、何《なに》やっとん、私《わたし》……」

必死《ひっし》で音《おと》を立《た》てないように、布団《ふとん》と布団《ふとん》の隙間《すきま》に身体《からだ》を沈《しず》めるココネ。その際《さい》、スマホがポケットからこぼれ落《お》ちた気配《けはい》があったが、もうこの際《さい》それに構《かま》っている余裕《よゆう》はなかった。

押《お》し入《い》れを凝視《ぎょうし》する渡辺《わたなべ》。

「そんなところに隠《かく》れていたか」

渡辺《わたなべ》は押《お》し入《い》れの前《まえ》に静《しず》かに移動《いどう》すると、一気《いっき》に襖《ふすま》を開《ひら》いた。が、そこにあったのは布団《ふとん》の山《やま》と、いかにも女子高生《じょしこうせい》の持《も》ち物《もの》らしいキャラのケースに包《つつ》まれたスマホのみだった。スマホを拾《ひろ》うと、メッセージアプリが開《ひら》きっぱなしになっており、画面《がめん》には渡辺《わたなべ》の写真《しゃしん》が『そいつは悪《わる》い奴《やつ》だ』の一文《いちぶん》とともに添付《てんぷ》されていた。

「……『そいつは悪《わる》い奴《やつ》』か」

昔《むかし》から飾《かざ》り気《け》のねえ男《おとこ》だな、森川《もりかわ》モモタローってやつは。

自分《じぶん》と話《はなし》をする時《とき》も、いつもまっすぐに目《め》を見《み》て、思《おも》ったことをズバズバ口《くち》にした。大《たい》した学《がく》もないくせに、直感《ちょっかん》と行動力《こうどうりょく》だけで妙《みょう》に他人《たにん》を納得《なっとく》させ結果《けっか》を残《のこ》す。渡辺《わたなべ》が最《もっと》も嫌《きら》いなタイプの人間《にんげん》だった。だが、今頃《いまごろ》は警視庁《けいしちょう》の取調室《とりしらべしつ》でなす術《すべ》もなく刑事《けいじ》に詰《つ》められているであろうその姿《すがた》を想像《そうぞう》するだけで渡辺《わたなべ》の口角《こうかく》は上《あ》がった。なのにだ。小癪《こしゃく》にも何《なん》らかの方法《ほうほう》で取調中《とりしらべちゅう》にスマホを使《つか》って娘《むすめ》に連絡《れんらく》を取《と》ってきているではないか。

クッソう。だが、その小細工《こざいく》もこれでもうおしまいだ。

そんなことを考《かんが》えている間《あいだ》に、二階《かい》の部下《ぶか》も戻《もど》ってきた。チェックメイトだと言《い》わんばかりに渡辺《わたなべ》は、押《お》し入《い》れのもう一枚《まい》の襖《ふすま》に手《て》をかける。だが……

「ココネ、帰《かえ》っとるんかぁ？」

「！」

能天気《のうてんき》な声《こえ》が、勝手口《かってぐち》のほうから響《ひび》いた。若《わか》い男《おとこ》の声《こえ》で、少《すく》なくとも渡辺《わたなべ》は聞《き》き覚《おぼ》えがなかった。

「モモおじさんが警察《けいさつ》に捕《つか》まったゆうんで、オヤジが『心配《しんぱい》じゃけえ様子見《ようすみ》に行《い》っちゃれぇ』いうて……オヤジと雉田《きじた》さんも、後《あと》から来《く》るゆうとった」

それは、今朝《けさ》東京《とうきょう》から下津井《しもつい》に帰郷《ききょう》して来《き》た、ココネの幼《おさな》なじみのモリオだった。言葉通《ことばどお》り、ココネを心配《しんぱい》してやってきたのだ。その手《て》にオリジン弁当《べんとう》の袋《ふくろ》をさげて。

娘《むすめ》は捕《つか》まえられていないが、本命《ほんめい》のタブレットは手《て》に入《い》れた。

返事《へんじ》すら待《ま》たずにずかずかと上《あ》がりこんできている能天気者《のうてんきもの》の気配《けはい》を感《かん》じ、渡辺《わたなべ》と部下《ぶか》たちは止《や》むを得《え》ず縁側《えんがわ》から外《そと》に出《で》た。だが不覚《ふかく》にも革靴《かわぐつ》を玄関《げんかん》に脱《ぬ》いできてしまっており、靴下越《くつしたご》しに土《つち》の湿《しめ》り気《け》が伝《つた》わってくる。なんてことだ。サディスティックな怒《いか》りがこみ上《あ》げてきて、渡辺《わたなべ》は目《め》の前《まえ》の部下《ぶか》にキツく当《あ》たってやろうと思《おも》い立《た》つ。

「自家用機《じかようき》をすぐ出《だ》せるように、高松空港《たかまつくうこう》に連絡《れんらく》しろ！　お前《まえ》は残《のこ》って娘《むすめ》を保護《ほご》しておけっ」

「わ、わかりました」

渡辺《わたなべ》は部下《ぶか》たちに指示《しじ》を出《だ》すと、足早《あしばや》に玄関《げんかん》に回《まわ》り靴《くつ》を回収《かいしゅう》した。靴下《くつした》の泥《どろ》が気《き》になってイタリア製《せい》の靴《くつ》に足《あし》を入《い》れる気《き》が起《お》きぬまま、セダンに飛《と》び乗《の》ると部下《ぶか》をひとり残《のこ》し、大急《おおいそ》ぎで車《くるま》を発進《はっしん》させた。


玄関《げんかん》のほうから車《くるま》の発進音《はっしんおん》が響《ひび》いて、モリオは音《おと》がする方向《ほうこう》を思《おも》わず見《み》た。ああ、そういえばココネん家《ち》の前《まえ》に見慣《みな》れない車《くるま》が停《と》まってたけど、あれか？と一人納得《ひとりなっとく》する。と、襖《ふすま》が開《ひら》く音《おと》とともに何《なに》か重《おも》たいものが落《お》ちる音《おと》が後方《こうほう》から聞《き》こえた。

振《ふ》り返《かえ》ると、押《お》し入《い》れからココネが、スカートを尻《しり》までまくれ上《あ》がらせた姿《すがた》で転《ころ》がり出《で》てくるのが見《み》えた。

「何《なに》やっとんなぁ、お前《まえ》。パンツ見《み》えとるが？」

高校生《こうこうせい》にもなって押《お》し入《い》れに入《はい》っているとは、わけがわからない娘《むすめ》だ。モリオが呆《あき》れていると、わわっ、とあわててスカートを直《なお》す。

「うぅん、ちょぉっとな！」

ココネは頰《ほお》を赤《あか》らめ、八《や》つ当《あ》たり気味《ぎみ》にモリオの手《て》を取《と》ると、いつになく真剣《しんけん》な表情《ひょうじょう》でガレージに向《む》かって駆《か》け出《だ》していく。

「モリオ、オートバイ運転《うんてん》できよう？」

「なんならぁ、藪《やぶ》から棒《ぼう》にっ」

今度《こんど》はモリオがあわてる番《ばん》だ。ココネに引《ひ》きずられるように連《つ》れてこられたガレージには、モモタローがコツコツと改造《かいぞう》を続《つづ》けていた、志島自動車製《しじまじどうしゃせい》の古《ふる》びたサイドカー付《つ》きのバイク、S《エス》-193ハーツが置《お》かれている。モリオが呆然《ぼうぜん》としていると、ココネは重《かさ》ねて問《と》い掛《か》けた。

「できるん？　できんの？」

「俺《おれ》、普通免許《ふつうめんきょ》しか持《も》っとらん！」

「ほんならオッケー！」

太鼓判《たいこばん》を押《お》すように告《つ》げると、勝手知《かってし》ったるなんとやらで、ココネは迷《まよ》わずバイクのキーを回《まわ》し、スターターに足《あし》をかけると一気《いっき》に体重《たいじゅう》をかけ踏《ふ》み込《こ》んだ。するとボロロンっと、乾《かわ》いた水平《すいへい》対向《たいこう》エンジン特有《とくゆう》の排気音《はいきおん》が響《ひび》き渡《わた》る。

「運転《うんてん》して」

「ええ⁉」

モリオの返事《へんじ》を待《ま》つことなく、ココネはサイドカーの座席《ざせき》に置《お》きっぱなしだったヘルメットをかぶり、素早《すばや》くそこに乗《の》り込《こ》んだ。

「大丈夫《だいじょうぶ》！　これ車《くるま》の免許《めんきょ》で乗《の》れるんじゃから。行先《いきさき》は高松空港《たかまつくうこう》！」

一度言《いちどい》い出《だ》したら梃子《てこ》でも動《うご》かない、この幼《おさな》なじみの、父親譲《ちちおやゆず》りの性格《せいかく》をモリオはよく知《し》っていた。何《なん》なんならぁ、とぼやきながら、モリオはバイクのシートにまたがり、ハンドルを握《にぎ》っておそるおそるエンジンをふかす。モリオ自身《じしん》、幼《おさな》いころにモモタローが運転《うんてん》するこのバイクに、ココネと一緒《いっしょ》に乗《の》せてもらったことがある。しかし、こんな骨董品《こっとうひん》のようなバイクを自分《じぶん》が運転《うんてん》することになるとは思《おも》ってもいなかった。

「もっとエンジンふかしてええよ！」

ココネがエンジン音《おん》に負《ま》けない声《こえ》を張《は》り上《あ》げた時《とき》、ガレージの入口《いりぐち》に黒《くろ》いスーツにサングラスの男《おとこ》が立《た》ちふさがった。

「お前《まえ》ら！」

どう見《み》ても味方《みかた》とは思《おも》えない男《おとこ》の剣幕《けんまく》に、モリオは思《おも》わずクラッチを離《はな》してしまう。挙《あげ》句《く》バイクは急発進《きゅうはっしん》し、前輪《ぜんりん》が大《おお》きく浮《う》き上《あ》がった。

「おわっ！」

立《た》ちふさがる男《おとこ》をギリギリでかわし——というより、向《む》こうがあわてて避《よ》けたので轢《ひ》かずに済《す》んだというべきか——無事《ぶじ》にバイクは発進《はっしん》し、ぐんぐんとスピードを上《あ》げていく。

「ええよぉモリオ！」

ココネが高《たか》らかに歓声《かんせい》を上《あ》げた。

その頃《ころ》モモタローは、警視庁《けいしちょう》の取調室《とりしらべしつ》にいた。

ご丁寧《ていねい》にパトカーと飛行機《ひこうき》が用意《ようい》されていたおかげで、あっけないくらいスムーズに東京《とうきょう》に着《つ》いた。

今朝《けさ》思《おも》いつくまで、もう二度《にど》と行《い》くことはないと思《おも》っていた東京《とうきょう》に。

刑事《けいじ》たちは何《なに》をしているのか、取調室《とりしらべしつ》にはしばらく一人《ひとり》で座《すわ》らされていた。足《あし》を組《く》んでふんぞりかえり、こっそり持《も》ち込《こ》んだスマホをモモタローは見直《みなお》す。自分《じぶん》がココネに送《おく》った文章《ぶんしょう》——

「お墓《はか》にタブレット隠《かく》したからとられるな」と、それについた既読《きどく》の文字《もじ》。

ココネは墓《はか》に行《い》っただろうか。そして、ジョイに気《き》が付《つ》いただろうか。その中《なか》に潜《ひそ》ませたタブレットの存在《そんざい》にも……。だが、既読《きどく》はついたが返事《へんじ》はまだない。

面倒《めんどう》くさがりの自分《じぶん》と違《ちが》って、スマホ大好《だいす》きなココネが、ここまで既読《きどく》スルーを決《き》め込《こ》むのはありえないことだ。単《たん》に怒《おこ》っているだけなのか、それともココネ自身《じしん》に何《なに》かがあったのか。そもそも、あいつは俺《おれ》が逮捕《たいほ》されたってことを知《し》ってんのか？

昨晩《さくばん》は麻雀《マージャン》に付《つ》き合《あ》わせてしまったから、今《いま》は眠《ねむ》たくて、返事《へんじ》を書《か》かずに放置《ほうち》しているのかも……。しかし、今《いま》の自分《じぶん》の状況《じょうきょう》を考《かんが》えると、ココネに誰《だれ》も接触《せっしょく》していないとは思《おも》えなかった。もし、渡辺《わたなべ》に捕《つか》まっているのだとしたら……。

様々《さまざま》な不安《ふあん》が、脳裏《のうり》を駆《か》け巡《めぐ》る。普段大胆《ふだんだいたん》な割《わり》に、気《き》になり出《だ》したらとことん気《き》になる自分《じぶん》の性格《せいかく》が、モモタローは昔《むかし》からあまり気《き》に入《い》ってはいなかった。

と、ゆっくりと部屋《へや》のドアノブが回《まわ》るのに気《き》が付《つ》き、急《いそ》いでスマホを隠《かく》した。ギリギリのタイミングで、刑事二人《けいじふたり》が取調室《とりしらべしつ》に入《はい》ってくる。

「……お前《まえ》、なんか隠《かく》したか？」

塚本《つかもと》と呼《よ》ばれている、年《とし》がいった刑事《けいじ》が、鋭《するど》い視線《しせん》をこちらに向《む》けた。

不敵《ふてき》な笑《え》みを浮《う》かべながら、モモタローはべつに、とだけ答《こた》える。疑《うたが》わしげにこちらを見《み》つめる刑事《けいじ》たちの前《まえ》に立《た》ち、ズボンのポケットをわざとらしくひっくり返《かえ》して見《み》せた。まだ疑《うたが》いの目《め》を向《む》ける塚本刑事《つかもとけいじ》。

「本当《ほんとう》だって」

「小山《こやま》！」

「はい……。調《しら》べさせてもらうぞ」

塚本刑事《つかもとけいじ》の指図《さしず》で、若《わか》い刑事《けいじ》がモモタローのズボンのポケットと腰回《こしまわ》り、そして股間《こかん》をチェックする。しかし、何《なに》も発見《はっけん》することができない。

「だろ、小山《こやま》くん」

むかし、生活安全課《せいかつあんぜんか》の刑事《けいじ》に散々《さんざん》タバコを隠《かく》していないか調《しら》べられてきたモモタローは、ズボンの裾《すそ》に向《む》かってポケットの穴《あな》からタバコを落《お》とす芸当《げいとう》を身《み》につけていたのだ。チョロいもんじゃが……。モモタローは余裕《よゆう》の表情《ひょうじょう》で身体検査《しんたいけんさ》をパスして見《み》せた。


瀬戸大橋《せとおおはし》をサイドカーで疾走《しっそう》しながら、モリオはココネから事情《じじょう》を聞《き》いていた。だがそれは、全《すべ》て事情《じじょう》を理解《りかい》したとするにはほど遠《とお》い、拙《つたな》い説明《せつめい》だった。

怪《あや》しいヒゲ面《づら》の男《おとこ》がタブレットを探《さが》しにココネの家《いえ》に現《あらわ》れ、タブレットの入《はい》ったお母《かあ》さんの形見《かたみ》のぬいぐるみごと盗《ぬす》んでいったとかなんとか。しかも、その際自分《さいじぶん》も誘拐《ゆうかい》されそうになったことから、押《お》し入《い》れに潜《もぐ》り込《こ》んでいたというのだが……。

「そんな話《はなし》、簡単《かんたん》に信《しん》じられるかぁ？」

「じゃけど、本当《ほんとう》のことなんじゃもん！　モリオも見《み》たじゃろ、黒《くろ》メガネの男《おとこ》」

確《たし》かに黒《くろ》メガネの男《おとこ》は見《み》た。モモタローが逮捕《たいほ》された直後《ちょくご》ということもあり、なんらかの関係性《かんけいせい》はありそうだとモリオも疑《うたが》ってはいる。だがしかし、誘拐《ゆうかい》だの強盗《ごうとう》だのとなってくると、一介《いっかい》の男子大学生《だんしだいがくせい》の自分《じぶん》には、到底《とうてい》手に負《お》えそうにない事件《じけん》ということになる。こういう時《とき》、せめて頼《たよ》りになりそうな人物《じんぶつ》はと考《かんが》えて、自分《じぶん》のオヤジのことを思《おも》い浮《う》かべてみた。しかし、モモタローを慕《した》って四十歳《さい》を過《す》ぎてもなお、モモタローズなるバイク仲間《なかま》を結成《けっせい》しているオヤジらを当《あ》てにするのもどうかと考《かんが》え直《なお》したが、結局警察官《けっきょくけいさつかん》である雉田《きじた》には、連絡《れんらく》をしてみるべきではないかとの考《かんが》えにたどり着《つ》く。

「……雉田《きじた》さんに、連絡《れんらく》せんでええんか？」

「いけん！」

即答《そくとう》かよ……。モリオはこの時点《じてん》で、自分《じぶん》にはすでに意見《いけん》を挟《はさ》む余地《よち》がないらしいことを確信《かくしん》した。まあ、昔《むかし》からそうではあったが。

「まずはジョイとタブレット取《と》り返《かえ》さんと、逃《に》げられてしまうが。雉田《きじた》さんに連絡《れんらく》するんはその後《あと》！」

普段《ふだん》は隙《すき》あらば昼寝《ひるね》をしようとするくせに、ひとたびスイッチが入《はい》ると、誰《だれ》が何《なに》を言《い》おうと電池《でんち》が切《き》れるまでは止《と》まらないココネの気性《きしょう》を、モリオは昔《むかし》から猫《ねこ》みたいだなと思《おも》っていた。

前方《ぜんぽう》を凝視《ぎょうし》したままサイドカーで身構《みがま》えるココネをチラッと見《み》る。次《つぎ》にすべきことを既《すで》に見定《みさだ》めているらしいそのきっぱりとした態度《たいど》に、モリオもまた運転《うんてん》に集中《しゅうちゅう》しようと思《おも》い直《なお》し、口《くち》を閉《と》じてスピードを上《あ》げた。

運行時間《うんこうじかん》ギリギリで高松空港《たかまつくうこう》に乗《の》りつけた渡辺《わたなべ》は、搭乗手続《とうじょうてつづ》きを済《す》ませるべく窓口《まどぐち》へと急《いそ》いでいた。その手《て》にはゼロハリバートンのアタッシェケースと、袋詰《ふくろづ》めにしたジョイがあった。ズダ袋《ぶくろ》からはジョイの首《くび》だけが飛《と》び出《だ》しており、イタリア製《せい》のスーツを着《き》て自家用機《じかようき》を乗《の》り回《まわ》すビジネスマンを気取《きど》る渡辺《わたなべ》にとっては、いささか屈辱的《くつじょくてき》な格好《かっこう》となっていた。

渡辺《わたなべ》たちに遅《おく》れること数分《すうふん》、ココネとモリオも空港《くうこう》に到着《とうちゃく》した。バイクが停《と》まるか停《と》まらないかというタイミングで、サイドカーから飛《と》び降《お》りヘルメットを脱《ぬ》ぎ捨《す》てたココネは「エンジンかけて待《ま》ちょーって！」と言《い》い放《はな》ち、空港入口《くうこういりぐち》へと駆《か》け出《だ》していった。

「おい、ココネ！」

モリオの声《こえ》に振《ふ》り返《かえ》りもしない。

「やっぱり、猫《ねこ》じゃな」

ココネはエントランスの植《う》え込《こ》みから、中《なか》の様子《ようす》を確認《かくにん》してみる。すると運《うん》よくカウンターで空港職員《くうこうしょくいん》と話《はなし》をしている渡辺《わたなべ》がすぐに見《み》つかった。

「おった……」

午後《ごご》八時《じ》を回《まわ》った空港《くうこう》は客《きゃく》が少《すく》なく、渡辺《わたなべ》がこちらを向《む》いたら簡単《かんたん》に見《み》つかってしまいそうだった。しばらく様子《ようす》を見《み》ていると、渡辺《わたなべ》は部下《ぶか》の男《おとこ》に何《なに》か指示《しじ》を出《だ》した。軽《かる》く頭《あたま》を下《さ》げると部下《ぶか》はその場《ば》を離《はな》れていく。渡辺《わたなべ》の足下《あしもと》にはアタッシェケースと、ジョイがはみ出《だ》したズダ袋《ぶくろ》。しめしめだ。

高松空港《たかまつくうこう》はロビーが狭《せま》く、入口《いりぐち》から搭乗《とうじょう》カウンターまでの距離《きょり》は十メートルもなかった。キャリーバッグを引《ひ》きずりながらちょうど入《はい》ってきた二人組《ふたりぐみ》の乗客《じょうきゃく》とともに自動《じどう》ドアをくぐると、掲示板《けいじばん》の陰《かげ》に身《み》を隠《かく》すココネ。これで渡辺《わたなべ》までの距離《きょり》は五メートルほどに縮《ちぢ》まった。さらに近《ちか》くに行《い》こうと体勢《たいせい》を変《か》えた時《とき》、ガレージで履《は》いたスニーカーのゴム底《ぞこ》がキュッと音《おと》を立《た》てた。あわててスニーカーを脱《ぬ》ぎ靴下《くつした》だけになると、上半身《じょうはんしん》をかがめて渡辺《わたなべ》に接近《せっきん》していく。

渡辺《わたなべ》はスマホの画面《がめん》を見《み》ながら、何《なに》やら書類《しょるい》に書《か》き込《こ》みを始《はじ》めた。渡辺《わたなべ》が手元《てもと》に集中《しゅうちゅう》しているうちに、ココネは一気《いっき》に距離《きょり》を詰《つ》め、ジョイの入《はい》った袋《ふくろ》に手《て》をかけ、そっと引《ひ》き寄《よ》せる。だが、ズダ袋《ぶくろ》の口《くち》を締《し》める紐《ひも》が、ゼロハリの取手《とって》に結《むす》び付《つ》けられており、そのまま持《も》ち去《さ》ることはできないようになっていた。

「！」

渡辺《わたなべ》もなかなかに用心深《ようじんぶか》いようだ。

一瞬《いっしゅん》怯《ひる》んだココネだが、迷《まよ》っている暇《ひま》はない。ゼロハリバートンごと持《も》ち上《あ》げると、ジヨイの袋《ふくろ》とともに抱《かか》え込《こ》み、低《ひく》い姿勢《しせい》のままそそくさと掲示板《けいじばん》の陰《かげ》まで引《ひ》きかえす。振《ふ》り返《かえ》ると、渡辺《わたなべ》はまだ手元《てもと》を見《み》つめて書類《しょるい》と格《かく》闘《とう》している。ふ、と一息《ひといき》つき、スニーカーを履《は》こうとした時《とき》、

「渡辺《わたなべ》さん！　バッグが！」

二階《かい》の休憩場《きゅうけいじょう》で飲《の》み物《もの》を買《か》っていた部下《ぶか》が戻《もど》ってきたのだ。

「!?」

すぐには事態《じたい》が把握《はあく》できず、反応《はんのう》が遅《おく》れる渡辺《わたなべ》。はっ、とその意味《いみ》に気《き》づき足下《あしもと》を見《み》て、ようやくアタッシェケースがなくなっていることに気付《きづ》いた。

あわてて、視線《しせん》を巡《めぐ》らせる。するとエントランスに向《む》かって自動扉《じどうとびら》を駆《か》け抜《ぬ》けていく少女《しょうじょ》の姿《すがた》が見《み》えた。モモタローの娘《むすめ》・森川《もりかわ》ココネだ。

「なんであいつがここに⁉」

モリオはココネの言《い》いつけ通《どお》りに、エンジンをかけっぱなしのバイクにまたがって待《ま》っていた。そこにココネがカバンを抱《かか》えて走《はし》ってくるのが見《み》えた。ココネはバイクの横《よこ》を駆《か》け抜《ぬ》けながら、

「先回《さきまわ》りして！」と小声《こごえ》で叫《さけ》んだ。

「ええっ⁉」

そのまま車道《しゃどう》の植《う》え込《こ》みの隙間《すきま》から駐車場《ちゅうしゃじょう》へと駆《か》け込《こ》んでいく。

その後《あと》を追《お》って、渡辺《わたなべ》と部下《ぶか》が必死《ひっし》の形相《ぎょうそう》で後《あと》を追《お》う。モリオの存在《そんざい》には目《め》もくれない。

「なるほど、そういうことか」

モリオはココネの意図《いと》を理解《りかい》して、サイドカーを発進《はっしん》させた。

駐車場《ちゅうしゃじょう》を斜《なな》めに突《つ》っ切《き》っていくココネ。数分前《すうふんまえ》、モリオと空港《くうこう》に到着《とうちゃく》した時《とき》、敷地《しきち》を囲《かこ》むように専用道路《せんようどうろ》が通《とお》っていたことをココネは覚《おぼ》えていた。モリオが合図《あいず》の意味《いみ》に気《き》がついてくれてい

れば、このままなんとか逃《に》げ切《き》れる。

一瞬《いっしゅん》振《ふ》り返《かえ》ると、駐車《ちゅうしゃ》した車《くるま》の角《かど》から渡辺《わたなべ》たちが追《お》いかけてきている。

「森川《もりかわ》ココネだな、話《はなし》があるんだ」

ココネに追《お》いつけないと判断《はんだん》したのか、善良《ぜんりょう》を装《よそお》った声《こえ》で渡辺《わたなべ》が呼《よ》びかけてくる。その声《こえ》に一ミリも反応《はんのう》せず、ココネは駐車場《ちゅうしゃじょう》と植《う》え込《こ》みを仕切《しき》る鉄柵《てっさく》をハードラーのように軽々《かるがる》と飛《と》び越《こ》え、なだらかな坂《さか》になっている植《う》え込《こ》みを、まったくスピードを落《お》とさず駆《か》け抜《ぬ》ける。子《こ》どもの頃《ころ》から、毎朝《まいあさ》坂《さか》や石段《いしだん》を駆《か》け回《まわ》ってきたココネにとって、ふかふかの芝生《しばふ》が敷《し》かれた植《う》え込《こ》みは運動《うんどう》場《じょう》のトラック並《なみ》に走《はし》りやすかった。ココネは半《なか》ば滑《すべ》るように植《う》え込《こ》みを抜《ぬ》けると、下《した》の道路《どうろ》にたどり着《つ》く。しかしまだモリオの姿《すがた》はない。渡辺《わたなべ》が及《およ》び腰《ごし》ながら植《う》え込《こ》みを滑《すべ》り降《お》りてくるのが見《み》える。このままではせっかく引《ひ》き離《はな》したのに追《お》いつかれてしまう。どうする⁉

とそこに、コーナーを曲《ま》がってモリオのサイドカーが姿《すがた》を現《あらわ》した。

「ココネ」

「ナイス、モリオ！」

モリオがわずかにスピードを緩《ゆる》めると、ココネはサイドカーに荷物《にもつ》を放《ほう》り込《こ》み自身《じしん》も軽快《けいかい》に飛《と》び乗《の》った。

「おい、待《ま》てぇ！」

間髪《かんはつ》を容《い》れず渡辺《わたなべ》も追《お》いすがるが、あと一歩《いっぽ》届《とど》かず。モリオが一気《いっき》にアクセルをふかすと、渡《わた》辺《なべ》の怒声《どせい》が後方《こうほう》へと遠《とお》ざかっていくのがわかった。

情《なさ》けない声《こえ》を上《あ》げながらよたよたと減速《げんそく》していく渡辺《わたなべ》に、ようやくホッとするココネ。

「さっすがオラジャーんとこの娘《むすめ》！」

ぐんぐんスピードを上《あ》げながら、モリオは大胆不敵《だいたんふてき》なこの幼《おさな》なじみに素直《すなお》に賞賛《しょうさん》の言葉《ことば》を贈《おく》った。


「くそっ……出発《しゅっぱつ》は延期《えんき》だ！　あの娘《むすめ》を取《と》っ捕《つか》まえるぞ！」

もう走《はし》れない渡辺《わたなべ》は、荒《あら》く息《いき》をつきながら自《みずか》らのスマホを懐《ふところ》から取《と》り出《だ》した。森川家《もりかわけ》に残《のこ》してきた部下《ぶか》に連絡《れんらく》を取《と》る。

「俺《おれ》だ。娘《むすめ》がなんでここにいる？」

「それが……保護《ほご》しようとしたところ、まんまと逃《に》げられてしまいまして……」

気《き》まずそうに消《き》える語尾《ごび》に苛立《いらだ》ちを隠《かく》しきれず、渡辺《わたなべ》は電話《でんわ》の相手《あいて》に雷《かみなり》を落《お》とした。

「馬鹿者《ばかもの》!!　なぜさっさと連絡《れんらく》しなかった！」

「あっ、いやなんか、怒《おこ》られるんじゃない、かと……」

どいつもこいつも使《つか》えんやつらだ！

まるで小学生《しょうがくせい》のような部下《ぶか》の言葉《ことば》に脳《のう》の血管《けっかん》がはちきれそうだったが、すんでのところで怒《いか》りを呑《の》み込《こ》むと、なんとか正気《しょうき》を取《と》り戻《もど》した。

「――森川《もりかわ》はスマホを隠《かく》し持《も》っていると、刑事《けいじ》に伝《つた》えとけ」

これからまた面倒《めんどう》な仕事《しごと》が始《はじ》まりそうな予感《よかん》に、渡辺《わたなべ》は空《あ》いている片手《かたて》でネクタイをゆるめ、ジャケットの前《まえ》ボタンを外《はず》した。――森川《もりかわ》モモタローも、森川《もりかわ》ココネも、親子揃《おやこそろ》ってこの俺《おれ》をコケにしやがって。

「それと、こっちの警察《けいさつ》にも協力《きょうりょく》を要請《ようせい》しろ。犯人《はんにん》の娘《むすめ》が証拠《しょうこ》を持《も》って逃亡《とうぼう》してるってな」

それだけ言《い》って電話《でんわ》を切《き》り、胸《むね》ポケットにスマホをしまった。ふと思《おも》い立《た》ち、ジャケットのポケットに入《い》れっぱなしだった、ココネのスマホを取《と》り出《だ》す。未《いま》だに父娘《おやこ》のやり取《と》りのメッセージ画面《がめん》が表示《ひょうじ》されたままの、そのディスプレイを睨《にら》みつける。

『この男《おとこ》が来《き》たらそいつは悪《わる》い奴《やつ》だ』――実《じつ》にシンプルなモモタローのメッセージと、古《ふる》い写真《しゃしん》。

撮《と》られたのは大田区《おおたく》にある志島《しじま》の電装部品《でんそうぶひん》の下請《したう》け会社《がいしゃ》だった。

渡辺《わたなべ》は回想《かいそう》する。写真《しゃしん》の自分《じぶん》とモモタローは、当《あ》たり前《まえ》のことだがまだ若《わか》く、希望《きぼう》に満《み》ちた顔《かお》をしていた。イクミの手《て》には、ついさっきまで自分《じぶん》の手元《てもと》にあった犬《いぬ》のぬいぐるみが抱《だ》かれている。このあと会長《かいちょう》を追《お》い込《こ》むきっかけをくれたことは感謝《かんしゃ》しているが、十七年越《ねんご》しで二人《ふたり》の娘《むすめ》にまで面倒《めんどう》をかけられることになろうとは。

苛立《いらだ》ちを抑《おさ》え、渡辺《わたなべ》は再《ふたた》びタブレットを手《て》にするための策《さく》を練《ね》り始《はじ》めた。


モリオの運転《うんてん》するサイドカーで、瀬戸中央道《せとちゅうおうどう》を瀬戸大橋《せとおおはし》に向《む》け走《はし》るココネ。

「よかったぁジョイ、なんものうて……」

ココネは、母親《ははおや》が子《こ》どもにしてあげるように、ギュッとジョイを抱《だ》きしめた。実際《じっさい》には、急《きゅう》に襲《おそ》ってきた武者震《むしゃぶる》いを必死《ひっし》で抑《おさ》えるための行動《こうどう》でもあったわけだが、とにかく自然《しぜん》にジョイを強《つよ》く抱《だ》きしめていた。

「この子《こ》、お母《かあ》さんのじゃから」

震《ふる》えが治《おさ》まると、しみじみとつぶやくココネ。普段《ふだん》は母親《ははおや》がいないということに、それほど不《ふ》安《あん》を感《かん》じたりしないほうだと思《おも》っていたが、たった一つの形見《かたみ》であるジョイが盗《ぬす》まれたことで、母《はは》への憧憬《しょうけい》が湧《わ》き上《あ》がってきたのかもしれない。

ひとしきりジョイを抱《だ》きしめると、ココネはジョイのファスナーを開《あ》け、タブレットを確認《かくにん》する。父親《ちちおや》の指示通《しじどお》り〝悪《わる》い奴《やつ》〟から守《まも》れた喜《よろこ》びと、怪《あや》しいヒゲ面《づら》を出《だ》し抜《ぬ》いてやった痛快《つうかい》さから、自然《しぜん》と笑《え》みがこぼれた。

そのタイミングで、モリオがサイドカーの速度《そくど》を緩《ゆる》めた。なぜ?と思《おも》った直後《ちょくご》その理由《りゆう》を理解《りかい》する。赤《あか》い回転灯《かいてんとう》を光《ひか》らせ、サイレンを鳴《な》らしたパトカーが、遥《はる》か後方《こうほう》から猛《もう》スピードで追《お》ってきていたのだ。モリオを見《み》ると、スピード違反《いはん》はしていないとその目《め》が訴《うった》えていた。じゃあ、なんで?

しかし、ココネの心配《しんぱい》をよそに、パトカーはサイドカーを無視《むし》し、あっという間《ま》にスピードを上《あ》げ視界《しかい》から遠《とお》ざかっていった。再《ふたた》び顔《かお》を見合《みあ》わせる二人《ふたり》。

「もしかして、あのヒゲが?」

「だったら捕《つか》まっとるじゃろ。サイドカーは見《み》られとったわけじゃけん」

と言《い》ってすぐ、考《かんが》えを否定《ひてい》するモリオ。

「じゃけど、田舎《いなか》の警察《けいさつ》いうんは妙《みょう》に呑気《のんき》なところがあるけん、たまたま運《うん》が良《よ》かっただけかもわからんな」

モリオの考《かんが》えは当《あ》たっているかもしれないとココネも思《おも》った。実際《じっさい》、田舎《いなか》の警察《けいさつ》は妙《みょう》におおらかなところがある。

そこで二人《ふたり》は、念《ねん》のため高速道路《こうそくどうろ》を降《お》り、一般道《いっぱんどう》を通《とお》るルートを行《い》こうということになった。

高速《こうそく》の四国側最終出口《しこくがわさいしゅうでぐち》を出《で》て、丸亀方面《まるがめほうめん》に進路《しんろ》を進《すす》めたモリオだったが、あまり土地勘《とちかん》がない上《うえ》に、街灯《がいとう》もろくにない田舎道《いなかみち》をやみくもに進《すす》むことに躊躇《ちゅうちょ》していると、ココネがいったんサイドカーを停《と》めてと言《い》い出《だ》した。モリオはとりあえず田《た》んぼの中《なか》にポツンと現《あらわ》れた小《ちい》さな神社《じんじゃ》を拠《よ》り所《どころ》と定《さだ》め、サイドカーを停《と》めエンジンを切《き》った。

ココネはヘルメットを脱《ぬ》ぎ、さっさとサイドカーから下車《げしゃ》する。長時間狭《ちょうじかんせま》いカートに座《すわ》っていたために固《かた》まっていた体《からだ》をほぐそうと、大《おお》きく伸《の》びをした。

「モリオ、スマホ貸《か》してぇ」

夏《なつ》とはいえ、深夜《しんや》、バイクでの走行《そうこう》は体《からだ》を芯《しん》まで冷《ひ》やす。半袖《はんそで》のポロシャツしか着《き》ていなかったココネは、無意識《むいしき》に両腕《りょううで》をさすりながら続《つづ》けた。

「雉田《きじた》さんに連絡《れんらく》して、パトカーで迎《むか》えに来《き》てもらうん」

「はぁ!? お前《まえ》、次々《つぎつぎ》とでーれーこと思《おも》いつくなぁ？」

モリオは、呆《あき》れと驚《おどろ》きを両方含《りょうほうふく》んだ声《こえ》を上《あ》げた。

「あっちが警察《けいさつ》とグルなら、こっちも警察《けいさつ》を使《つか》うまでじゃがぁ」

確《たし》かにスジは通《とお》っているが、何《なに》か使《つか》い方《かた》が違《ちが》うと思《おも》いながら、ともかくモリオはポケットのスマホを取《と》り出《だ》して渡《わた》した。そして上着《うわぎ》を脱《ぬ》ぐと、寒《さむ》そうにしているココネに貸《か》してやった。

ありがたく上着《うわぎ》をはおったココネは、反対《はんたい》にモモタローのタブレットをモリオに差《さ》し出《だ》す。

「これでお父《とう》さんに連絡《れんらく》する方法《ほうほう》ないんかなぁ。メアドもアカウントも、スマホ取《と》られてしもうたから、わからんのよぉ」

それはモリオにも見覚《みおぼ》えのある、真《ま》ん中《なか》にヒビの走《はし》った旧式《きゅうしき》のタブレットだった。

あのヒゲ男《おとこ》は、こんなもん盗《ぬす》んで、何《なに》をしたかったんじゃろうか？　素直《すなお》な疑問《ぎもん》を抱《いだ》きながら、モリオはパスワードすらかかっていないモモタローのタブレットのホーム画面《がめん》を、ゆっくりスワイプしていった。


ココネは、モリオから少《すこ》し離《はな》れた水田《すいでん》の土手《どて》を歩《ある》きながら、雉田《きじた》に電話《でんわ》をかけた。

「あ、もしもし雉田《きじた》さん？……うん、モリオと一緒《いっしょ》なんじゃけど、わけありで今高松《いまたかまつ》なんよ。ほんで、ちょっとパトカーで迎《むか》えに来《き》てほしいんじゃけど」

父親《ちちおや》が逮捕《たいほ》されたというのに、家《いえ》を空《あ》けてモリオとどこにおるんなぁ、と、雉田《きじた》はココネをたしなめたが、モモタローの逮捕《たいほ》と関係《かんけい》があるかもしれない謎《なぞ》の男《おとこ》を追《お》って、高松空港《たかまつくうこう》まで行《い》っていたことを告《つ》げると、雉田《きじた》の興味《きょうみ》はすぐにその出来事《できごと》に移行《いこう》した。根《ね》っからの野次馬根性《やじうまこんじょう》は、モモタローズを結成《けっせい》した高校時代《こうこうじだい》から全《まった》く変《か》わっていないのだろう。

「そいつは大手柄《おおてがら》じゃ、ココネ。すぐに迎《むか》えに行《い》くけぇ」

ノリノリの雉田《きじた》に、パトカーで来《こ》いと念《ねん》を押《お》したが、さすがに私用《しよう》でパトカーは出《だ》せんと断《ことわ》られた。それでも、心強《こころづよ》い援軍《えんぐん》がもうじき駆《か》けつけてくれる。そう思《おも》うと、俄然元気《がぜんげんき》が湧《わ》いてきて、今度《こんど》はモモタローも自分《じぶん》が助《たす》け出《だ》してあげようと、ココネは思《おも》い始《はじ》めた。


モリオは一人《ひとり》カーゴに移動《いどう》し、黙々《もくもく》とタブレットの中身《なかみ》を確認《かくにん》していた。頻繁《ひんぱん》に使《つか》うものから順番《じゅんばん》にだいたいアプリは並《なら》んでいるものだ。その一つ一つを、用途《ようと》を確《たし》かめるようにタップしては閉《と》じる、を繰《く》り返《かえ》していった。車《くるま》の改造《かいぞう》を仕事《しごと》としているモモタローだけに、様々《さまざま》な自動車《じどうしゃ》メーカーのコンピュータを診断《しんだん》するスキャナー・リーダー用《よう》ソフトがインストールされていた。中《なか》には違法《いほう》なソフトと思《おぼ》しきものもいくつか入《はい》っている。

「基本《きほん》、車《くるま》のスキャナー・リーダーに使《つこ》おとったんか……」

下津井始《しもついはじ》まって以来《いらい》の秀才《しゅうさい》と呼《よ》ばれ、東工大《とうこうだい》に現役合格《げんえきごうかく》したモリオからすれば、いささかチープな構成《こうせい》ではあったが、自作《じさく》のプログラムなども組《く》み込《こ》まれており、盗《ぬす》み出《だ》すだけの価値《かち》がどこかにはあるのかもしれないと感《かん》じた。

「どんなん？　お父《とう》さんに連絡《れんらく》できそう？」

そう言《い》って手渡《てわた》されたスマホを受《う》け取《と》りポケットにしまうと、モリオはココネの問《と》いかけにうーん、と声《こえ》を上《あ》げた。

「このタブレットは、自動車《じどうしゃ》のコンディションなんかを診断《しんだん》したりするのに使《つこ》うとったみてぇじゃけ、アドレス帳《ちょう》とかは入《はい》っとらんな。一応《いちおう》ネットには繋《つな》がっとるみてぇじゃけど……」

車《くるま》の診断《しんだん》データを非表示《ひひょうじ》にし、ココネにもわかるホーム画面《がめん》を開《ひら》いて見《み》せた。

「そうなん……」

「雉田《きじた》さん、モモおじさんのメアドとか知《し》らんのか？」

「あの人《ひと》らはしょっちゅう会《お》うとるから、そんなん使《つか》わんのよ」

「なるほど……」

寡黙《かもく》なモモタローもモモタローズの面々《めんめん》には比較的饒舌《ひかくてきじょうぜつ》だったし、そもそもがご近所《きんじょ》さんの集《あつ》まりだ。麻雀《マージャン》だ、飲《の》みだと彼《かれ》らはよく集《あつ》まっていたわけで、確《たし》かにメールなんてものを必要《ひつよう》とする間柄《あいだがら》ではなかった。

「ん？　……なんならこりゃ」

ココネに見《み》せるためにホーム画面《がめん》のスワイプを繰《く》り返《かえ》していたモリオは、最終面《さいしゅうめん》に、見慣《みな》れないアイコンを見《み》つけ手《て》を止《と》めた。髑髏《どくろ》のマークにA《エー》-HEART《ハート》の文字《もじ》。アイコンの左上《ひだりうえ》に赤丸《あかまる》で数字《すうじ》の1が表示《ひょうじ》されており、なにか通知《つうち》がきているようだ。タップして開《ひら》いてみると「タイムライン」が表示《ひょうじ》され、何人《なんにん》かの発言《はつげん》らしき短文《たんぶん》が並《なら》んでいた。

発言者《はつげんしゃ》の中《なか》に、「モモタロー」という文字《もじ》もあった。

「ん、これお父《とう》さん……？」

「うん……どうやら、このアプリは車《くるま》の改造《かいぞう》なんかの情報《じょうほう》をやり取《と》りするための、内輪《うちわ》のSNS《エスエヌエス》として書《か》かれたもんじゃな」

これも自作《じさく》のプログラムか……、と推察《すいさつ》するモリオ。

「そうだ、このタイムラインに書《か》き込《こ》んどきゃあ、モモおじさんが自分《じぶん》のスマホからメッセージを読《よ》む可能性《かのうせい》はあるで」

画面《がめん》をスクロールし、ざっとやりとりを眺《なが》めながらモリオが言《い》った。ココネがぱっと表情《ひょうじょう》をほころばせる。

「それじゃ！」

タブレットをモリオから受《う》け取《と》ると、ココネはさっそく父親《ちちおや》に宛《あ》てたメッセージを入力《にゅうりょく》しはじめた。

『お父《とう》さん無事《ぶじ》？』

『今《いま》どこ？』

『ヒゲの男来《おとこき》た』

『タブレットとスマホ取《と》られたけど、タブレットは取《と》り返《かえ》した。メールを送《おく》れないのでここに書《か》き込《こ》みました。ココネ』

てきぱきと打《う》ち込《こ》むと、元気《げんき》よく「送信《そうしん》！」と言《い》いながら画面《がめん》をタップする。その様子《ようす》を見《み》ながら、あらためてモリオの中《なか》に一つの疑念《ぎねん》が湧《わ》き上《あ》がってきた。

「……あいつら、なんでこのタブレット狙《ねら》いよーったんじゃろ？」

一仕事終《ひとしごとお》えた、といった表情《ひょうじょう》で、ココネがタブレットから顔《かお》を上《あ》げる。

「わからん」

まあ、そうだよな……モリオは心《こころ》の中《なか》でそうつぶやいた。

そのころ、取調室《とりしらべしつ》のモモタローは、余裕《よゆう》の表情《ひょうじょう》でだんまりを決《き》め込《こ》んでいた。警察《けいさつ》というところは、自分《じぶん》たちが思《おも》い描《えが》いた答《こた》えに向《む》かって状況《じょうきょう》が動《うご》かないことを最《もっと》も嫌《きら》う場所《ばしょ》だと、ヤンキー時代《じだい》の経験《けいけん》からモモタローは知《し》っていた。だから、あえて自分《じぶん》から疑《うたが》いを晴《は》らそうとしないことで、まんまと刑事《けいじ》たちを困惑《こんわく》させることに成功《せいこう》していた。

「普通《ふつう》は、大《おお》げさに犯行《はんこう》を否定《ひてい》して見《み》せるものなんだがな……」

ベテラン刑事《けいじ》の塚本《つかもと》は、モモタローの一切《いっさい》負《お》い目《め》の見《み》えない態度《たいど》に疑問《ぎもん》を感《かん》じていた。だが、まだ年若《としわか》い小山《こやま》は、その余裕《よゆう》をふてぶてしさと捉《とら》え、なんとか綻《ほころ》びを見《み》つけてやろうと苛立《いらだ》っていた。

と、そこに、渡辺《わたなべ》の部下《ぶか》からのメールの着信《ちゃくしん》がある。見《み》るとそこには『森川《もりかわ》は、スマホを隠《かく》し持《も》っている』とのタレコミ情報《じょうほう》が書《か》かれていた。

モモタローを出《だ》し抜《ぬ》いてやろうと策《さく》を講《こう》じた小山《こやま》は、ひそひそと塚本《つかもと》に耳打《みみう》ちをすると、モモタローのほうをチラリと確認《かくにん》してからゆっくりと部屋《へや》を出《で》ていった。

二人《ふたり》が、確実《かくじつ》に部屋《へや》を離《はな》れたであろうタイミングを見計《みはか》らって、モモタローは隠《かく》し持《も》っていたスマホをズボンの裾《すそ》から取《と》り出《だ》した。

メッセージアプリを確認《かくにん》するが、そこにはまだ何《なに》も書《か》き込《こ》まれてはいなかった。やはりココネの身《み》に何《なに》かあったのではないか？　気《き》をもむモモタローは、イライラしながら手癖《てくせ》でホーム画面《がめん》をスワイプさせた。すると、仕事以外《しごといがい》ではあまり使《つか》わない内輪《うちわ》のSNS《エスエヌエス》のほうに、何《なに》か書《か》き込《こ》みがあることに気《き》がつく。しかもその新《あたら》しい書《か》き込《こ》みは、モモタロー自身《じしん》の書《か》き込《こ》みとなっていた。

「うん？……」

見《み》るとそれは、ココネからのメッセージではないか。

その短《みじか》い文章《ぶんしょう》を読《よ》むだけで十分《じゅうぶん》だった。モモタローは今《いま》ココネがどんな状態《じょうたい》にいるかを理解《りかい》し、少《すこ》し安心《あんしん》したが、渡辺《わたなべ》への強《つよ》い怒《いか》りもこみ上《あ》げてきた。

「あの野郎《やろう》、ココネに何《なに》かしたら、ただじゃ済《す》まさんぞ！」

一瞬《いっしゅん》、警戒《けいかい》を忘《わす》れた刹那《せつな》、取調室《とりしらべしつ》のドアが勢《いきお》いよく開《ひら》き、小山《こやま》と塚本《つかもと》が踏《ふ》み込《こ》んできた。

「……なるほどな」

吐《は》き捨《す》てるように言《い》い放《はな》つと、小山《こやま》はモモタローの腕《うで》を掴《つか》み、スマホを奪《うば》い取《と》った。しまったと思《おも》いながら、モモタローは掴《つか》まれた腕《うで》を振《ふ》りほどき、口《くち》をへの字《じ》に曲《ま》げて腕組《うでぐ》みをして見《み》せた。

かろうじて自制心《じせいしん》は保《たも》てている。

「志島《しじま》から連絡《れんらく》があってな……」

小山《こやま》は、してやったりとスマホの画面《がめん》をスクロールし、ココネとのやりとりを確認《かくにん》する。

「証拠《しょうこ》のタブレットを、娘《むすめ》さんが持《も》って逃走中《とうそうちゅう》だそうだ」

「ココネが？」

「逃走中《とうそうちゅう》」とはどういうことだ？　塚本刑事《つかもとけいじ》が、モモタローの思《おも》いを察《さっ》して後《あと》を継《つ》ぐ。

「盗《ぬす》んだモノを持《も》って出《で》てくるよう、娘《むすめ》さんに伝《つた》えたらどうだ？」

その一言《ひとこと》で、かろうじて抑《おさ》えていたモモタローの自制心《じせいしん》は吹《ふ》き飛《と》んだ。

「じゃから！」

モモタローは思《おも》わずバンっと机《つくえ》を叩《たた》く。

「……盗《ぬす》もうとしょーるんは、志島《しじま》のほうなんよ！　データはコピーしても消《き》えんじゃろーがな。オリジナルを持《も》っとらんから欲《ほ》しがりょうんじゃ！」

しまった、と思《おも》ったが時《とき》すでにおそし。刑事《けいじ》の術中《じゅっちゅう》にはまってしまったことを悔《く》やみながら、モモタローは苛立《いらだ》ちで髪《かみ》を無造作《むぞうさ》にかき散《ち》らした。


「なにしとーん？」

ココネは、渡辺《わたなべ》の鞄《かばん》を勝手《かって》に開《ひら》いて、中《なか》のものをごそごそといじり始《はじ》めたモリオに問《と》いかけた。

「ん？　あいつが何者《なにもの》なんか、手《て》がかりがないかと思《おも》うてなあ」

そう言《い》って、渡辺《わたなべ》の札入《さつい》れから取《と》り出《だ》した名刺《めいし》をココネに手渡《てわた》す。

「しじまじどうしゃ……これ、なんと読《よ》むん？」

苦手《にがて》な漢字《かんじ》ばかりの名刺《めいし》に、社名《しゃめい》までは読《よ》めたものの、肩書《かたが》きの部分《ぶぶん》で早々《そうそう》に音《ね》を上《あ》げた。

「それでも高三《こう》か？　志島自動車《しじまじどうしゃ》、取締役専務執行役員《とりしまりやくせんむしっこうやくいん》、渡辺一郎《わたなべいちろう》……って、こいつ志島自動車《しじまじどうしゃ》の役員《やくいん》か！」

同《おな》じく鞄《かばん》の中《なか》から見《み》つけた「渡辺一郎《わたなべいちろう》」の自動車免許《じどうしゃめんきょ》と名刺《めいし》を見比《みくら》べて、ヒゲの正体《しょうたい》が齢《よわい》五十の有名企業《ゆうめいきぎょう》の取締役《とりしまりやく》と分《わ》かり驚《おどろ》く。

「志島自動車《しじまじどうしゃ》、って？」

しかしココネには通用《つうよう》しなかった。この幼《おさな》なじみは、本当《ほんとう》に自分《じぶん》の家《いえ》と学校《がっこう》での暮《く》らし以外興味《いがいきょうみ》がない、無垢《むく》な少女《しょうじょ》なのか？　呆《あき》れた声《こえ》でモリオは返《かえ》した。

「あのなぁ。志島《しじま》といやぁ、日本《にほん》でも屈指《くっし》の自動車《じどうしゃ》メーカーでぇ」

そう言《い》ってサイドカーについたエンブレムを指《ゆび》さす。このバイクも、実《じつ》は志島自動車《しじまじどうしゃ》のものだ。S《エス》‐193ハーツ。記念《きねん》すべき、志島《しじま》の開発第一号車《かいはつだいいちごうしゃ》だ。

「そんなことも知《し》っとらんのか？」

そうココネに畳《たた》み掛《か》けるが、まるでピンときていない様子《ようす》。それどころか、「そんなことゆうたら、ウチだって森川自動車《もりかわじどうしゃ》じゃが」と返《かえ》す始末《しまつ》である。

やれやれと、ココネへの説明《せつめい》を早々《そうそう》に諦《あきら》めるモリオ。

「……あ、そういやぁ」

「なんだ？」

思考《しこう》を、渡辺《わたなべ》の犯行動機《はんこうどうき》に切《き》り替《か》えていたモリオに、嬉々《きき》として今思《いまおも》いついたことを伝《つた》えてくるココネ。

「お母《かあ》さんの昔《むかし》の名字《みょうじ》は、〝シジマ〟じゃった気《き》ィする！」

「……はあ」

唖然《あぜん》としたモリオの返事《へんじ》に、ココネはてへ、とはにかんで笑《わら》って見《み》せた。

「あんましぃ関係《かんけい》ないか？」

当《あ》たり前《まえ》じゃ！　と心《こころ》の中《なか》で突《つ》っ込《こ》んで、だがすぐに、モリオは難《むずか》しい顔《かお》で腕組《うでぐ》みをして、考《かんが》え込《こ》んだ。

「……ココネのお母《かあ》さん、なんで死《し》んだんじゃったかな？」

「え？　事故《じこ》じゃあゆうて聞《き》いとるけど……」

唇《くちびる》に手《て》を置《お》いて思考《しこう》を巡《めぐ》らせるモリオをよそに、ココネはふわぁ、と大《おお》きなあくびをひとつ。

ヒゲの正体《しょうたい》を探《さぐ》ること、志島自動車《しじまじどうしゃ》について知《し》ること、自分《じぶん》の母親《ははおや》について思《おも》いを馳《は》せること
――ココネの脳《のう》の処理能力《しょりのうりょく》を大《おお》きく超《こ》える問題《もんだい》の数々《かずかず》に、結論《けつろん》よりも先《さき》に睡魔《すいま》が訪《おとず》れた。

「雉田《きじた》さん来《く》るまで、することないけん私少《わたしすこ》し寝《ね》るわあ」

ココネはバイクを降《お》り、サイドカーに座《すわ》るモリオの隣《となり》に体《からだ》をねじ込《こ》んできた。

「なんでぇ⁉　こんな時《とき》にっ」

非難《ひなん》と困惑《こんわく》の声《こえ》をあげるモリオにはお構《かま》いなしに、ココネはシートに身《み》を預《あず》けて目《め》を閉《と》じる。

しかしすぐにぱちりと目《め》を開《あ》け、モリオに釘《くぎ》を刺《さ》した。

「……さみいけん入《はい》っとってもええけどぉ、お尻触《しりさわ》ったらいけんよ」

「！　さ、触《さわ》るかあ……」

やましい気持《きも》ちはなかったはずなのに、あからさまに言《い》われるとドギマギしてしまう。モリオは頬《ほお》を赤《あか》らめながら体《からだ》をココネとは反対《はんたい》の方向《ほうこう》に引《ひ》こうとするが、そもそも一人《ひとり》乗《の》りのサイドカーでそんなスペースが確保《かくほ》できるはずもない。望《のぞ》もうと望《のぞ》むまいと、二人《ふたり》の体《からだ》は狭《せま》い車内《しゃない》でぴったりと密着《みっちゃく》してしまっていた。モリオが気《き》まずそうにココネのほうを見《み》ると、ココネはすでに静《しず》かな寝息《ねいき》を立《た》てて深《ふか》い眠《ねむ》りについていた。波乱《はらん》と謎《なぞ》だらけの一日《いちにち》の終《お》わりとは思《おも》えないほどの、あまりに平和《へいわ》な寝顔《ねがお》。

不可解《ふかかい》な事件《じけん》に巻《ま》き込《こ》まれているというのに、本人《ほんにん》が気《き》にしてないなら、俺《おれ》が気《き》にしてもはじまらんか。

モリオはメガネを外《はず》すと、ココネと反対方向《はんたいほうこう》に頬杖《ほおづえ》をついて、ゆっくりと目《め》を閉《と》じた。

巨大《きょだい》な満月《まんげつ》が天空《てんくう》に浮《う》かび、世界《せかい》を雪景色《ゆきげしき》の晩《ばん》のように青白《あおじろ》く照《て》らしていました。ココネに上着《うわぎ》を貸《か》して眠《ねむ》ったモリオは、肌寒《はだざむ》さからうっすらと意識《いしき》を取《と》り戻《もど》し、目《め》を開《あ》けました。まだ眠気《ねむけ》を訴《うった》えてくる瞼《まぶた》をこじ開《あ》け、メガネをかけて目《め》の前《まえ》の鳥居《とりい》を見《み》つめました。あれ、妙《みょう》に明《あか》るいな……白《しろ》く光《ひか》る鳥居《とりい》とコントラストの強《つよ》い影《かげ》に違和感《いわかん》を覚《おぼ》えながら背後《はいご》を振《ふ》り返《かえ》ると、モリオはあんぐりと口《くち》を開《あ》けました。

そこには、朝《あさ》もやに煙《けむ》る田園風景《でんえんふうけい》――ではなく、夜空《よぞら》を映《うつ》した鏡面《きょうめん》のような海《うみ》が広《ひろ》がっていました。しかも隣《となり》で眠《ねむ》っていたはずのココネの姿《すがた》もありません。

ココネを探《さが》してサイドカーを降《お》りると、海辺《うみべ》に小《ちい》さな人影《ひとかげ》が見《み》えました。

「……ココネ!?」

おぼつかない足取《あしど》りで、その人影《ひとかげ》に近《ちか》づいていくと、それは海賊《かいぞく》の格好《かっこう》をした小《ちい》さな女《おんな》の子《こ》と、自分《じぶん》の足《あし》で歩《ある》いている、ぬいぐるみのジョイでした。

「ぬいぐるみが歩《ある》きょーる？」

「なんでモリオ⁉」

女《おんな》の子《こ》はモリオのことを知《し》っているようでした。

「ん？　誰《だれ》なんお前《まえ》」

ぶっきらぼうに聞《き》くモリオに、女《おんな》の子《こ》も戸惑《とまど》いながら答《こた》えました。

「私《わたし》はエンシェン！　……あっ、でも、ホントはココネ」

「はぁ？」

女《おんな》の子《こ》をよく見《み》ると、確《たし》かに子《こ》どもの頃《ころ》のココネによく似《に》ています。怪訝《けげん》そうなモリオに、エンシェンと名乗《なの》る少女《しょうじょ》も、どう答《こた》えてよいやら思案《しあん》している様子《ようす》。ぬいぐるみのジョイは不思議《ふしぎ》そうに二人《ふたり》の顔《かお》を交互《こうご》に見比《みくら》べました。

モリオは状況《じょうきょう》を把握《はあく》しようと、もう一度《いちど》自分《じぶん》たちがいるこの場所《ばしょ》を見渡《みわた》してみました。

一眠《ひとねむ》りする前《まえ》は確《たし》かに田《た》んぼの中《なか》の鎮守《ちんじゅ》の杜《もり》だったはずなのですが、今《いま》はまるで海面《かいめん》に浮《う》かぶ小《ちい》さな島《しま》、といった様相《ようそう》です。

「ここは、多分《たぶん》、ヒル・マウンテンのどこかだと思《おも》うんだけど……」

「ヒル・マウンテン？」

エンシェンとモリオが互《たが》いに半信半疑《はんしんはんぎ》な会話《かいわ》を続《つづ》けていると今度《こんど》は溶接用《ようせつよう》の鉄仮面《てつかめん》と、マスカレード用《よう》の鳥仮面《とりかめん》をつけた男《おとこ》が二人《ふたり》、海辺《うみべ》をドカドカと走《はし》ってくるのが見《み》えました。

「おおい、大事《おおごと》じゃあ！」

どこか聞《き》き覚《おぼ》えのある声《こえ》だなとモリオが眺《なが》めていると、男《おとこ》たちはエンシェンの前《まえ》で立《た》ち止《ど》まり、ひょいとマスクを外《はず》しました。マスクの下《した》にあったその顔《かお》は、モリオも良《よ》く知《し》るモモタローズの二人《ふたり》、雉田《きじた》とモリオの父《ちち》、佐渡《さわたり》でした。

「雉田《きじた》さん！　……とオヤジ!?」

二人《ふたり》はなぜか兵士《へいし》のような格好《かっこう》をしており、現在《げんざい》の年齢《ねんれい》よりずいぶん若《わか》く見《み》えました。佐渡《さわたり》は、モリオを不機嫌《ふきげん》そうにジロジロと眺《なが》め、

「でぇなら、このひょうろくだまは？」と大《おお》きな声《こえ》で怒鳴《どな》り返《かえ》しました。

「なんなあ、オヤジ、息子《むすこ》の顔《かお》を忘《わす》れたんか!?」

「はあ？　俺《おれ》はおめえみてえな、でけえ息子《むすこ》を持《も》った覚《おぼ》えはねえんじゃ！」

口論《こうろん》する二人《ふたり》をよそに、雉田《きじた》は苦々《にがにが》しげにエンシェンに告《つ》げました。

「エンシェン、ピーチがベワンに捕《つか》まってしもうた」

「え!?」

佐渡《さわたり》も表情《ひょうじょう》を引《ひ》き締《し》めて続《つづ》けます。

「こっちにも衛兵《えいへい》が向《む》こうてきょーる」

「ここは俺《おれ》らに任《まか》せて、ピーチを助《たす》けに行《い》ってやってくれぇ！」

そう言《い》い放《はな》つと、彼《かれ》らは再《ふたた》びマスクを被《かぶ》りもと来《き》た方向《ほうこう》へと駆《か》け出《だ》していきました。

「……オヤジら、若《わか》かったな……」

妙《みょう》なところに感心《かんしん》しているモリオに、エンシェンは告《つ》げました。

「モリオ、行《い》こう！」

「ええ⁉」

「このまま夢《ゆめ》の中《なか》でお父《とう》さんを助《たす》ければ、現実《げんじつ》のお父《とう》さんも助《たす》かるかも！」

ハーツのほうへ駆《か》けだしたエンシェンを、あわててモリオも追《お》いかけました。ジョイもそのとおり、と言《い》わんばかりの力強《ちからづよ》い表情《ひょうじょう》で頷《うなず》いて、二人《ふたり》の後《あと》に続《つづ》きました。

「おい待《ま》てよ、夢《ゆめ》って⁉　なんのことなぁ？」

「今朝《けさ》から私《わたし》が見《み》てるこの夢《ゆめ》、なぜだか現実《げんじつ》と繋《つな》がっとるん。魔法《まほう》が使《つか》えるこっちで助《たす》けに行《い》ったほうが、都合《つごう》がええが！」

エンシェンは説明《せつめい》するのももどかしく、サイドカーに飛《と》び乗《の》りました。

「また運転《うんてん》して！」

命《めい》じられるままに運転席《うんてんせき》にまたがると、モリオは現実《げんじつ》と同《おな》じようにエンジンを吹《ふ》かしました。

サイドカーは猛烈《もうれつ》な勢《いきお》いで走《はし》り始《はじ》めました。

海辺《うみべ》を辿《たど》ってしばらく行《い》くと、雉田《きじた》と佐渡《さわたり》が衛兵《えいへい》たちと浅瀬《あさせ》で激《はげ》しい戦闘《せんとう》を繰《く》り広《ひろ》げているのが見《み》えてきました。エンシェンはそちらに大《おお》きく手《て》を振《ふ》り「タキージ！　ウッキー！　後《あと》はよろしくね！」と大《おお》きな声《こえ》を張《は》り上《あ》げました。

心配《しんぱい》するどころかどこか楽《たの》しげな声《こえ》で、エンシェンは今度《こんど》はモリオに命《めい》じます。

「モリオ！　飛《と》ばせええ！」

「ええっ……!?」

いきなりガクン、と車体《しゃたい》が沈《しず》み込《こ》んだと思《おも》ったら次《つぎ》の瞬間《しゅんかん》、車輪《しゃりん》がふわっと宙《ちゅう》に浮《う》かび、そのままサイドカーは音《おと》もなく高度《こうど》を上《あ》げ、まるで飛行機《ひこうき》が離陸《りりく》するみたいに空《そら》へと飛《と》び出《だ》しました。

「うおおおっ！」

ぐんぐん地面《じめん》から離《はな》れ、棒《ぼう》を振《ふ》り回《まわ》して戦《たたか》うタキージ、ウッキーの姿《すがた》が見《み》る見《み》る小《ちい》さくなっていきます。大勢《おおぜい》の衛兵《えいへい》に対《たい》し、たった二人《ふたり》で勇猛果敢《ゆうもうかかん》に攻《せ》め込《こ》む二人《ふたり》の姿《すがた》を見《み》て、モリオは、ヤンキー時代《じだい》のオヤジらは、いつもあんな感《かん》じだったのだろうなと想像《そうぞう》し、少《すこ》し誇《ほこ》らしい気持《きも》ちになっていました。

と突然《とつぜん》、車体《しゃたい》ががくがくと大《おお》きく揺《ゆ》れ、重力《じゅうりょく》の存在《そんざい》をいきなり思《おも》い出《だ》したみたいに急降下《きゅうこうか》を始《はじ》めました。

「ハーツ、どうしたの？」

まだ本調子《ほんちょうし》ではないハーツをエンシェンは懸命《けんめい》に応援《おうえん》します。すると、墜落《ついらく》する寸前《すんぜん》、タキージたちと争《あらそ》う衛兵《えいへい》たちの間《あいだ》を切《き》り裂《さ》くように、サイドカーは海面《かいめん》すれすれを突《つ》っ切《き》って水平飛行《すいへいひこう》を維持《いじ》しました。

「どいてえぇぇえ！」

悲痛《ひつう》な叫《さけ》び声《ごえ》をあげて飛《と》び去《さ》るモリオとエンシェンに向《む》かって、ウッキーが拳《こぶし》を突《つ》き上《あ》げ叫《さけ》びました。

「エンシェン！　ピーチを頼《たの》むでー！」

「まかせてー！」

海賊《かいぞく》の帽子《ぼうし》を飛《と》ばされないよう押《お》さえながらエンシェンは、ウッキーとタキージに笑顔《えがお》で手《て》を振《ふ》りました。

小島《こじま》を離《はな》れ、さざ波《なみ》一つない海面《かいめん》すれすれを飛行《ひこう》していくモリオとエンシェン。

「……一体《いったい》、どういう原理《げんり》ならぁ……？」

もう一度《いちど》ふわりと浮《う》かび上《あ》がったハーツは、先《さき》ほどの不調《ふちょう》を感《かん》じさせない軽快《けいかい》さで、みるみる高度《こうど》を上《あ》げていきます。前方《ぜんぽう》には巨大《きょだい》な満月《まんげつ》が浮《う》かび、瀬戸大橋《せとおおはし》を思《おも》わせる吊橋《つりばし》が、遥《はる》か水平線《すいへいせん》の果《は》てまで延《の》びています。その壮大《そうだい》な景色《けしき》に、思考停止《しこうていし》しているモリオに、エンシェンはようやくこの世界《せかい》の説明《せつめい》を始《はじ》めました。

「ここは、お父《とう》さんが昔作《むかしつく》った物語《ものがたり》の世界《せかい》だよ」

「物語《ものがたり》の世界《せかい》？」

「そう。モリオも覚《おぼ》えとらん？　小《ち》っちゃい頃《ころ》にさ、ウチに泊《と》まりに来《き》た時《とき》とか、お父《とう》さんが寝《ね》る前《まえ》に話《はな》してくれた……」

子《こ》どもの頃《ころ》の記憶《きおく》をモリオは懸命《けんめい》に思《おも》い出《だ》してみました。

「……そういやあモモおじさん、姫《ひめ》キャラの女《おんな》の子《こ》が活躍《かつやく》する物語《ものがたり》をよく、当意即妙《とういそくみょう》に話《はな》しょーたな」

「すっごく楽《たの》しかったなあ……今《いま》のお父《とう》さんからじゃ、想像《そうぞう》もつかんけど」

呆《あき》れたような口調《くちょう》でつぶやくエンシェンを、モリオは逆《ぎゃく》にからかいます。

「ほんでもお前《まえ》、すぐ寝《ね》とったが」

「え、そうだっけ？」

思《おも》い当《あ》たる節《ふし》があるエンシェンは、照《て》れ臭《くさ》そうに頭《あたま》をかきました。

それでモリオは、徐々《じょじょ》に物語《ものがたり》の記憶《きおく》と現実《げんじつ》をつなげていきました。

「……なるほどな。モモタローズじゃけぇ、サルとキジでウッキー、タキージいうわけか。ピーチいうんが、モモおじさんいうことじゃな。でも、ココネはなんでエンシェンなんじゃろう？」

昔《むかし》の思《おも》い出《で》がよみがえってきて、モリオは楽《たの》しくなってきました。

「オヤジらぁが若《わか》かったんもココネがちびっこなんも、みんな子《こ》どもの頃《ころ》の記憶《きおく》のまんまじゃからなんじゃな」

「じゃあ……なんでモリオはモリオのままなの？」

その疑問《ぎもん》に答《こた》えたのは、ずっと黙《だま》ったままだったジョイでした。

「モリオくんは物語《ものがたり》に登場《とうじょう》したことがないから、〝夢《ゆめ》の中《なか》〟での設定《せってい》がないんだよ」

ジョイもしゃべれるのかと、びっくりするモリオ。

「そうなんか?」

せっかく物語世界《ものがたりせかい》を満喫《まんきつ》していたのに、モリオには設定《せってい》がないと教《おし》えられ、エンシェンは少《すこ》しがっかりしてしまいました。そんなエンシェンとは裏腹《うらはら》に、モリオはちっともがっかりしていません。がっかりするどころか現実的《げんじつてき》な想像《そうぞう》をめぐらせむしろ楽《たの》しんでいるようです。

「だとすると、今《いま》の俺《おれ》はココネの夢《ゆめ》に出演《しゅつえん》している〝モリオ〟に過《す》ぎず、お前《まえ》が目覚《めざ》めれば俺《おれ》は、お前《まえ》の夢《ゆめ》に登場《とうじょう》したことすら覚《おぼ》えていないというわけだ」

納得《なっとく》してつぶやくモリオに、エンシェンはますますがっかりしてしまいます。

「ええ、そんなのやだ！　なんか夢《ゆめ》がないじゃん?」

「諦《あきら》めろ。俺《おれ》はリアリストだからな」

モリオはそう答《こた》えると、ハーツのハンドルをグッと握《にぎ》って強引《ごういん》に旋回《せんかい》させました。おおきく機《き》体《たい》を傾《かたむ》けながら、ハーツは長大《ちょうだい》な橋《はし》の下《した》をくぐり、反対側《はんたいがわ》へと飛《と》び出《だ》しました。そのまま今度《こんど》は機体《きたい》を逆《ぎゃく》に傾《かたむ》けると、橋《はし》のアーチをくぐり抜《ぬ》け、ハープ状《じょう》のケーブルをかすめて加速《かそく》していきます。

どうやらモリオは、この世界《せかい》でハーツを運転《うんてん》するコツをつかんできたようです。ダイナミックすぎるジェットコースターのように急降下《きゅうこうか》すると、今度《こんど》は雲《くも》の中《なか》に突入《とつにゅう》し、霧《きり》のトンネルを疾走《しっそう》していきます。ハンドルやサイドカーの角《かど》から飛行機雲《ひこうきぐも》が発生《はっせい》するのを見《み》て、エンシェンは目《め》を丸《まる》くしました。

「大気中《たいきちゅう》の水蒸気《すいじょうき》が気圧《きあつ》の変化《へんか》で飛行機雲《ひこうきぐも》を発生《はっせい》させよんじゃ。ココネも手《て》えかざしてみぃ」

モリオに言《い》われて、右手《みぎて》を伸《の》ばすと、エンシェンの指先《ゆびさき》からも、飛行機雲《ひこうきぐも》が発生《はっせい》し、後方《こうほう》へと伸《の》びていきます。

「なんじゃろこれ、楽《たの》しいわ」

目《め》まぐるしく変《か》わる光景《こうけい》に、エンシェンは楽《たの》しそうに笑《わら》い、リアリストを自称《じしょう》していたモリオも、柄《がら》にもなく荒唐無稽《こうとうむけい》な世界《せかい》を本気《ほんき》で楽《たの》しんでいるようです。ですが、何事《なにごと》も調子《ちょうし》に乗《の》りすぎると良《よ》いことはありません。

「うわあっ！」

雲《くも》の中《なか》で方向感覚《ほうこうかんかく》を失《うしな》っていたらしく、突如前方《とつじょぜんぽう》に橋《はし》の橋脚《きょうきゃく》が迫《せま》ってきました。

ギリギリのところで後輪《こうりん》が橋桁《はしげた》に接触《せっしょく》し、その反動《はんどう》でモリオはハンドルを離《はな》してしまいました。

雲《くも》を突《つ》き抜《ぬ》け、上空《じょうくう》に放《ほう》り出《だ》されてしまうモリオ。エンシェンは、あわててサイドカーを人型《ひとがた》のハーツに変形《へんけい》させると、落下《らっか》するモリオを助《たす》けるべく急降下《きゅうこうか》していきました。

「うわあああああ！」

俺《おれ》はこのまま死《し》んでしまうのかな、だが、ここはココネの夢《ゆめ》の中《なか》だ。仮《かり》に死《し》んだとしても、現実《げんじつ》では何《なに》も起《お》きていないはずだ。そう言《い》い聞《き》かせても、恐怖《きょうふ》は一向《いっこう》に消《き》えません。もうダメかも……。モリオがそう覚悟《かくご》を決《き》めた時《とき》、ハーツのロボットアームがモリオの身体《からだ》をキャッチしました。

「……危《あぶ》なかったぁ……」

エンシェンとジョイを背中《せなか》に乗《の》せ、モリオを腕《うで》で抱《かか》えたハーツは、明《あ》け切《き》らぬ暗《くら》い空《そら》の下《した》、きらきらと宝石箱《ほうせきばこ》のように輝《かがや》く街《まち》に向《む》かって飛《と》んでいきます。その美《うつく》しさに、エンシェンはうわあ、と声《こえ》をあげました。

「……そうだ」

エンシェン同様《どうよう》に街並《まちな》みを眺《なが》めていたモリオは、ふと思《おも》い出《だ》しました。

「タイトルは確《たし》か、〝エンシェンと魔法《まほう》のタブレット〟だ」

それは、幼《おさな》いココネにモモタローが聞《き》かせてくれた、物語《ものがたり》のタイトルです。

「そうだ、〝エンシェンと魔法《まほう》のタブレット〟！」

エンシェンも、嬉《うれ》しそうに繰《く》り返《かえ》します。二人《ふたり》が微笑《ほほえ》み合《あ》った瞬間《しゅんかん》、ハーツがまたしてもガクンと揺《ゆ》れました。

「うわっ、今度《こんど》はなんだ!?」

単純《たんじゅん》にバランスを崩《くず》したのとは異《こと》なる不安定《ふあんてい》な動《うご》きに、モリオはまた情《なさ》けない悲鳴《ひめい》を上《あ》げます。

ハーツの背《せ》に乗《の》ったエンシェンは、燃料《ねんりょう》メーターがエンプティーを指《さ》していることに気《き》がつきました。

「燃料切《ねんりょうぎ》れっ!?」

「なんだとおおぉ!?」

ガクンガクンと上下《じょうげ》に揺《ゆ》れるハーツに、必死《ひっし》でしがみつきながらエンシェンは命《めい》じます。

「ハーツ、どこかに着陸《ちゃくりく》してっ!」

しかしハーツは立《た》ち直《なお》ることなく、真《ま》っ逆《さか》さまに宝石箱《ほうせきばこ》のような街《まち》に向《む》かって落下《らっか》していきます。

「うわあああー!」

「きゃあああー!」

モリオとエンシェンとジョイは、もう叫《さけ》ぶことしかできません。固《かた》く目《め》をつぶり、落下《らっか》の感覚《かんかく》に身《み》を任《まか》せました。

第《だい》三章《しょう》

「……わあ！」

猛《もう》スピードで落下《らっか》する夢《ゆめ》から逃《のが》れようと、ココネはぱっと目《め》を開《あ》けた。

途端《とたん》にむわっとした熱気《ねっき》、雑多《ざった》な食《た》べ物《もの》や排気《はいき》ガス、アンモニアの入《い》り混《ま》じった臭《にお》いが押《お》し寄《よ》せてきた。目《め》の前《まえ》にあったはずの鳥居《とりい》と鎮守《ちんじゅ》の杜《もり》は姿《すがた》を消《け》し、代《か》わりにコンクリートの壁《かべ》に頭上《ずじょう》まで覆《おお》われている。高架下《こうかした》のトンネル？……隣《となり》にいたはずのモリオの姿《すがた》もない。あわてて後方《こうほう》を振《ふ》り返《かえ》ると、少《すこ》し離《はな》れたところで、ぽつんと立《た》っているモリオが見《み》えた。さっきまでモリオと夢《ゆめ》の中《なか》で空《そら》を飛《と》んでいたら、いつの間《ま》にかハーツごとここに移動《いどう》してしまったらしい。サイドカーから這《は》い出《だ》し、モリオに歩《あゆ》み寄《よ》る。

「モリオー！　ここどこなん？」

寝《ね》ぼけ眼《まなこ》でモリオの傍《そば》に立《た》ったココネの目《め》に、淀《よど》んだ水路《すいろ》を挟《はさ》むように建《た》ち並《なら》ぶビル群《ぐん》と、派《は》手《で》すぎる巨大看板《きょだいかんばん》が目《め》に飛《と》び込《こ》んできた。その押《お》し出《だ》しのキツさに、ココネは圧倒《あっとう》された。それはモリオも同《おな》じだったらしく、口《くち》と目《め》を大《おお》きく開《あ》けたまま、完全《かんぜん》に脱力《だつりょく》している。

ピンク色《いろ》の朝日《あさひ》がビルの隙間《すきま》から差《さ》し込《こ》んできて、アサヒビールの看板《かんばん》を照《て》らしはじめる。まだ時間的《じかんてき》には午前《ごぜん》五時《じ》といったところか？

どうにか気《き》を取《と》り直《なお》し、モリオは言葉《ことば》を絞《しぼ》り出《だ》した。

「ここは……大阪《おおさか》の道頓堀《どうとんぼり》だ」

モリオが指《さ》し示《しめ》す対岸《たいがん》のビルの壁《かべ》には、笑《わら》ってしまうくらいに巨大《きょだい》なグリコの看板《かんばん》がＬＥＤ《エルイーディー》のシャープな光《ひかり》を放《はな》ちながらココネを見下《みお》ろしていた。

二人《ふたり》はいったんサイドカーをトンネルから引《ひ》っ張《ぱ》り出《だ》した。昨夜《ゆうべ》はまだ満《まん》タンに近《ちか》かったガソリンはすっかり空《から》っぽになっていて、その重《おも》たい車体《しゃたい》を押《お》すのは二人掛《ふたりが》かりでも一苦労《ひとくろう》だ。

「……しかし、俺《おれ》らは高松《たかまつ》でオヤジらを待《ま》っとって……サイドカーで空飛《そらと》んどる夢《ゆめ》、見《み》とったはずなんだが……」

なんとかハーツを歩道《ほどう》まで押《お》し出《だ》すと、ぽつりとモリオが呟《つぶや》いた。

「えっ⁉　モリオも同《おな》じ夢《ゆめ》、見《み》たん⁉」

「同《おな》じ夢《ゆめ》？」

ココネは、夢《ゆめ》の中《なか》に登場《とうじょう》したモリオが言《い》っていた通《とお》り、てっきり夢《ゆめ》のことなど覚《おぼ》えていないどころか、知《し》ってさえいないと思《おも》っていた。なのに、モリオのほうから夢《ゆめ》の話《はなし》を口《くち》にするとは……。

ココネは急《きゅう》に嬉《うれ》しくなって、モリオの顔《かお》を覗《のぞ》き込《こ》んだ。

「やったあ！　これって魔法《まほう》みてえじゃが！」

中学生《ちゅうがくせい》になったくらいから勉強《べんきょう》に目覚《めざ》めたモリオは、いつもココネの夢見《ゆめみ》がちな言動《げんどう》を論理的《ろんりてき》に否定《ひてい》しては馬鹿《ばか》にしてきた。なのに今回《こんかい》はそのモリオのほうから同《おな》じ夢《ゆめ》を見《み》たと言《い》ってきたのだ。「ほれみい」たまには夢《ゆめ》みたいなことが現実《げんじつ》にもおきるのだ。

ココネは思《おも》わず両手《りょうて》を上《あ》げて、喜《よろこ》びを爆発《ばくはつ》させた。だがモリオは冷静《れいせい》にそれをたしなめる。

「やめい！　高校生《こうこうせい》にもなって……」

だが、もうそんな言葉《ことば》は耳《みみ》に入《はい》らない。「体裁《ていさい》なんてどうでもいい」ココネは自分《じぶん》の夢《ゆめ》がモリオと繋《つな》がったらしいことに興奮《こうふん》し、現実《げんじつ》となった〝冒険《ぼうけん》の旅路《たびじ》〟を散策《さんさく》すべく水路沿《すいろぞ》いを駆《か》け出《だ》していった。

「小三《しょう》か、お前《まえ》は……」

モリオは感情《かんじょう》のままに行動《こうどう》してしまうココネに呆《あき》れながら、自分《じぶん》たちの身《み》に何《なに》が起《お》きたのかを冷静《れいせい》に解明《かいめい》しようと手《て》がかりを探《さが》し始《はじ》めた。

「ガソリンがのうなっとるゆうことは、俺《おれ》らが寝《ね》とる間《あいだ》に、誰《だれ》かがバイクを運転《うんてん》しとったゆう可《か》能性《のうせい》はあるか……」

走行距離《そうこうきょり》を示《しめ》すメーターの数値《すうち》は記憶《きおく》していないが、バイクのコンピュータにならその記録《きろく》が残《のこ》っているはずだ。こんな旧式《きゅうしき》のバイクだが、モモタローが改造《かいぞう》を施《ほどこ》してカーナビを装着《そうちゃく》していたことは知《し》っていた。

サイドカーの座席《ざせき》のナビゲーション装置《そうち》を起動《きどう》し、走行記録《そうこうきろく》が残《のこ》っていないかを確認《かくにん》する。すると本来《ほんらい》カーナビの起動画面《きどうがめん》が表示《ひょうじ》されるはずのタイミングで、「オートパイロットデバイス・スタート」の文字《もじ》が現《あらわ》れる。

「!?……自動運転装置《じどううんてんそうち》だって？」

その表示《ひょうじ》に疑念《ぎねん》を抱《いだ》きながら、画面《がめん》を切《き》り替《か》えてみると、高松《たかまつ》から大阪《おおさか》にかけての走行《そうこう》ルートが表示《ひょうじ》され、もう一度《いちど》タップすると「燃料《ねんりょう》を補給《ほきゅう》してください」という警告画面《けいこくがめん》が表示《ひょうじ》された。

どういうことだ？　この旧式《きゅうしき》のサイドカーが、表示《ひょうじ》されたルートを自動《じどう》で走《はし》ってきたというのか？

さらに詳《くわ》しくバイクを調《しら》べてみて、モリオは驚《おどろ》いた。サイドカー本体下部《ほんたいかぶ》にはコンピュータと直結《ちょっけつ》した複雑《ふくざつ》なモーターが積《つ》まれており、そこから各《かく》タイヤに向《む》かって配線《はいせん》とアームが延《の》びている。さらにサイドカーのボンネットの上《うえ》に取《と》り付《つ》けられている丸《まる》いものはカメラとセンサーになっており、周囲《しゅうい》の状況《じょうきょう》をGPS《ジーピーエス》と連動《れんどう》してモニタリングする仕組《しく》みになっているらしかった。

「もしかして、俺《おれ》らは夜中《よなか》じゅう、眠《ねむ》ったまま高速《こうそく》を走《はし》っとったゆうんか!?」

にわかには信《しん》じられなかったが、サイドカーで二人《ふたり》して眠《ねむ》ったまま、高速道路《こうそくどうろ》を走《はし》っている姿《すがた》を想像《そうぞう》し、モリオは少《すこ》しゾッとした。だが、確《たし》かに夢《ゆめ》の中《なか》でも瀬戸大橋《せとおおはし》の上《うえ》をサイドカーで飛《と》んでいた。もしかしたら、現実《げんじつ》でもモモタローを助《たす》けに、サイドカーが自動《じどう》で発進《はっしん》し、だが途中《とちゅう》でガソリンが切《き》れたのかもしれない。

「……だとしたら、みんながバカにしとったモモおじさんの改造車《かいぞうしゃ》って、実《じつ》はでーれー発明品《はつめいひん》ゆうことになるんだが……？」

各国《かっこく》のインターネット企業《きぎょう》や自動車《じどうしゃ》メーカーがしのぎを削《けず》って開発《かいはつ》を進《すす》めている自動運転技術《じどううんてんぎじゅつ》。かつての自動車大国《じどうしゃたいこく》を自認《じにん》する日本《にほん》も他国《たこく》に遅《おく》れを取《と》るまいと、東京《とうきょう》オリンピックでのお披露目《ひろめ》を目指《めざ》し、政府主導《せいふしゅどう》で国産《こくさん》メーカー各社連帯《かくしゃれんたい》のもと開発《かいはつ》を進《すす》めてきた。だが、その完成度《かんせいど》には一抹《いちまつ》の不安《ふあん》を残《のこ》しているとも噂《うわさ》されていて、田舎《いなか》の自動車修理工場《じどうしゃしゅうりこうじょう》を営《いとな》む元《もと》ヤンが、たった一人《ひとり》でそれを開発《かいはつ》できたとは到底信《とうていしん》じられなかった。

「まあ、エンジンなんかを改造《かいぞう》するいうんは、確《たし》かにオヤジらあはそこそこの知識《ちしき》を持《も》っとった。それは認《みと》めるが……」

夢《ゆめ》の中《なか》ではハーツと呼《よ》ばれていたロボットの頭部《とうぶ》をまじまじと覗《のぞ》き込《こ》みながら、モリオはさらなる疑念《ぎねん》を抱《いだ》いた。

「……ハード面《めん》はともかく、モモおじさんが一人《ひとり》で、これだけのプログラムを書《か》けるだろうか」

モリオの記憶《きおく》の中《なか》のモモタローは、黙々《もくもく》とエンジンを分解《ぶんかい》し、また組《く》み立《た》てるを繰《く》り返《かえ》す、いわゆる機械系《きかいけい》の職人《しょくにん》だ。基板《きばん》や配線《はいせん》もそこそこにこなしてはいたが、コンピュータのプログラムまでこなすタイプではなかったはずだ。

モリオはそこまで考えてから、サイドカーのシートに大事《だいじ》そうに置《お》かれているタブレットとジョイに視線《しせん》を送《おく》った。

「お前《まえ》、モモおじさんがどねぇしてこれを作《つく》ったか知《し》らんのか？」

昨夜《ゆうべ》は饒舌《じょうぜつ》に夢《ゆめ》の中《なか》での設定《せってい》を説明《せつめい》してくれたジョイも、今《いま》は何《なに》もしゃべってはくれなかった。

「モリオ！」

「えっ」

サイドカーの前《まえ》にしゃがみ込《こ》み、思索《しさく》にふけっているモリオを、いつのまにか戻《もど》ってきていたココネの呼《よ》びかけが現実《げんじつ》に引《ひ》き戻《もど》した。

ココネは無言《むごん》で背後《はいご》の橋《はし》の上《うえ》を指《ゆび》さしている。その先《さき》には、駐車禁止区画《ちゅうしゃきんしくかく》に堂々《どうどう》とサイドカーを停《と》めているモリオを、不審《ふしん》な眼差《まなざ》しで見《み》ている警察官《けいさつかん》の姿《すがた》があった。

「す、すみません！　夜中《よなか》にガス欠《けつ》になったもんで……」

モリオはひきつった笑顔《えがお》で警官《けいかん》にそう言《い》うと、あわててサイドカーの移動《いどう》を始《はじ》めた。

早朝《そうちょう》から営業《えいぎょう》しているガソリンスタンドを探《さが》して、鉄《てつ》の塊《かたまり》と化《か》したサイドカーを二～三キロ押《お》しながら歩《ある》いて、ココネとモリオはようやく一軒《けん》のセルフスタンドを見《み》つけ出《だ》した。理系《りけい》のモリオはすでにヘロヘロであったが、ココネは大《たい》して汗《あせ》もかかずにセルフサービスの機械《きかい》を操作《そうさ》し、モリオに一万円札《まんえんさつ》を差《さ》し出《だ》した。

「これでガソリン代《だい》はろうといて」

そう言《い》うと、ジョイとタブレットを入《い》れたズダ袋《ぶくろ》を持《も》って、一人待合所《ひとりまちあいじょ》に向《む》かう。

その姿《すがた》を見送《みおく》りながら「あいつ、手慣《てな》れとんな。本当《ほんとう》はサイドカーも運転《うんてん》できるんじゃろうな……」と思《おも》いながら、給油《きゅうゆ》を始《はじ》める。

ココネは冷房《れいぼう》の効《き》いた待合所《まちあいじょ》で、モモタローのタブレットを確認《かくにん》する。

「お父《とう》さん、メッセージ読《よ》んどらんのかなぁ……」

昨晩《さくばん》メッセージを書《か》き込《こ》んだSNS《エスエヌエス》に、モモタローからの返事《へんじ》はなかった。「既読《きどく》」表示《ひょうじ》の機《き》能《のう》はないらしく、このメッセージを読《よ》んだのかどうかもわからなかった。焦《じ》れたココネは、もう一度《いちど》メッセージを書《か》き込《こ》んでみることにする。

「『お父《とう》さん今《いま》どこ？　タブレットは渡《わた》してないから安心《あんしん》して。今《いま》、道頓堀《どうとんぼり》の近《ちか》くでガソリン入《い》れてます』、と。送信《そうしん》！」

ほっぺたを膨《ふく》らませ、画面《がめん》を見《み》つめていたが、やはり返事《へんじ》はない。父親《ちちおや》の行方《ゆくえ》を心配《しんぱい》するあまり、自分《じぶん》の返信《へんしん》に気《き》がつかないでいる不精《ぶしょう》なモモタローにだんだん腹《はら》が立《た》ってくる。

「もう、お父《とう》さん、何《なに》しとるんよ……無事《ぶじ》ならさっさと返信《へんしん》して」

給油《きゅうゆ》を終《お》え、ノズルを機械《きかい》に戻《もど》したところで、モリオのスマホの呼《よ》び出《だ》し音《おん》が鳴《な》った。スマホをポケットから取《と》り出《だ》すと、昨夜《ゆうべ》から何件《なんけん》もの着信履歴《ちゃくしんりれき》が残《のこ》っていて驚《おどろ》いた。しかも全《すべ》てオヤジからである。

「……もしもし？」

待合所《まちあいじょ》に向《む》かいながら電話《でんわ》に出《で》ると、やはり父親《ちちおや》の佐渡《さわたり》からだった。

「モリオか。今《いま》どこにおるんな！」

「えっ、……あー……」

普段《ふだん》は自分《じぶん》の息子《むすこ》がどこで何《なに》をしていようとどこ吹《ふ》く風《かぜ》なのに、この様子《ようす》はただ事《ごと》ではない。モモタローが逮捕《たいほ》されココネを心配《しんぱい》して家《いえ》に行《い》ったのに、そのままどこかに消《き》えたのだから、いかに寛容《かんよう》なオヤジでも心配《しんぱい》はするだろう。そう思《おも》いながら、大阪《おおさか》まで来《き》てしまった事実《じじつ》をどう説《せつ》明《めい》しようかと思案《しあん》していると、すぐさま佐渡《さわたり》がたたみかけてきた。

「あのあと、どこに消《き》えたんなら。ココネも一緒《いっしょ》なんじゃろうな？」

「あのあと？」

「ちばけな。わざわざ高松《たかまつ》まで迎《むか》えにいってみりゃ、姿《すがた》も現《あらわ》さんと。こっちは警察《けいさつ》ともめて大事《おおごと》になりようたんじゃが」

「はあ？」

思《おも》わず、声《こえ》を上《あ》げてしまうモリオ。まさかの夢《ゆめ》と同展開《どうてんかい》である。

モリオが答《こた》えないでいると、少《すこ》し声《こえ》をひそめるようにして佐渡《さわたり》が続《つづ》けた。

「そねぇなこたぁええ、ちょっとココネと代《か》われぇ」

モリオは訝《いぶか》りながら「オヤジから」と言《い》って通話中《つうわちゅう》のスマホをココネに差《さ》し出《だ》した。

「えっ？　なにぃ？」

「ココネか。今《いま》こっちに、怪《あや》しいもんが来《き》とんじゃが……」

「えっ」

怪《あや》しい者《もの》と聞《き》いて、瞬間的《しゅんかんてき》にココネの頭《あたま》の中《なか》に、ある男《おとこ》の顔《かお》が浮《う》かんだ。

「もしかしてあのヒゲ？」

そばで聞《き》いていたモリオも表情《ひょうじょう》を硬《かた》くし、ココネの目《め》の前《まえ》に座《すわ》る。

「おっ、おお……それよ」

佐渡《さわたり》は昨日《きのう》、モモタローが警察《けいさつ》に連《つ》れていかれたことを雉田《きじた》から聞《き》き、心配《しんぱい》して仕事《しごと》を終《お》えるとすぐに森川家《もりかわけ》を訪《おとず》れた。だがココネも、弁当《べんとう》を持《も》たせて先行《せんこう》させたモリオも、既《すで》にそこにはおらず、おかしいと思《おも》っていると雉田《きじた》もやってきた。そこにココネから、高松《たかまつ》にいるから迎《むか》えに来《き》てほしいと連絡《れんらく》があり、すぐに二人《ふたり》は佐渡《さわたり》の車《くるま》で指定《してい》された神社《じんじゃ》を目指《めざ》した。だがそこにも二人《ふたり》の姿《すがた》はなく、なぜか高松空港《たかまつくうこう》でタブレットを盗《ぬす》んで逃走《とうそう》している女子高生《じょしこうせい》を探《さが》しているという地《じ》元《もと》の警察《けいさつ》がやってきて、小競《こぜ》り合《あ》いになったのだという。佐渡《さわたり》も雉田《きじた》も、それはココネに違《ちが》いないと思《おも》ったそうなのだが、そのことは告《つ》げずにその場《ば》は凌《しの》いだ。そして今朝《けさ》になってそのタブレットを盗《ぬす》まれたという男《おとこ》が直接訪《ちょくせつたず》ねてきて、タブレットを返《かえ》せと言《い》っているのだという。

「今《いま》は雉田《きじた》が、その渡辺《わたなべ》とかいうヒゲの男《おとこ》と玄関先《げんかんさき》で話《はな》しようる最中《さいちゅう》よ」

佐渡《さわたり》は作業場《さぎょうば》のほうに隠《かく》れて、ココネに電話《でんわ》をかけていた。

「なんかのう、複雑《ふくざつ》な事情《じじょう》があるみてえで、ココネのおじいさんに頼《たの》まれて来《き》たぁよーったで」

「おじいさん、小学校《しょうがっこう》の時《とき》に死《し》んだがぁ」

「モモさんのじゃのうて、イクミさんのじゃゆうことらしい」

いきなり出《で》てきた母《はは》の名前《なまえ》に、ココネは思《おも》わず目《め》を見開《みひら》いた。

「お母《かあ》さんの!?」

「ああ。俺《おれ》も今聞《いまき》いて驚《おどろ》いとんじゃが——そのおじいさんいう人《ひと》は、どうも、志島自動車《しじまじどうしゃ》の会長《かいちょう》さんらしいんじゃ」

　さすがのココネも息《いき》を呑《の》んだ。そしてモリオと顔《かお》を見合《みあ》わせ、昨夜《ゆうべ》話《はな》したことを思《おも》い出《だ》していた。「お母《かあ》さんの昔《むかし》の名字《みょうじ》は、〝シジマ〟じゃった気《き》ィする……」

　佐渡《さわたり》は渡辺《わたなべ》の動向《どうこう》を気《き》にしながら、作業場《さぎょうば》の隅《すみ》に座《すわ》り込《こ》んで話《はなし》を続《つづ》ける。

「モモさんが今《いま》まで、イクミさんの話《はなし》をしたがらんかったんは、どうもやんごとなき事情《じじょう》があったからしいな……」

「なに、やんごとなき事情《じじょう》って？」

「モモさんとイクミさんとの結婚《けっこん》は駆《か》け落《お》ちじゃったらしく、結婚後《けっこんご》は一切《いっさい》志島《しじま》との関《かか》わりを持《も》たんと、きつぅー約束《やくそく》をさせられとったいうことなんじゃ……」

　初《はじ》めて聞《き》く父親《ちちおや》の結婚話《けっこんばなし》に、ココネは何《なに》か自分《じぶん》と関係《かんけい》ない人《ひと》の話《はなし》を聞《き》いている感覚《かんかく》に陥《おちい》っていた。とそこに、あの聞《き》き覚《おぼ》えのあるヒゲの声《こえ》が割《わ》り込《こ》んできた。

「なのにだ。今度《こんど》は事《こと》もあろうに、志島《しじま》からデータを盗《ぬす》み出《だ》すとはな」

「！」

　佐渡《さわたり》がココネと電話《でんわ》で話《はな》しているのに気付《きづ》いた渡辺《わたなべ》は、雉田《きじた》との話《はなし》を一方的《いっぽうてき》に打《う》ち切《き》って、家《いえ》に上《あ》がり込《こ》んできたのだ。

「お父《とう》さん、泥棒《どろぼう》なんか絶対《ぜったい》せんよ……？」

ココネは少し語気《すこごき》を強《つよ》めた。ココネのよく知《し》るモモタローは、不機嫌《ふきげん》そうな表情《ひょうじょう》とぶっきらぼうな物言《ものい》いで誤解《ごかい》をうけることが多《おお》い男《おとこ》ではあったが、曲《ま》がったことが大嫌《だいきら》いだった。面倒《めんどう》くさがりで、ココネには大《たい》して教育《きょういく》らしいこともしなかったが、ヤンチャはしても泥棒《どろぼう》だけはするなとよく言《い》っていた。そんなモモタローが盗《ぬす》みをするとは、ココネにはどうしても思《おも》えなかった。

しかし渡辺《わたなべ》は鼻《はな》で笑《わら》って、「どうだかな」と冷《つめ》たく返《かえ》してくる。

佐渡《さわたり》は電話《でんわ》を奪《うば》い返《かえ》し、ココネに言《い》った。

「ココネ、ワシらもモモさんを信《しん》じとる。じゃが、それを証明《しょうめい》するためにゃあ、今《いま》お前《まえ》が持《も》っとるタブレットがいるみてえなんじゃ」

「――そういうこと」

佐渡《さわたり》の顔《かお》を睨《にら》みつけながら、渡辺《わたなべ》は佐渡《さわたり》と、電話《でんわ》の向《む》こうのココネに語《かた》りかける。

「タブレットを渡《わた》せば、志島会長《しじまかいちょう》もこの件《けん》は不問《ふもん》に付《ふ》すそうだ。でなければ……森川《もりかわ》はかなり重《おも》い罪《つみ》に問《と》われることになるぞ？」

にやり、と笑《わら》う渡辺《わたなべ》。

ココネは硬《かた》い表情《ひょうじょう》のまま、それでも父親譲《ちちおやゆず》りの毅然《きぜん》とした態度《たいど》できっぱりと告《つ》げた。

「ほんなら私《わたし》、志島会長《しじまかいちょう》ゆう人《ひと》に直接会《ちょくせつお》うて、お父《とう》さんがそんなことする人《ひと》じゃないって説明《せつめい》してくるわ！」

「なっ……なんだと⁉」

露骨《ろこつ》にあわてた表情《ひょうじょう》に変《か》わった渡辺《わたなべ》は、言葉《ことば》を続《つづ》ける。

「かっ、会長《かいちょう》はお前《まえ》なんかに会《あ》わないっ」

「なんでなん？」

「それは……会長《かいちょう》は、今《いま》でも森川《もりかわ》を憎《にく》んでいるからだ」

突然《とつぜん》しどろもどろになった渡辺《わたなべ》を、佐渡《さわたり》はあっけに取《と》られて見《み》つめた。一方《いっぽう》、ココネの声《こえ》はまったく揺《ゆ》らぐ様子《ようす》がない。

「でも私《わたし》、その志島《しじま》さんいう人《ひと》の孫《まご》なんじゃろ？」

「や、まあ……そうなんだが……」

がたん、と音《おと》を立《た》てて立《た》ち上《あ》がり、ココネは宣言《せんげん》した。

「お父《とう》さんは元《もと》ヤンで、子供《こども》っぽいとこあるけど、筋《すじ》を通《とお》す人《ひと》じゃから。私《わたし》もそうする！　じゃさよなら！」

突《つ》き放《はな》すように電話《でんわ》を切《き》るココネ。

一方的《いっぽうてき》に切《き》られた電話《でんわ》を前《まえ》に、渡辺《わたなべ》は歯噛《はが》みするしかない。

「……くそっ。森川《もりかわ》といい何《なん》なんだ、いちいち人《ひと》のこと無視《むし》しやがって……」

渡辺《わたなべ》は、自分《じぶん》の部下《ぶか》でもない佐渡《さわたり》を不作法《ぶさほう》に指《ゆび》さし、苛立《いらだ》ちのままに怒鳴《どな》りつけた。

「おい、あの娘《むすめ》を呼《よ》び戻《もど》せ！」

「無理《むり》じゃ」

へらりと笑《わら》って、佐渡《さわたり》は嬉《うれ》しそうに言《い》う。

「ココネはモモさんに似《に》て、こうとゆうたら聞《き》かん子《こ》じゃけえの」

渡辺《わたなべ》は舌打《したう》ちをすると、後《うし》ろに控《ひか》えていた部下《ぶか》たちに「行《い》くぞ」と吐《は》き捨《す》てた。

「これだから田舎者《いなかもの》は……！」

捨《す》て台詞《ぜりふ》を残《のこ》して車《くるま》で走《はし》り去《さ》る渡辺《わたなべ》たちを見送《みおく》り、雉田《きじた》と佐渡《さわたり》は微笑《ほほえ》み合《あ》う。

「……やりよるのう、ココネの奴《やつ》」

「ああ、さすがオラジャーの娘《むすめ》じゃ」

モリオにスマホを返《かえ》した後《あと》も、ココネは怒《いか》りが収《おさ》まらなかった。

「あのヒゲだけは、なんっか生理的《せいりてき》に好《す》きんなれんのよ！」

ココネからスマホを受《う》け取《と》ったモリオは、ふと視線《しせん》の先《さき》に不審《ふしん》な人物《じんぶつ》を見《み》つけた。

「おいココネ。あれ……」

給油機《きゅうゆき》の陰《かげ》から、こちらを見《み》ている青白《あおじろ》い顔《かお》をした作業着姿《さぎょうぎすがた》の男《おとこ》と目《め》が合《あ》った。

モリオに見《み》られたからか、不穏《ふおん》な挙動《きょどう》で、後方《こうほう》に立《た》っていた仲間《なかま》と思《おぼ》しき太《ふと》った男《おとこ》の元《もと》に戻《もど》っていく。太《ふと》った男《おとこ》はあわてて背中《せなか》を向《む》けたが、その男《おとこ》の横《よこ》に停《と》めてある車《くるま》には「志島自動車大阪《しじまじどうしゃおおさか》技術研究所《ぎじゅつけんきゅうじょ》」と書《か》かれている。志島《しじま》の人間《にんげん》が、今《いま》ここにいる理由《りゆう》はココネとタブレットしかないことは明白《めいはく》だ。

「……ヒゲの仲間《なかま》か」

「えっ⁉　どうしよう？」

とっさに妙案《みょうあん》を投《な》げかけてみるモリオ。

「そうだ、お前《まえ》、今《いま》すぐ寝《ね》ろ」

「えっ、なんでなん？」

「なんでって……お前《まえ》、夢《ゆめ》の中《なか》なら魔法《まほう》が使《つか》えるじゃろ？」

「ええ⁉　じゃけど今《いま》は無理《むり》。さっき起《お》きたばーじゃもん」

「なんでだよ。いつもすぐ眠《ねむ》くなるくせに」

冗談半分《じょうだんはんぶん》で言《い》ったつもりだったが、真剣《しんけん》に反論《はんろん》してくるココネに「真面目《まじめ》かよ！」と心《こころ》の中《なか》で突《つ》っ込《こ》みつつ、モリオはすぐに作戦《さくせん》を立《た》て直《なお》した。男《おとこ》たちの注意《ちゅうい》はココネに向《む》いているから、まずはモリオ一人《ひとり》でひっそりと待合所《まちあいじょ》を抜《ぬ》け出《だ》す。這《は》いつくばるようにして男《おとこ》たちの視線《しせん》を避《さ》け、給油《きゅうゆ》の済《す》んでいるハーツに近《ちか》づいた。サイドカーの自動運転装置《じどううんてんそうち》の画面《がめん》をタップし、素早《すばや》く入力《にゅうりょく》する。

「お前《まえ》は一人《ひとり》で家《いえ》に戻《もど》っとけ」

もしここまで、自分《じぶん》たちを乗《の》せて自動運転《じどううんてん》で走《はし》ってきたのだとしたら、ハーツは自分《じぶん》で下津井《しもつい》の自宅《じたく》まで帰《かえ》れるはずだ。

自動運転《じどううんてん》システムに設定《せってい》されたホームボタンを押《お》すと、エンジンをかけ、ゆっくりとサイドカーを発進《はっしん》させた。

誰《だれ》も乗《の》っていないハーツは自動運転《じどううんてん》で動《うご》き出《だ》し、スタンドを出《で》る時《とき》にはきちんとウインカーも出《だ》して、危《あぶ》なげのない動《うご》きで走《はし》り出《だ》していった。

「行《い》け、ハーツ」

モリオはひとり、柱《はしら》の陰《かげ》に隠《かく》れる。

すると、サイドカーが突然発進《とつぜんはっしん》したことに驚《おどろ》いた作業着姿《さぎょうぎすがた》の男《おとこ》たちが、あわててハーツを追《お》って駆《か》け出《だ》していった。

「しめた！」

それを見送《みおく》ってから、モリオは隠《かく》れていたココネを待合所《まちあいじょ》から連《つ》れ出《だ》す。

ハーツがなくなっていることに気《き》がついたココネが心配《しんぱい》そうな声《こえ》を上《あ》げる。

「お父《とう》さんのバイクは？」

「大丈夫《だいじょうぶ》だ。俺《おれ》を信《しん》じろ」

不安《ふあん》げなココネをせきたてて、モリオはハーツが向《む》かった方向《ほうこう》とは反対《はんたい》に走《はし》り出《だ》した。

しばらくしてガソリンスタンドに戻《もど》ってくる作業着姿《さぎょうぎすがた》の男《おとこ》たち。普段《ふだん》、運動《うんどう》らしいこともしていなそうな二人組《ふたりぐみ》である。大《おお》きく肩《かた》で息《いき》をしながら待合所《まちあいじょ》を覗《のぞ》き込《こ》むも、すでにココネとモリオの姿《すがた》はない。大《おお》あわてでスマホでどこかに連絡《れんらく》をし始《はじ》める。

大通《おおどお》りに出《で》て捕《つか》まえたタクシーは、一〇分《ぷん》ほどで新大阪駅《しんおおさかえき》に到着《とうちゃく》した。ココネは料金《りょうきん》を支払《しはら》うと、先《さき》に駅内《えきない》に向《む》かったモリオを追《お》いかけた。

モリオは新幹線《しんかんせん》の時刻表《じこくひょう》を確認《かくにん》している。

「モリオ、お金持《かねも》っとる？　私《わたし》もう六五〇円《えん》しかないんよ……」

「なにっ⁉」

時刻表《じこくひょう》を眺《なが》めながら空席《くうせき》を探《さが》していたモリオが大声《おおごえ》をあげる。

ハーツのガソリン代《だい》とタクシー料金《りょうきん》を麻雀《マージャン》のバイト代《だい》から払《はら》ってしまったココネは、それ以外《いがい》にも高速道路《こうそくどうろ》の料金《りょうきん》などを細々《こまごま》と払《はら》っていたために、すでに軍資金《ぐんしきん》が底《そこ》をつきかけていたのだ。

「俺《おれ》だって持《も》っとらんぞ！」

「なんで大学生《だいがくせい》のくせにおこづかいも持《も》っとらんの？」

「なんでって……昨日《きのう》は出《で》がけだったし、そもそもきょうびの男子学生《だんしがくせい》は金《かね》がないと相場《そうば》が決《き》まってるんだっ」

胸《むね》を張《は》って言《い》えることでもなかったが、そこで開《ひら》き直《なお》って見《み》せたのは、理系《りけい》の大学《だいがく》に通《かよ》わせてもらっている自分《じぶん》がバイトをしていないことは、むしろ勉学《べんがく》に励《はげ》んでいる証《あかし》なのだとの自負心《じふしん》からだった。

「ほんなら、ハーツ帰《かえ》してどうやって東京《とうきょう》まで行《い》くつもりじゃったん？」

そんな自負心《じふしん》はココネには微塵《みじん》も伝《つた》わっていないようである。

「お前《まえ》のバイト代《だい》を当《あ》てにしとった……。面目《めんぼく》ない」

申《もう》し訳《わけ》なさそうに頭《あたま》を下《さ》げるモリオに、ココネはため息《いき》を漏《も》らした。

「そうだ！　あいつの財布《さいふ》から拝借《はいしゃく》したらどんな？」

モリオはそう言《い》って渡辺《わたなべ》のアタッシェケースを指《ゆび》さす。

だがココネは表情《ひょうじょう》を硬《かた》くして即答《そくとう》する。

「いけん。そんなん泥棒《どろぼう》じゃん！」

それは全《まった》くの正論《せいろん》なのだが、卑怯《ひきょう》な手《て》を使《つか》ってくる相手《あいて》に対《たい》して、こんな土壇場《どたんば》でも父親譲《ちちおやゆず》りの正義感《せいぎかん》が勝《まさ》るのかとモリオはいたく感心《かんしん》した。

「でも、じゃあどうする？」

困《こま》り果《は》てたモリオが問《と》いかけるのを遮《さえぎ》るように、ココネの背負《せお》ったズダ袋《ぶくろ》から、タブレットへの着信音《ちゃくしんおん》が響《ひび》いた。ココネはジョイの頭《あたま》が飛《と》び出《で》たズダ袋《ぶくろ》を背中《せなか》から下《お》ろすと、タブレットを取《と》り出《だ》しＳＮＳ《エスエヌエス》を確認《かくにん》する。

「お父《とう》さんからじゃ！」

長《なが》らく返信《へんしん》のなかったタイムラインに、「モモタロー」の名前《なまえ》で書《か》き込《こ》みがあった。ココネの顔《かお》がほころぶ。

『ココネいまどこだ？』

自分《じぶん》の状況説明《じょうきょうせつめい》より先《さき》に、確認《かくにん》したいことを優先《ゆうせん》しているような短文《たんぶん》だ。

『今新大阪駅《いましんおおさかえき》。お父《とう》さん助《たす》けにいくからね』

ココネは急《いそ》いで返信《へんしん》を打《う》ち、返事《へんじ》を待《ま》つ。

『そこにいろ』

「ええ!?」

予想外《よそうがい》の返事《へんじ》に、ココネは思《おも》わず声《こえ》をあげる。心配《しんぱい》させまいとして、あえて自分《じぶん》の居場所《いばしょ》を言《い》わないつもりなのだろうか？

『今《いま》モリオと一緒《いっしょ》』

『お金《かね》なくて、新幹線《しんかんせん》に乗《の》れない中《ちゅう》』

仕方《しかた》なくこちらの現状《げんじょう》を簡潔《かんけつ》に報告《ほうこく》してみる。

今度《こんど》はしばらく返事《へんじ》がこない。焦《じ》れたココネは、再度居場所《さいどいばしょ》をたずねてみる。

『お父《とう》さんいまどこ？』

しばらくして届《とど》いた返事《へんじ》は、『そこで待《ま》て』

……。

「……？」

「……なんか、変《へん》じゃのう」

モリオも首《くび》を傾《かし》げる。自分《じぶん》のことは何《なに》も説明《せつめい》せず、こちらには「待《ま》て」と繰《く》り返《かえ》すばかり。ココネのことを心配《しんぱい》しているにしても、説明《せつめい》や具体的《ぐたいてき》な指示《しじ》がなさすぎる。頭《あたま》の中《なか》がクエスチョンマークでいっぱいになった二人《ふたり》はしばらく黙考《もっこう》していたが、ココネはじっとしていられずにもう一度《いちど》メッセージを打《う》った。

『私《わたし》、新幹線《しんかんせん》で東京《とうきょう》に行《い》きたいの』

またしても返信《へんしん》がない。うーんとココネが唸《うな》っていると、どこからか駅《えき》の女性職員《じょせいしょくいん》が駆《か》け寄《よ》ってきた。

「あの、森川《もりかわ》ココネさんですよね」

「え？」

唐突《とうとつ》に名《な》を呼《よ》ばれてきょとんとするココネに、女性職員《じょせいしょくいん》は小《ちい》さな封筒《ふうとう》を差《さ》し出《だ》し、にこやかに告《つ》げた。

「新幹線《しんかんせん》のチケットをお預《あず》かりしています」

「えっ!?」

驚《おどろ》きの声《こえ》を上《あ》げるココネとモリオ。受《う》け取《と》った封筒《ふうとう》には、確《たし》かに「新大阪《しんおおさか》↓東京《とうきょう》」の新幹線特《しんかんせんとっ》急券《きゅうけん》が二枚《まいはい》入っていた。

「なんで……？」

「……どういうことですか？」

狐《きつね》につままれたような顔《かお》で説明《せつめい》を求《もと》めるモリオ。だが女性職員《じょせいしょくいん》もよく事情《じじょう》が分《わ》からず戸惑《とまど》っている。チケットに印字《いんじ》された発車時刻《はっしゃじこく》はもうすぐだ。ココネは理由《りゆう》より希望《きぼう》を優先《ゆうせん》した。きりりと唇《くちびる》を引《ひ》き締《し》めチケットをモリオに手渡《てわた》すと、足下《あしもと》に置《お》いていた渡辺《わたなべ》のアタッシェケースを女《じょ》性職員《せいしょくいん》にぐいっと押《お》し付《つ》けた。

「これっ、落《お》とし物《もの》なんで、警察《けいさつ》に渡《わた》してもらえます⁉」

ココネはジョイとタブレットを入《い》れたズダ袋《ぶくろ》を背負《せお》うと、新幹線乗《しんかんせんの》り場《ば》へと駆《か》け出《だ》した。

「あ、おい！」

モリオもあわてて追《お》う。改札《かいさつ》にチケットを差《さ》し入《い》れ、チケットを取《と》るのももどかしく全力《ぜんりょく》で階《かい》段《だん》を駆《か》け上《あ》がる。ホームに出《で》ると、既《すで》にけたたましい発車《はっしゃ》のベルが鳴《な》り響《ひび》いている。ココネとモリオは、今《いま》まさに閉《し》まろうとしていたドアから車内《しゃない》に体《からだ》をねじこんだ。デッキで二人《ふたり》が荒《あら》い呼吸《こきゅう》を整《ととの》える間《あいだ》に、静《しず》かに新幹線《しんかんせん》は東京《とうきょう》に向《む》かって動《うご》き始《はじ》めた。

指定《してい》された席《せき》につくと、ココネは椅子《いす》のスプリングの具合《ぐあい》を確《たし》かめるように、軽《かる》く体《からだ》を弾《はず》ませた。

「すごーい！　私《わたし》、新幹線《しんかんせん》初《はじ》めてっ！」

はしゃぐココネの隣《となり》では、モリオが「どうなっとんなら」と呆《あき》れている。あわてて飛《と》び乗《の》ってしまったが、誰《だれ》がなぜ、この席《せき》を用意《ようい》してくれたのか、見当《けんとう》もつかない。一方《いっぽう》、ココネは袋《ふくろ》の中《なか》からジョイを取《と》り出《だ》し、はずんだ声《こえ》で話《はな》しかける。

「ジョイ、これって魔法《まほう》？」

「でも、今回《こんかい》は夢《ゆめ》の中《なか》じゃないぞ？」と戸惑《とまど》うモリオに、ココネはタブレットを見《み》せながら、

「でも『東京《とうきょう》に行《い》きたい』ゆうて送信《そうしん》したら願《ねが》いが叶《かな》ったじゃろ？」とニコニコしながら答《こた》えた。

「……もう一度《いちど》試《ため》してみよっ」

先《さき》ほどのＳＮＳ《エスエヌエス》を立《た》ち上《あ》げ、てきぱきと文字《もじ》を打《う》ち込《こ》む。

「おなかすいた、お弁当《べんとう》食《た》べたい……送信《そうしん》！」

半信半疑《はんしんはんぎ》で、ココネの無邪気《むじゃき》な行動《こうどう》を眺《なが》めていたモリオだったが、ふたたび奇跡《きせき》は起《お》こった。

車内販売《しゃないはんばい》のワゴンを押《お》した女性《じょせい》が、「お代金《だいきん》はいただいてます」という言葉《ことば》とともに、ココネとモリオに駅弁《えきべん》を渡《わた》してくれたのだ。ご丁寧《ていねい》にもお茶《ちゃ》のペットボトルを添《そ》えて。

「やったあ！　理由《りゆう》はわからんけど、現実《げんじつ》でも魔法《まほう》が使《つか》えるわぁ！」

「そんなわけあるかぁ！」

自分《じぶん》の魔法《まほう》が確実《かくじつ》なものになったことで、ココネはさらに舞《ま》い上《あ》がって喜《よろこ》んだ。反対《はんたい》に、モリオの当惑《とうわく》は深《ふか》まるばかりだった。

「確《たし》かに、魔法《まほう》みてえなことが次々《つぎつぎ》起《お》こりょうるけど、絶対《ぜったい》になんかの仕掛《しか》けがあるはずじゃ」

モリオは販売員《はんばいいん》に、素直《すなお》に疑問《ぎもん》を投《な》げかけた。

「……一体《いったい》、誰《だれ》から？」

しかし販売員《はんばいいん》は何《なに》も答《こた》えず、美《うつく》しい営業《えいぎょう》スマイルだけを残《のこ》して、ワゴンを押《お》して去《さ》っていってしまった。もしかしたら、代金《だいきん》を払《はら》った人間《にんげん》に、口止《くちど》めされているのだろうか？　きっとそうだ。いや、そうに違《ちが》いない……。

釈然《しゃくぜん》としないまま、手渡《てわた》されたばかりの弁当《べんとう》を見《み》つめるモリオ。そんなモリオの戸惑《とまど》いをよそに、ココネはすでに弁当《べんとう》を食《た》べ始《はじ》めている。

「モリオ、食《た》べんのぉ？」

ニコニコしながらモリオにたずね、ココネは横《よこ》に置《お》いたタブレットで父親《ちちおや》に向《む》けてメッセージを打《う》つ。

『お弁当《べんとう》キター！　今《いま》から新幹線《しんかんせん》で東京《とうきょう》向《む》かいます』

まるで修学旅行《しゅうがくりょこう》にでも出《で》かけるような表情《ひょうじょう》で、ココネは送信《そうしん》ボタンを押《お》した。


「新幹線《しんかんせん》に乗《の》った⁉　金《かね》は持《も》ってなかったんじゃなかったのか？」

「……そのはずなんだが」

モモタローから没収《ぼっしゅう》したスマホのＳＮＳ《エスエヌエス》に、ココネからの書《か》き込《こ》みを見《み》つけたのは小山刑事《こやまけいじ》だった。そこに電話《でんわ》をかけてきたのは、森川家《もりかわけ》を出《で》たあと、ココネの居場所《いばしょ》の手《て》がかりを探《さが》していた渡辺《わたなべ》だった。

『いまどこだ』『そこにいろ』というモモタローを装《よそお》った書《か》き込《こ》みは、渡辺《わたなべ》の指示《しじ》で小山刑事《こやまけいじ》が書《か》き込《こ》んだものだったが、渡辺《わたなべ》の思惑《おもわく》とは逆《ぎゃく》に、ココネは東京《とうきょう》の志島本社《しじまほんしゃ》に着実《ちゃくじつ》に近《ちか》づいている。

もはや東京《とうきょう》の本社《ほんしゃ》に先回《さきまわ》りして、自分《じぶん》の手《て》で阻止《そし》するしかない……渡辺《わたなべ》は志島《しじま》のプライベートジェットのタラップを上《のぼ》りながら、電話《でんわ》の向《む》こうの小山刑事《こやまけいじ》に言《い》い放《はな》った。

「また、書《か》き込《こ》みがあったら知《し》らせろ」

さすがにムッとした声《こえ》で、小山刑事《こやまけいじ》が答《こた》える。

「……あんた、警察《けいさつ》を自分《じぶん》の私設部隊《しせつぶたい》かなんかと勘違《かんちが》いしてないか？」

「ん？　税金《ぜいきん》は払《はら》っているし、むしろ捜査《そうさ》に協力《きょうりょく》しているが、何《なに》か？」

渡辺《わたなべ》は逆《ぎゃく》ギレ気味《ぎみ》に言《い》い放《はな》つと電話《でんわ》を切《き》り、羽田空港《はねだくうこう》へ向《む》かうよう、パイロットに告《つ》げた。

一方的《いっぽうてき》に電話《でんわ》を切《き》られた小山刑事《こやまけいじ》は、警視庁内《けいしちょうない》にある休憩所《きゅうけいじょ》で、乱暴《らんぼう》にガラケーを畳《たた》み、ポケットに放《ほう》り込《こ》んだ。あいつは何様《なにさま》のつもりだ。怒《いか》りを呑《の》み込《こ》む小山《こやま》に、塚本刑事《つかもとけいじ》がカップ式自販機《しきじはんき》のコーヒーを手渡《てわた》す。

二人《ふたり》でコーヒーを飲《の》みながら、あらためて森川《もりかわ》モモタローと志島自動車《しじまじどうしゃ》の件《けん》について二人《ふたり》は考察《こうさつ》してみた。森川《もりかわ》モモタローは岡山《おかやま》の工業高校《こうぎょうこうこう》を卒業後《そつぎょうご》、すぐに上京《じょうきょう》し、志島自動車《しじまじどうしゃ》の下請《したう》けのひとつに過《す》ぎなかった志島技術研究所《しじまぎじゅつけんきゅうじょ》で契約社員《けいやくしゃいん》として働《はたら》いていた。

時《とき》を同《おな》じくして、偶然《ぐうぜん》そこに出入《でい》りしていた志島会長《しじまかいちょう》の娘《むすめ》、志島《しじま》イクミと出会《であ》い、二人《ふたり》は電撃的《でんげきてき》に結婚《けっこん》することになる。

どういった経緯《けいい》で、一介《いっかい》の契約社員《けいやくしゃいん》と次期社長候補《じきしゃちょうこうほ》と言《い》われていたイクミとが結婚《けっこん》することになったのかは憶測《おくそく》の域《いき》を出《で》ないが、この時《とき》すでに会長《かいちょう》とは絶縁状態《ぜつえんじょうたい》にあったイクミの結婚《けっこん》はさしてメディアに取《と》り上《あ》げられることもなく、ごく一部《いちぶ》の人間《にんげん》しか知《し》らない忍《しの》びごととなった。

その後二人《ごふたり》の結婚生活《けっこんせいかつ》は、たった一年《ねん》ほどで終止符《しゅうしふ》を打《う》たれた。イクミの事故死《じこし》が原因《げんいん》だった。

モモタローは痛《いた》ましい出来事《できごと》があった直後《ちょくご》、まだ乳飲《ちの》み子《ご》であったココネを連《つ》れて、密《ひそ》かに岡山《おかやま》に戻《もど》っている。

イクミの事故死《じこし》については何《なん》ら事件性《じけんせい》はなかったものの、二人《ふたり》の間《あいだ》に子《こ》どもがいたことは、ごく少数《しょうすう》の人物《じんぶつ》の間《あいだ》での秘密《ひみつ》とされていたから、志島《しじま》の血《ち》を継《つ》ぐ子《こ》どもの存在《そんざい》は、志島上層部《しじまじょうそうぶ》にとっては決《けっ》して歓迎《かんげい》できないものだったのだろうと容易《ようい》に推《お》し量《はか》ることができた。

しかし、十八年《ねん》もの間《あいだ》、特《とく》に不平不満《ふへいふまん》を述《の》べることもなく、田舎《いなか》に引《ひ》っ込《こ》んでいた森川《もりかわ》モモタローが、なぜ今頃《いまごろ》になって志島《しじま》のデータを盗《ぬす》んだりしたのか？　娘《むすめ》の大学進学《だいがくしんがく》で、まとまった金《かね》が必要《ひつよう》になったのだろうと渡辺《わたなべ》は言《い》っていた。だが、押収《おうしゅう》した帳簿《ちょうぼ》と決算書《けっさんしょ》を見《み》る限《かぎ》り、そこまで金《かね》に困《こま》っている様子《ようす》もなく、娘《むすめ》の学資保険《がくしほけん》もしっかり組《く》んであった。

モモタローの犯行動機《はんこうどうき》を推察《すいさつ》しかねた小山《こやま》は、とうとう抑《おさ》えきれなくなってきた疑念《ぎねん》を口《くち》にした。

「……森川《もりかわ》は、本当《ほんとう》にデータを盗《ぬす》んだんですかね？」

塚本《つかもと》も、思《おも》いは同《おな》じだった。小《ちい》さく無言《むごん》でうなずいた。

「……だが、ああだんまりを決《き》め込《こ》まれちゃ、いかんともし難《がた》いな」

「……そうですね」

スマホを取《と》り上《あ》げて以来《いらい》、何《なに》かを頑《かたく》なに守《まも》るように、モモタローは一切口《いっさいくち》を開《ひら》こうとしなくなった。過去《かこ》の記録《きろく》からも、不器用《ぶきよう》だが、どこか実直《じっちょく》さが伝《つた》わってくるモモタローの生《い》き方《かた》に、数《かず》多《おお》くの罪人《ざいにん》を見《み》てきた塚本《つかもと》は「こいつは白《しろ》だ」という確信《かくしん》めいた何《なに》かを抱《いだ》いていた。

駅弁《えきべん》をうまそうにたいらげていくココネを見《み》て、モリオも空腹《くうふく》をこらえきれずに弁当《べんとう》の包《つつ》みを開《あ》けた。

半分《はんぶん》ほど食《た》べ進《すす》んで気持《きも》ちが落《お》ち着《つ》いてきたところで、モリオはAR《エーアール》デバイスを鞄《かばん》から取《と》り出《だ》し装着《そうちゃく》した。自分《じぶん》も一般常識《いっぱんじょうしき》レベルでしか知《し》らない志島自動車《しじまじどうしゃ》について、そしてその会長《かいちょう》である志島一心《しじまいっしん》という男《おとこ》について、あらためて調《しら》べてみようと思《おも》ったのだ。

「……これが、お母《かあ》さんのお父《とう》さん……？」

「うん」

ココネのタブレットでも検索結果《けんさくけっか》を閲覧《えつらん》できるよう同期《どうき》を設定《せってい》すると、モリオは空中《くうちゅう》に表示《ひょうじ》されたAR《エーアール》キーボードをタイプした。そもそもモリオも志島一心《しじまいっしん》の顔《かお》は何度《なんど》かニュースで見《み》かけたくらいで、おぼろげにしか覚《おぼ》えていない。ココネに至《いた》っては志島自動車《しじまじどうしゃ》の存在自体《そんざいじたい》を理解《りかい》していなかった。

「志島一心《しじまいっしん》は日本《にほん》の自動車《じどうしゃ》メーカー・志島自動車《しじまじどうしゃ》の創業者《そうぎょうしゃ》であり、現在《げんざい》は会長《かいちょう》である」

ウィキペディアの「志島自動車《しじまじどうしゃ》」のページを読《よ》み上《あ》げるモリオ。それがどれくらい耳《みみ》に入《はい》っているのか、ココネは画像検索《がぞうけんさく》で出《で》てきた志島一心《しじまいっしん》の写真《しゃしん》を食《く》い入《い》るように眺《なが》めている。一心《いっしん》はどの写真《しゃしん》でも、常《つね》に厳《きび》しい顔《かお》をしており、まさに取《と》りつく島《しま》もないといった雰囲気《ふんいき》を醸《かも》し出《だ》していた。

「なんだか、怖《こわ》そうな人《ひと》じゃな。これが私《わたし》のおじいさんじゃ言《い》われても、困《こま》るわ……」

他人事《ひとごと》のような感想《かんそう》を述《の》べるココネ。だが画面《がめん》をスクロールする手《て》が、ある写真《しゃしん》でぴたりと止《と》まった。二十年《ねん》ほど前《まえ》のモーターショーの一《ひと》コマか、マイクやレコーダーを向《む》けられている一心《いっしん》の後《うし》ろで、少《すこ》し寂《さび》しげな面持《おもも》ちで書類《しょるい》を眺《なが》めている志島《しじま》イクミの写真《しゃしん》だった。

「――ココネのお母《かあ》さんは、アメリカのカーネギメロン大学卒業後《だいがくそつぎょうご》、すぐに役員《やくいん》に名《な》を連《つら》ねたが……亡《な》くなる一年前《ねんまえ》、父親《ちちおや》である会長《かいちょう》との確執《かくしつ》が原因《げんいん》で、志島自動車《しじまじどうしゃ》を退社《たいしゃ》……となっとる」

さらに画像検索《がぞうけんさく》をかけてみたが、先《さき》ほどココネが見《み》つけた写真以外《しゃしんいがい》に、志島《しじま》イクミの写真《しゃしん》は一枚《まい》も見《み》つからなかった。ココネは母《はは》の写真《しゃしん》を諦《あきら》め、自然《しぜん》と浮《う》かんだ疑問《ぎもん》をモリオにぶつけた。

「お父《とう》さんのことは？」

モリオはウィキペディア内《ない》の公式《こうしき》に発表《はっぴょう》された情報《じょうほう》から、「要出典《ようしゅってん》」の記載《きさい》がある噂《うわさ》レベルの話《はなし》まで細《こま》かく確認《かくにん》してみたが、「モモタロー」という記述《きじゅつ》は見当《みあ》たらなかった。

「……ないな。いうことはこの確執《かくしつ》いうのが、モモおじさんとの結婚《けっこん》ゆうことなんじゃねえかな」

「ふうん……」

少《すこ》しがっかりしたようにうなずき、再《ふたた》びイクミの写真《しゃしん》に目《め》を落《お》とす。

日本《にほん》を代表《だいひょう》する大企業《だいきぎょう》の創業者《そうぎょうしゃ》のひとり娘《むすめ》。アメリカの一流大学《いちりゅうだいがく》を卒業《そつぎょう》し、若《わか》くして大企業《だいきぎょう》の役員《やくいん》に名《な》を連《つら》ねた才女《さいじょ》。

「お母《かあ》さんって、すっごい人《ひと》じゃったんじゃなあ……」

さすがのココネも、全《まった》くの別世界《べっせかい》を生《い》きていた母親《ははおや》のプロフィールに、腰《こし》が引《ひ》けているのかとモリオは思《おも》った。

「なあ、そんなお母《かあ》さんと結婚《けっこん》したお父《とう》さんって、すごい思《おも》わん？」

が、それは思《おも》い過《す》ごしだったようだ。腰《こし》が引《ひ》けるどころか前《まえ》のめりじゃないか。

「いや、まあ、そう……なんじゃけど」

どこまでもポジティブな奴《やつ》め……。モリオは心《こころ》の底《そこ》から感服《かんぷく》した。

「お父《とう》さんとお母《かあ》さん、どうやって知《し》りおうて結婚《けっこん》したんじゃろ？」

ココネは、父《ちち》と母《はは》のロマンチックな出会《であ》いに想《おも》いを馳《は》せる。

「モリオ。志島自動車《しじまじどうしゃ》の場所《ばしょ》やこう、調《しら》べといてぇ」

「はあ？」

モリオはAR《エーアール》デバイスを持《も》ち上《あ》げ、ココネを見《み》る。つい一瞬前《いっしゅんまえ》まで両親《りょうしん》のラブストーリーに目《め》を輝《かがや》かせていたはずのココネは、何《なに》かに呼《よ》ばれでもしたかのように、もう夢《ゆめ》の中《なか》へと旅立《たびだ》ってしまっていた。


夜明《よあ》け前《まえ》のハートランドは、深《ふか》い霧《きり》に包《つつ》まれていました。

そこにエンシェンとピーチの姿《すがた》がありました。

ベワンの奇襲《きしゅう》をハーツの活躍《かつやく》で切《き》り抜《ぬ》けた二人《ふたり》は、ある目的《もくてき》を果《は》たすべくヒル・マウンテンから舞《ま》い戻《もど》ってきていたのです。

度重《たびかさ》なる鬼《おに》の襲来《しゅうらい》によって、夜間《やかん》の外出禁止命令《がいしゅつきんしめいれい》が出《だ》されているためか、いつもは二十四時間《じかん》渋滞《じゅうたい》している高速道路《こうそくどうろ》には一台《いちだい》も車《くるま》が走《はし》っていません。

高架《こうか》の上《うえ》から、ハートランド城《じょう》の様子《ようす》を双眼鏡《そうがんきょう》で確認《かくにん》していたエンシェンは、正門《せいもん》を警護《けいご》するために仁王立《におうだ》ちしているエンジンヘッドに向《む》けて、ハーツを発進《はっしん》させるようピーチに頼《たの》みました。

「あの子《こ》のところに向《む》かって！」

ピーチは待《ま》ってましたとばかりに力強《ちからづよ》くうなずくと、高《たか》らかにエンジンの音《おと》を響《ひび》かせてハーツを発進《はっしん》させせました。

朝靄《あさもや》に紛《まぎ》れて市街地《しがいち》を突《つ》っ走《ぱし》るハーツ。鬼《おに》によって破壊《はかい》された建物《たてもの》がいたるところに点在《てんざい》しています。エンシェンは、その様子《ようす》に心《こころ》を痛《いた》めました。

もっと早《はや》くココロネの呪文《じゅもん》を書《か》き上《あ》げていれば、こんなことにならなくて済《す》んだのに。

悔《くや》しい思《おも》いがこみ上《あ》げてきましたが、気《き》を取《と》り直《なお》してエンシェンは前《まえ》を向《む》きました。

警護《けいご》も手薄《てうす》な城下町《じょうかまち》をすり抜《ぬ》け、エンジンヘッドの足下《あしもと》にたどり着《つ》いたエンシェンとピーチは、ハーツを一人残《ひとりのこ》し、エンジンヘッドの内部《ないぶ》へと潜入《せんにゅう》すべく、エンジンヘッドの外装《がいそう》に取《と》り付《つ》けられたハシゴを上《のぼ》っていきました。

エンジンヘッドの内部《ないぶ》には、駆動部《くどうぶ》ごとに操縦室《そうじゅうしつ》が設《もう》けられており、それらを繋《つな》ぐための通路《つうろ》が縦横無尽《じゅうおうむじん》に走《はし》っています。

エンシェンは、外壁《がいへき》のハッチを開《あ》け、そのダクトのような通路内《つうろない》に潜入《せんにゅう》していきました。肩《かた》にはジョイを乗《の》せ、後方《こうほう》にはピーチを従《したが》えて、手足《てあし》をついて進《すす》んでいきます。やがて通路《つうろ》から垂直《すいちょく》に伸《の》びるハシゴが現《あらわ》れ、その先《さき》から男《おとこ》たちの声《こえ》が聞《き》こえました。どうやらそこはエンジンヘッドの艦橋《かんきょう》になっているようでした。

まずエンシェンとジョイがハシゴを上《のぼ》り、艦橋《かんきょう》の床《ゆか》にあいた入口《いりぐち》から中《なか》の様子《ようす》を確認《かくにん》しました。何《なに》かのコンソールの間《あいだ》から、艦長《かんちょう》と思《おぼ》しき男《おとこ》の後《うし》ろ姿《すがた》が見《み》えました。彼《かれ》の前方《ぜんぽう》には大《おお》きな窓《まど》があり、その向《む》こうにはハートランドの湾岸地区《わんがんちく》が広《ひろ》がっています。窓《まど》の前《まえ》には操舵《そうだ》コンソールがあり、そこにも数人《すうにん》の機関士《きかんし》が出撃《しゅつげき》に備《そな》え身《み》を硬《かた》くして窓外《そうがい》を凝視《ぎょうし》しています。おかげで、背後《はいご》に注意《ちゅうい》を向《む》ける者《もの》は一人《ひとり》もいません。

その隙《すき》にエンシェンは艦橋《かんきょう》の中《なか》を見回《みまわ》し、目当《めあ》てのものを見《み》つけました。それはエンジンヘッドのメインコンピュータへと繋《つな》がる配電盤《はいでんばん》でした。

「今《いま》がチャンスよ！」

エンシェンはピーチに合図《あいず》を送《おく》ると、匍匐前進《ほふくぜんしん》で艦橋内《かんきょうない》に忍《しの》び込《こ》んでいきました。そして配電《はいでん》盤《ばん》のふたを開《あ》けると、ケーブルを引《ひ》っ張《ぱ》り出《だ》し、魔法《まほう》のタブレットを繋《つな》ぎました。

エンシェンの肩《かた》から飛《と》び降《お》りたジョイが、促《うなが》すように彼女《かのじょ》を見《み》つめます。後《あと》をついてきたピーチもエンシェンを見《み》つめ、勇気《ゆうき》づけるように肩《かた》に手《て》を置《お》きました。

そう、二人《ふたり》がハートランドに戻《もど》ってきた目的《もくてき》は、完成《かんせい》したココロネをエンジンヘッドにダウンロードし、鬼《おに》を退治《たいじ》することだったのです。

「艦長《かんちょう》！　鬼《おに》が現《あらわ》れたようです！」

その時《とき》、機関士《きかんし》の一人《ひとり》が声《こえ》をあげ、室内《しつない》に緊張《きんちょう》が走《はし》りました。

ピーチはエンシェンの肩《かた》に手《て》を置《お》いたまま、声《こえ》のしたほうに鋭《するど》い目《め》を向《む》けます。

「そのようだな」

艦長《かんちょう》は、あえて落《お》ち着《つ》いたふりをしていましたが、内心《ないしん》は恐怖《きょうふ》で震《ふる》え上《あ》がっていました。三台《だい》あったエンジンヘッドのうちの一台《いちだい》は、すでに鬼《おに》の襲撃《しゅうげき》に遭《あ》い破壊《はかい》されてしまっていたからです。

ピーチは少《すこ》しだけ体《からだ》を起《お》こして、窓《まど》の外《そと》を見《み》ました。だいぶ離《はな》れた場所《ばしょ》にいるもう一台《だい》のエンジンヘッドに、鬼《おに》がまっすぐに向《む》かっていくのが見《み》えました。黒《くろ》く禍々《まがまが》しい巨体《きょたい》に寄《よ》り切《き》られ、苦戦《くせん》しているのは明《あき》らかです。

「艦長《かんちょう》、二号機《ごうき》を支援《しえん》しなくてよろしいのですか？」

操舵兵《そうだへい》が艦長《かんちょう》に進言《しんげん》します。

艦長《かんちょう》は気色《けしき》ばんで怒鳴《どな》りかえしました。

「わ、我々《われわれ》の任務《にんむ》は正門《せいもん》を死守《ししゅ》すること。ここを動《うご》いてはならん！」

明《あき》らかに恐《おそ》れをなして逃《に》げ腰《ごし》になっている艦長《かんちょう》に、ピーチは呆《あき》れて思《おも》わず声《こえ》を漏《も》らしました。

「今《いま》、鬼《おに》と戦《たたか》わねぇで、いつ戦《たたか》うんだよ……」

この国《くに》は今《いま》や、王様《おうさま》の命令《めいれい》に従《したが》うだけで、自分《じぶん》で考《かんが》えることをやめてしまった者《もの》ばかりでした。

ピーチはエンシェンのほうに向《む》き直《なお》ると、エンシェンが魔法《まほう》の力《ちから》で、この古臭《ふるくさ》く凝《こ》り固《かた》まってしまったハートランド王国《おうこく》に一筋《ひとすじ》の光《ひかり》を差《さ》すことを促《うなが》しました。

「ハートランド王《おう》に魔法《まほう》の力《ちから》を、認《みと》めてもらえるチャンスだ」

「うん！」

エンシェンは、エンジンヘッドにココロネを授《さず》けるための呪文《じゅもん》を、タブレットに打《う》ち込《こ》みました。

「――ココロネひとつで人《ひと》は空《そら》も飛《と》べるはず。機械《きかい》の巨人《きょじん》よ、自《みずか》らの意思《いし》で鬼《おに》と戦《たたか》え。――送信《そうしん》」

途端《とたん》にタブレットから光《ひかり》が溢《あふ》れ出《だ》しました。同時《どうじ》に艦橋《かんきょう》の各計器類《かくけいきるい》からも同《おな》じ光《ひかり》が溢《あふ》れ出《だ》し、新《あら》たなネットワークが繋《つな》がれていくように光《ひかり》の道《みち》が計器《けいき》の間《あいだ》を走《はし》り抜《ぬ》けていきます。機関士《きかんし》たちは一斉《いっせい》に驚《おどろ》きの声《こえ》を上《あ》げましたが、彼《かれ》らが何《なに》をする間《ま》もなく光《ひかり》はエンジンヘッドの全身《ぜんしん》へと巡《めぐ》っていきました。

魔法《まほう》の光《ひかり》をまとったエンジンヘッドは、誰《だれ》かが動《うご》かしたわけでもなく、第一歩《だいいっぽ》を踏《ふ》み出《だ》しました。

艦長《かんちょう》は、自分《じぶん》が命令《めいれい》を出《だ》してもいないのに動《うご》き出《だ》したエンジンヘッドに驚《おどろ》き、わめきちらします。

「おいっ、なんだ⁉ なぜ勝手《かって》に足《あし》を動《うご》かした！」

足《あし》を踏《ふ》み出《だ》すごとに、エンジンヘッドの動《うご》きはどんどん滑《なめ》らかに、そしてどんどん速《はや》くなっていきます。自分《じぶん》の力《ちから》で、自分《じぶん》の意思《いし》で歩《ある》ける、走《はし》れる。その喜《よろこ》びを隠《かく》しきれないように、エンジンヘッドは鬼《おに》に向《む》かってスピードを上《あ》げていきます。

エンシェンとピーチとジョイの三人《にん》は、顔《かお》を見合《みあ》わせました。

「うまくいったね、エンシェン」

「うん！」

それに反《はん》して艦長《かんちょう》は、青《あお》ざめた顔《かお》でうろたえています。

「ええいっ、こら！ 勝手《かって》に動《うご》くんじゃない！」

艦長《かんちょう》は、〝鬼《おに》と戦《たたか》うこと〟よりも〝失敗《しっぱい》しないこと〟がもっとも重要《じゅうよう》な仕事《しごと》だと思《おも》い込《こ》んでいるのです。伝声管《でんせいかん》をつかみ必死《ひっし》の形相《ぎょうそう》で叫《さけ》びました。

「両脚《りょうあし》ぃ！　ブレーキをかけろぉ！」

艦長《かんちょう》の命令《めいれい》に、エンシェンは思《おも》わず反応《はんのう》してしまい、隠《かく》れていたコンソールの陰《かげ》から顔《かお》を出《だ》してしまいました。

「ダメだよ！」

その声《こえ》に振《ふ》り返《かえ》る艦長《かんちょう》。

「今《いま》この子《こ》は、自分《じぶん》の意思《いし》で戦《たたか》おうとしているの。この子《こ》に任《まか》せて！」

「お前《まえ》は!?」

「魔法使《まほうつか》いがいるぞ！」

艦長《かんちょう》だけでなく、艦橋《かんきょう》にいた全機関士《ぜんきかんし》が、一斉《いっせい》にエンシェンのほうを振《ふ》り返《かえ》りました。

エンシェンの言葉《ことば》に、メンツを潰《つぶ》されたと思《おも》い込《こ》んだ艦長《かんちょう》は顔《かお》を真《ま》っ赤《か》にして怒《いか》り狂《くる》いました。

「どこから来《き》た!?　つまみ出《だ》せ！」

エンシェンの危機《きき》に、ナイトを気取《きど》るジョイが立《た》ちはだかります。

「お前《まえ》たち無礼《ぶれい》だぞ！　エンシェンは今《いま》もれっきとした、お姫《ひめ》さまなんだからな！」

乗員《じょういん》たちは一瞬《いっしゅん》ひるみましたが、すぐに意《い》を決《けっ》してエンシェンを取《と》り押《お》さえようと飛《と》び掛《か》かっ

てきました。エンシェンは素早《すばや》く身《み》をかわし、タブレットを肩掛《かたか》け鞄《かばん》にしまいましたが、ジョイは跳《は》ね飛《と》ばされてしまいました。代《か》わりにピーチが飛《と》び出《だ》しました。

「邪魔《じゃま》すんじゃねえっ！」

次々《つぎつぎ》とつかみかかってくる機関士《きかんし》たちを掴《つか》んでは投《な》げ飛《と》ばし、殴《なぐ》られてもひるまず戦《たたか》い続《つづ》けます。

このままでは大変《たいへん》なことになる。血相《けっそう》を変《か》えた艦長《かんちょう》はさらにヒステリックな声《こえ》で叫《さけ》びます。

「各可動部《かくかどうぶ》っ、全力《ぜんりょく》で暴走《ぼうそう》を止《と》めろ！」

エンジンヘッドの腕《うで》や脚《あし》にちらばった操舵《そうだ》兵《へい》たちは、異常事態《いじょうじたい》に混乱《こんらん》しながらも、伝声《でんせい》管《かん》からの命令《めいれい》を実行《じっこう》しようと必死《ひっし》でブレーキをかけています。

「ぬおおおおお！」

歯《は》を食《く》いしばる操舵兵《そうだへい》たちも必死《ひっし》なら、想定外《そうていがい》の負荷《ふか》がかかったブレーキもまた、悲鳴《ひめい》のような軋《きし》みを上《あ》げ、煙《けむり》を吐《は》き始《はじ》めました。操舵兵《そうだへい》たちの額《ひたい》に、いっせいに汗《あせ》が噴《ふ》き出《だ》します。

それでも、まだエンジンヘッドは止《と》まりません。街《まち》を駆《か》け抜《ぬ》け、その勢《いきお》いのままに鬼《おに》を倒《たお》すべく、右腕《みぎうで》を大《おお》きく振《ふ》り上《あ》げます。

とうとう艦長《かんちょう》は最後《さいご》の手段《しゅだん》に出《で》ました。

「エンジンを切《き》れぇ！」

喉《のど》が張《は》り裂《さ》けんばかりの声《こえ》で、そう伝声管《でんせいかん》に向《む》かって叫《さけ》びました。

エンジンヘッドの右腕《みぎうで》は艦長《かんちょう》の命令《めいれい》より先《さき》に、すさまじい勢《いきお》いで鬼《おに》に振《ふ》り下《お》ろされました。乗《じょう》員《いん》たちによる操作《そうさ》で動《うご》かしていた時《とき》とは比《くら》べものにならないほどの速《はや》さで。

その一撃《いちげき》で鬼《おに》の頭《あたま》はまっぷたつに裂《さ》け、そこからどろりと真《ま》っ赤《か》なマグマのようなものが零《こぼ》れ落《お》ちました。膝《ひざ》をつき、うずくまった鬼《おに》に、これでとどめだと言《い》わんばかりに、もう一度《いちど》エンジンヘッドが腕《うで》を振《ふ》り上《あ》げました。

その時《とき》です。エンジンヘッドの甲板《かんぱん》にあたる頭部《とうぶ》から、エンジンのプラグが六本《ぽん》、けたたましい爆発音《ばくはつおん》とともに次々《つぎつぎ》と飛《と》び出《だ》しました。そして、プラグを納《おさ》めていた穴《あな》から黒煙《こくえん》を噴《ふ》き出《だ》し、エンジンヘッドは動《うご》きを止《と》めてしまいました。

艦長《かんちょう》の命令《めいれい》に従《したが》って、機関長《きかんちょう》がプラグを強制的《きょうせいてき》にパージしてしまったのでした。

さすがに魔法《まほう》で動《うご》くエンジンヘッドも、エンジンを切《き》られてしまってはどうすることもできません。

あと一撃《いちげき》で鬼《おに》を倒《たお》せる、そんな千載一遇《せんざいいちぐう》のチャンスを逃《のが》したというのに、艦長《かんちょう》は満足《まんぞく》げにうなずきました。

「よくやった機関長《きかんちょう》！　我々《われわれ》はこの場《ば》を死守《ししゅ》するっ」

身動《みうご》きもできないエンジンヘッドで何《なに》を守《まも》るというのでしょう。

あまりのことに、呆然《ぼうぜん》と立《た》ち尽《つ》くすエンシェン。

数人《すうにん》の機関士《きかんし》と取《と》っ組《く》み合《あ》ったまま、事《こと》の成《な》り行《ゆ》きを見守《みまも》っていたピーチでしたが、とっさにエンシェンに向《む》かって叫《さけ》びました。

「エンシェン、諦《あきら》めるな！」

その声《こえ》にエンシェンは我《われ》に返《かえ》りました。こんなところで諦《あきら》めるわけにはいきません。

「甲板《かんぱん》に出《で》て、手動《しゅどう》でプラグを元《もと》に戻《もど》すんだ！」

さすがは機械《きかい》に詳《くわ》しいピーチです。エンシェンはピーチの指示《しじ》にうなずくと、機関士《きかんし》たちの追《お》いすがる腕《うで》をかいくぐり、艦橋《かんきょう》の窓《まど》を開《あ》け放《はな》ちました。途端《とたん》に突風《とっぷう》が艦橋《かんきょう》の中《なか》に吹《ふ》き込《こ》んできて、エンシェンの海賊帽《かいぞくぼう》を吹《ふ》き飛《と》ばしました。それでもエンシェンはひるむことなく窓《まど》の外《そと》へと飛《と》び出《だ》しました。

しかし、エンジンヘッドの艦橋《かんきょう》は、地上《ちじょう》から一五〇メートルほどの高《たか》さにありました。それは目《め》もくらむほどの高《たか》さです。エンシェンは必死《ひっし》でハシゴに手《て》をかけると、迷《まよ》うことなく頭頂部《とうちょうぶ》の甲板目指《かんぱんめざ》して上《のぼ》り始《はじ》めました。

強《つよ》い風《かぜ》がエンシェンのスカートを大《おお》きく揺《ゆ》らし、バランスを崩《くず》しハシゴにしがみつきました。下方《かほう》に目《め》をやると、頭部《とうぶ》を真《ま》っ二《ぷた》つに切《き》り裂《さ》かれたままうずくまる鬼《おに》の姿《すがた》が見《み》えました。しかし、傷口《きずぐち》からどろどろとマグマが流《なが》れ出《だ》し、徐々《じょじょ》に体《からだ》を再生《さいせい》させようと蠢《うごめ》いています。

「鬼《おに》が生《い》き返《かえ》っちゃう……」

エンシェンは再《ふたた》び強《つよ》い決意《けつい》でハシゴを上《のぼ》り始《はじ》めました。

その様子《ようす》を、遠《とお》く離《はな》れたビルの上《うえ》から見《み》ている少女《しょうじょ》がいました。それは高校生《こうこうせい》のココネでした。

「頑張《がんば》れ、エンシェン！」

そうつぶやいて、ココネはふっと不思議《ふしぎ》な感覚《かんかく》にとらわれました。

「あれ、私《わたし》、自分《じぶん》の夢《ゆめ》の中《なか》に登場《とうじょう》しとる……？」

そう、本来《ほんらい》この夢《ゆめ》の中《なか》でココネは、エンシェンのはずなのです。


長《なが》いハシゴを上《のぼ》り切《き》り、エンシェンは甲板《かんぱん》にたどり着《つ》きました。エンジンヘッドが傾《かし》いだまま停止《ていし》してしまったので、甲板《かんぱん》も大《おお》きく傾《かし》いでいました。手《て》すりも取手《とって》もない平《たい》らな甲板上《かんぱんじょう》で、突起物《とっきぶつ》は飛《と》び出《だ》した六本《ぽん》のプラグしかありません。そのプラグは、間近《まぢか》で見《み》るととても巨大《きょだい》なものでした。一本《ぽん》の長《なが》さが、ゆうに十メートルはあるでしょうか。

エンシェンは、いちばん近《ちか》くにあるプラグに向《む》かって、一気《いっき》に駆《か》け出《だ》しました。

プラグの飛《と》び出《だ》した部分《ぶぶん》には、ねじ状《じょう》の溝《みぞ》がぐるりと刻《きざ》まれています。その上《うえ》に取《と》り付《つ》けられた非常用《ひじょうよう》スイッチのレバーを下《お》ろせば、プラグは再《ふたた》びねじが締《し》められるように回転《かいてん》してエンジンの中《なか》に戻《もど》る仕組《しく》みになっています。

エンシェンは自分《じぶん》の身長《しんちょう》よりもはるかに高《たか》いところについているレバーに飛《と》びつくと、全体重《ぜんたいじゅう》をかけました。レバーがガクンと下《さ》がり、プラグ内《ない》から何《なに》かが作動《さどう》する音《おと》が聞《き》こえてきました。

レバーを離《はな》し甲板《かんぱん》に着地《ちゃくち》したエンシェンは、即座《そくざ》に次《つぎ》のプラグのレバーに向《む》けて走《はし》り出《だ》しました。背後《はいご》では、いまレバーを下《お》ろしたプラグが、ゆっくりと回転《かいてん》しながら甲板《かんぱん》に収納《しゅうのう》されていきます。

「よし！」

エンシェンは次《つぎ》のレバーに体重《たいじゅう》をかけて引《ひ》き下《お》ろし、そしてまた次《つぎ》のプラグへと走《はし》っていき、次々《つぎつぎ》とプラグを収納《しゅうのう》させていきます。

その頃艦橋《ころかんきょう》では、エンシェンを追《お》いかけようと動《うご》き出《だ》した機関士《きかんし》たちを追《お》い越《こ》して、真《ま》っ先《さき》に窓外《そうがい》へとピーチが飛《と》び出《だ》していきました。追《お》いすがる機関士《きかんし》たちをコックピット内《ない》に蹴《け》り戻《もど》すと、エンシェンを追《お》ってピーチもハシゴを上《のぼ》っていきました。

その背《せ》には、いつの間《ま》にかジョイもしがみついていました。二人《ふたり》はどんな時《とき》でもエンシェンを守《まも》ると心《こころ》に決《き》めていましたから、一五〇メートルの高《たか》さも怖《こわ》いとは感《かん》じませんでした。

でも機関士《きかんし》たちは、それ以上追《いじょうお》いかけていくことができません。いくら艦長《かんちょう》が命《めい》じようと、恐怖《きょうふ》で外《そと》に踏《ふ》み出《だ》すことができないのです。

一方《いっぽう》、夢《ゆめ》の中《なか》に紛《まぎ》れ込《こ》んでしまったココネは、エンジンヘッドの足下《あしもと》に倒《たお》れている鬼《おに》が、切断《せつだん》された頭部《とうぶ》から流《なが》れ出《で》たマグマを変形《へんけい》させ、エンジンヘッドのほうへと腕《うで》を伸《の》ばす様子《ようす》に気《き》がつきました。

「どうしょう?」

ココネは思《おも》わずエンジンヘッドに向《む》かって駆《か》け出《だ》していました。

甲板上《かんぱんじょう》のエンシェンは鬼《おに》の動《うご》きに全《まった》く気《き》がついていないようで、ひたすらプラグのレバーに集中《しゅう》《ちゅう》しています。あと一本《ぽん》。最後《さいご》のレバーを下《さ》げれば、再《ふたた》びエンジンヘッドは動《うご》き出《だ》し、鬼《おに》にとどめを刺《さ》してくれることでしょう。エンジンヘッドの勝利《しょうり》は、そしてエンシェンの魔法《まほう》の力《ちから》がハートランドの役《やく》に立《た》つ瞬間《しゅんかん》は、もうすぐそこまで来《き》ているのです。

ピーチがようやく甲板《かんぱん》にたどり着《つ》いた時《とき》、エンシェンは残《のこ》る一本《ぽん》のプラグに向《む》かって駆《か》け出《だ》していました。ピーチが大《おお》きく手《て》を振《ふ》ると、エンシェンも笑《え》みを見《み》せ、手《て》を振《ふ》り返《かえ》しました。そしてそのまま、最後《さいご》のレバーに勢《いきお》いよく飛《と》びつきました。

ですがその瞬間《しゅんかん》、鬼《おに》の再生《さいせい》された腕《うで》が、エンジンヘッドの足《あし》にまきついたのです。その反動《はんどう》で、ただでさえ傾《かたむ》いていたエンジンヘッドが、大《おお》きくバランスを崩《くず》しました。

「きゃあっ!」

レバーに飛《と》びついたエンシェンも、エンジンヘッドとともに大《おお》きく揺《ゆ》さぶられ、レバーを掴《つか》んだまま宙《ちゅう》ぶらりんの状態《じょうたい》になってしまいました。

ハシゴにつかまっていたピーチもかろうじて片手《かたて》でぶら下《さ》がった格好《かっこう》です。

夢《ゆめ》の中《なか》を必死《ひっし》で駆《か》けるココネは、思《おも》わず息《いき》を呑《の》みました。

「はよ、助《たす》けに行《い》かんと」

でもいくら地面《じめん》を強《つよ》く蹴《け》っても、体《からだ》がどうしてもうまく前《まえ》に進《すす》みません。二人《ふたり》の様子《ようす》を確認《かくにん》しようと顔《かお》を上《あ》げたココネは、ふっと、ある既視感《きしかん》に襲《おそ》われました。

「あれ？……もしかして、これっ、お父《とう》さんが話《はな》してくれた物語《ものがたり》の、最終回《さいしゅうかい》じゃった気《き》いする……」

片手《かたて》でハシゴにぶら下《さ》がるピーチの首《くび》にしがみついていたジョイが見《み》ると、エンシェンは体《からだ》を振《ふ》ってレバーを引《ひ》き下《さ》げようとしていました。

このプラグがエンジン内部《ないぶ》に収納《しゅうのう》されれば、もうつかまるところはどこにもありません。エンシェンは、意《い》を決《けっ》して体重《たいじゅう》をかけると、レバーを下《した》まで引《ひ》き下《お》ろし、両手《りょうて》を離《はな》しました。そのまま絶望的《ぜつぼうてき》な角度《かくど》になっている甲板《かんぱん》を、ピーチめがけて一気《いっき》に滑《すべ》り降《お》りていきます。ピーチなら必《かなら》ず受《う》け止《と》めてくれる。エンシェンはそう信《しん》じてピーチに身《み》を任《まか》せました。

「エンシェン！」

エンシェンは、甲板《かんぱん》を滑《すべ》りながら鞄《かばん》からタブレットを取《と》り出《だ》すと、声《こえ》のするほうへ必死《ひっし》でジャンプしました。

「！」

甲板《かんぱん》のはじに左手《ひだりて》でぶら下《さ》がっていたピーチは、右手《みぎて》を思《おも》い切《き》り伸《の》ばし、エンシェンの差《さ》し出《だ》したタブレットの端《はし》をぐっと捕《つか》まえました。

「やった！」

ピーチが捕《つか》まえているタブレットの端《はし》に、エンシェンは両手《りょうて》でぶら下《さ》がっていました。ジョイはエンシェンを助《たす》けようと、ピーチの右腕《みぎうで》を伝《つた》ってエンシェンのもとへ向《む》かいます。

ジョイの短《みじか》い手《て》があと一歩《いっぽ》でエンシェンの手《て》にかかろうとした時《とき》、タブレットをつかんでいたエンシェンの指《ゆび》が重力《じゅうりょく》に負《ま》けてずるりと滑《すべ》りました。エンシェンの指《ゆび》は、今《いま》やタブレットのはじにわずかにかかるのみです。

左腕《ひだりうで》一本《ぼん》で、自分《じぶん》の体《からだ》とエンシェンを持《も》ち上《あ》げているピーチの力《ちから》も、もう限界《げんかい》です。

「ぐうっ……！」

ピーチは最後《さいご》の力《ちから》を振《ふ》り絞《しぼ》り、エンシェンを持《も》ち上《あ》げようと右手《みぎて》に力《ちから》を込《こ》めました。その途端《とたん》、握力《あくりょく》に耐《た》えかね、タブレットの画面《がめん》にぴしりとヒビが走《はし》りました。

このままでは、魔法《まほう》のタブレットもエンシェンも、ピーチもジョイも助《たす》かりません。

「ピーチ……」

何《なん》としてもエンシェンを引《ひ》き上《あ》げようと、歯《は》を食《く》いしばっていたピーチに、エンシェンは優《やさ》しい声《こえ》で語《かた》りかけました。

ピーチは、はっとしてエンシェンを見下《みお》ろしました。その視線《しせん》の先《さき》、タブレットにつかまっているはずのエンシェンの姿《すがた》が、ココネの母《はは》である、イクミに変《か》わっていました。

走《はし》っても走《はし》っても進《すす》まない夢《ゆめ》の中《なか》で、ココネもピーチと同《おな》じ視点《してん》で、イクミの姿《すがた》を見《み》ていました。でもそれは、いつも見《み》ている遺影《いえい》の中《なか》の母《はは》ではなく、モリオと検索《けんさく》したネットの中《なか》にいた、少《すこ》し寂《さび》しそうなイクミの姿《すがた》でした。

イクミはピーチとジョイをまっすぐに見《み》つめて、やがて優《やさ》しく微笑《ほほえ》み、静《しず》かに口《くち》をひらきました。

「ピーチ、ごめんね……最後《さいご》まで一緒《いっしょ》にいられなくて。でも、あなたが困《こま》った時《とき》、私《わたし》は必《かなら》ず戻《もど》ってくる。だから、それまでココネをお願《ねが》いね」

どこまでも優《やさ》しい声《こえ》の響《ひび》きに、ピーチは全《すべ》てを悟《さと》りました。彼女《かのじょ》は、自分《じぶん》たちを助《たす》けるために、その手《て》をはなす気《き》だ、と……。

その瞬間《しゅんかん》、イクミは、タブレットから手《て》をはなしました。

鬼《おに》の襲撃《しゅうげき》からハートランドを守《まも》ろうとした姫《ひめ》の誇《ほこ》りと、ココネの成長《せいちょう》を最後《さいご》まで見守《みまも》ることができない寂《さび》しさと、でも全《すべ》てをピーチに託《たく》すことができるという喜《よろこ》びと……さまざまな気持《きも》ちを胸《むね》に、イクミはゆっくりと落下《らっか》していきました。

「お母《かあ》さん……なんで……？」

ココネは弾《はじ》かれたように目《め》を覚《さ》まし立《た》ち上《あ》がった。まだ東京《とうきょう》に向《む》かう新幹線《しんかんせん》の車内《しゃない》で。ココネの見開《みひら》かれた瞳《ひとみ》に、みるみる涙《なみだ》が溢《あふ》れてきて、大《おお》きな粒《つぶ》となってこぼれ落《お》ちた。その涙《なみだ》を拭《ぬぐ》いもせずに、今《いま》しがたまで見《み》ていた夢《ゆめ》のことを、今《いま》になって初《はじ》めて気《き》づいた真実《しんじつ》を、ココネはゆっくりと反芻《はんすう》していた。

「あのお話《はなし》……。ずっと私《わたし》が主人公《しゅじんこう》じゃと、思《おも》うとった……」

とうに忘《わす》れかけていた、幼《おさな》い頃《ころ》の記憶《きおく》が一気《いっき》にココネの中《なか》に蘇《よみがえ》った。「母親《ははおや》がいない」と寂《さび》しく思《おも》う暇《ひま》もないくらいに、モモタローが常《つね》にココネのそばにいてくれた頃《ころ》のことが。

「起《お》きるのー！　お父《とう》さん、寝《ね》たらいけん」

一人《ひとり》で仕事《しごと》と子育《こそだ》てをこなし、くたくたになってよく居間《いま》でうたた寝《ね》していたモモタローを、ココネはたたき起《お》こした。そんな時《とき》もいやな顔《かお》ひとつせず、モモタローはココネの相手《あいて》をしてくれた。高《たか》い高《たか》い、とあやしてくれたり、要《い》らないパーツをおもちゃ代《が》わりにくれたり。ココネは作業場《さぎょうば》のエンジンをお城《しろ》に見立《みた》て、シリンダーをいくつも並《なら》べてお城《しろ》を守《まも》るロボットということにしていた。そしてたくさんのミニカー。どれもモモタローが与《あた》えてくれたものだ。

今《いま》でこそ健康《けんこう》そのもののココネだが、小《ちい》さいころはよく熱《ねつ》を出《だ》した。夢《ゆめ》うつつでジョイとともにふとんに寝転《ねころ》がっていると、モモタローはいつも仕事《しごと》の時《とき》に使《つか》っているタブレットを持《も》ってきた。大《おお》きなヒビの入《はい》ったそれを、モモタローは魔法《まほう》のタブレットだと言《い》っていた。

まだ漢字《かんじ》の読《よ》めないココネに向《む》けて、モモタローはひらがなとカタカナだけで〝呪文《じゅもん》〟を入《い》れて見《み》せてくれた。

『ココロネひとつで、ねつもさがる』

お父《とう》さんが魔法《まほう》で熱《ねつ》を下《さ》げてくれる。あの安心感《あんしんかん》は、どんな薬《くすり》よりも効《き》いた。ココネも一緒《いっしょ》にタブレットの呪文《じゅもん》を読《よ》み上《あ》げる。

「こころね、ひとつで、ねつも、さがる」

そしてモモタローはココネの手《て》を取《と》り、「送信《そうしん》」ボタンを押《お》させてくれた。二人《ふたり》で「そうしん！」と言《い》いながら。

熱《ねつ》が出《で》た時《とき》に限《かぎ》らず、ジョイもいつも一緒《いっしょ》だった。眠《ねむ》るときには隣《となり》に置《お》いて、目覚《めざ》めるといちばんに挨拶《あいさつ》をした。ココネの笑顔《えがお》も泣《な》き顔《がお》も、すべてを見《み》てきた親友《しんゆう》だった。それは、お母《かあ》さんが大切《たいせつ》にしてきたジョイを、お父《とう》さんが持《も》たせてくれたからだった。ジョイはお母《かあ》さんの笑顔《えがお》も泣《な》き顔《がお》も、ずっと見《み》ていたのだ。

「なんじゃ？　寝《ね》れんのか」

ココネが寝付《ねつ》かれない夜《よる》、モモタローは必《かなら》ず「エンシェンと魔法《まほう》のタブレット」の話《はなし》をしてくれた。ピーチとエンシェンが初《はじ》めて出会《であ》った時《とき》の話《はなし》。二人《ふたり》が鬼退治《おにたいじ》をしに行《い》く話《はなし》。その途中《とちゅう》、お城《しろ》の周《まわ》りで働《はたら》く小人《こびと》たちと出会《であ》い、仲良《なかよ》くなる話《はなし》。そして仲間《なかま》たちと、エンジンヘッドが自由《じゆう》に動《うご》けるようになるための魔法《まほう》を考《かんが》える話《はなし》。魔法《まほう》を入《い》れたタブレットとともに、王国《おうこく》を抜《ぬ》け出《だ》してヒル・マウンテンに移《うつ》り住《す》む話《はなし》……。

「それが、このタブレットなんじゃ」

そう話《はな》す時《とき》のモモタローは、誇《ほこ》らしげで、楽《たの》しそうで、でもどこか寂《さび》しそうだった。駆《か》け落《お》ちとイクミの死《し》を経《へ》て、モモタローは志島《しじま》との過去《かこ》を完全《かんぜん》に封印《ふういん》した。しかしイクミがどれほど賢《かしこ》くて、まっすぐで、素晴《すば》らしい女性《じょせい》だったかを、物語《ものがたり》にして聞《き》かせてくれていたのだ。ココネもそう育《そだ》つように、という祈《いの》りを込《こ》めて。そしてイクミの物語《ものがたり》がココネの心《こころ》を満《み》たしたからこそ、ココネはいつでも安心《あんしん》して、すぐに眠《ねむ》れるようになったのだ。

今《いま》までココネの身《み》の回《まわ》りに、ごくごく自然《しぜん》に存在《そんざい》していたもの。当《あ》たり前《まえ》すぎて、なんでそれがそうなっているのか、もう深《ふか》く考《かんが》えもしなくなっていたこと。それらの意味《いみ》が、今《いま》やっとわかった。今《いま》になってようやく、ココネの中《なか》で一つに繋《つな》がったのだ。

「……お父《とう》さん。お母《かあ》さんのこと、なーんも話《はな》してくれんと思《おも》うとったけど……」

ココネはしゃくりあげるように一つ息《いき》を吸《す》って、ゆっくりと息《いき》を吐《は》き出《だ》す。微《かす》かに震《ふる》える唇《くちびる》で続《つづ》けた。

「今《いま》までいーっぱい、いーっぱい、話《はな》してくれとったんじゃなあ」

溢《あふ》れる涙《なみだ》をぐいっと拭《ぬぐ》って、ココネはまっすぐに前《まえ》を向《む》いた。目《め》を覚《さ》ましたと思《おも》ったら突然《とつぜん》泣《な》き出《だ》したココネになんと言葉《ことば》をかけていいのか分《わ》からず、おろおろするばかりのモリオに問《と》いかけた。

「……モリオ。今《いま》どこ？」

新幹線《しんかんせん》は既《すで》に品川《しながわ》を過《す》ぎ、東京駅《とうきょうえき》に近《ちか》づいていた。

第《だい》四章《しょう》

車窓《しゃそう》から見《み》えた東京《とうきょう》タワーに、ココネは「東京《とうきょう》に来《き》たんだ」という実感《じっかん》を抱《いだ》いた。テレビの中《なか》でしか見《み》たことのなかった大都会《だいとかい》。地元《じもと》では目《め》にしたことのない高《たか》さの建物《たてもの》が、次々《つぎつぎ》に目《め》の前《まえ》を流《なが》れていく。

お父《とう》さんのことを誤解《ごかい》し、お母《かあ》さんを追《お》い出《だ》した、私《わたし》の知《し》らないおじいさんがいる志島自動車《しじまじどうしゃ》はもうすぐだ。

新幹線《しんかんせん》を降《お》りたホームで、モリオのスマホを使《つか》って志島本社《しじまほんしゃ》までの乗《の》り換《か》えルートを検索《けんさく》する。本社《ほんしゃ》は東京湾《とうきょうわん》に面《めん》したエリアにあり、最寄駅《もよりえき》の台場《だいば》までは電車《でんしゃ》を一回《かい》乗《の》り換《か》えて片道《かたみち》四六〇円《えん》。帰《かえ》りのことはあとで考《かんが》えるにしても、二人分《ふたりぶん》で九二〇円《えん》だ。ココネとモリオはおそるおそる自分《じぶん》の財布《さいふ》の中身《なかみ》を確《たし》かめる。ココネの所持金《しょじきん》六五〇円《えん》を合《あ》わせても、わずかに足《た》りなかった。

「ココネ一人《ひとり》なら、志島自動車《しじまじどうしゃ》まで行《い》くんは可能《かのう》なんじゃけど、もっかい〝魔法《まほう》〟を使《つこ》うてみるか?」

モリオの提案《ていあん》に、うーん、と考《かんが》え込《こ》むココネ。そこへ、またもや何者《なにもの》かが声《こえ》をかけてきた。

「森川《もりかわ》ココネさんですね？」

ココネが顔《かお》を上《あ》げると、そこには丸《まる》メガネをかけた中年男《ちゅうねんおとこ》が、ぎこちない笑《え》みを満面《まんめん》に湛《たた》え、手《て》もみしながら立《た》っていた。その両隣《りょうどなり》にも一人《ひとり》ずつ、太《ふと》った男《おとこ》と覇気《はき》のない男《おとこ》が立《た》っている。三人《にん》とも顔《かお》に覚《おぼ》えはないが、着《き》ている作業着《さぎょうぎ》は大阪《おおさか》のガソリンスタンドで遭遇《そうぐう》した怪《あや》しい二人組《ふたりぐみ》と同《おな》じものだった。

「ひっ、ヒゲの仲間《なかま》か⁉」

モリオは反射的《はんしゃてき》に両手《りょうて》を広《ひろ》げ、ココネと男《おとこ》たちの間《あいだ》に立《た》ちふさがった。腕《うで》っぷしにはまったく自信《じしん》はなかったが、勇気《ゆうき》を振《ふ》り絞《しぼ》って声《こえ》を張《は》り上《あ》げてみせた。

「行《い》けっココネ、ここは俺《おれ》が引《ひ》き止《と》める！」

「えっ、じゃけど……」

戸惑《とまど》うココネに、モリオは電車賃《でんしゃちん》もない自分《じぶん》ができることは、ここでこの男《おとこ》たちを引《ひ》き止《と》めることだと咄嗟《とっさ》に決断《けつだん》したのだ。

「大丈夫《だいじょうぶ》！　お前《まえ》にはタブレットがある！」

「ほんならモリオはどうするん？」

ありがたい申《もう》し出《で》ではあったが、ココネからすれば荒事《あらごと》はからっきしのモリオのほうがよっぽど心配《しんぱい》だった。だが、今《いま》は優先《ゆうせん》したいこともある……。

そんなココネの心中《しんちゅう》を知《し》ってか知《し》らずか、モリオはここぞとばかりに失地回復《しっちかいふく》を図《はか》るべく、さらに虚勢《きょせい》をはって見《み》せた。

「行《い》くんだ、俺《おれ》に遠慮《えんりょ》するな、ココネぇ〜！」

何《なん》の勝算《しょうさん》もないまま、三人《にん》の男《おとこ》たちにやみくもに向《む》かっていく。

「うわあ！　違《ちが》うんですっ」

あわてて両腕《りょううで》でガードしながら、一歩下《ぽさ》がるメガネの男《おとこ》。

「何《なに》が違《ちが》うものか！」

目《め》をつぶったまま、ひたすら腕《うで》を振《ふ》り回《まわ》すだけのモリオに、メガネの男《おとこ》が申《もう》し訳《わけ》なさそうに声《こえ》を掛《か》ける。

「あの〜……」

その声《こえ》に、モリオも拍子抜《ひょうしぬ》けして手《て》を止《と》めた。見《み》ると、メガネの男《おとこ》が指《さ》し示《しめ》した方向《ほうこう》、モリオの背後《はいご》にいるはずのココネの姿《すがた》は既《すで》になく、ホームのだいぶ離《はな》れた階段《かいだん》を全力《ぜんりょく》で駆《か》け下《お》りていく後《うし》ろ姿《すがた》があった。

「……なにっ⁉　俺《おれ》の勇姿《ゆうし》、見《み》とらんのか」

その時点《じてん》で、モリオの目論見《もくろみ》と自負心《じふしん》は、木《こ》っ端微塵《ぱみじん》に砕《くだ》け散《ち》った。

ココネの後《あと》を追《お》おうとする男《おとこ》たちを威嚇《いかく》すると、破《やぶ》れかぶれでメガネの男《おとこ》につかみかかる。それはもう、己《おのれ》の気恥《きは》ずかしさを隠《かく》すための単《たん》なる八《や》つ当《あ》たりでしかなかった。

首《くび》を絞《し》められながら、メガネの男《おとこ》が声《こえ》を絞《しぼ》り出《だ》す。

「あのう……話《はなし》を聞《き》いてください」

「うるさいっ！」

あとの二人《ふたり》はココネを追《お》うのを諦《あきら》め、二人掛《ふたりが》かりでモリオを引《ひ》き離《はな》しにかかる。

「私《わたし》たちはモモタロー氏《し》を救出《きゅうしゅつ》しに来《き》たんです」

首《くび》を絞《し》められ、呻《うめ》くように訴《うった》えるメガネの男《おとこ》。

「何《なに》っ⁉」

一瞬《いっしゅん》モリオの腕《うで》から力《ちから》が抜《ぬ》けた隙《すき》に、モリオを羽交《はが》い締《じ》めにする二人《ふたり》。

「でも、あんたらぁは、志島自動車《しじまじどうしゃ》からの回《まわ》し者《もの》じゃろうが？」

それでも敵意《てきい》が消《き》えないモリオに、メガネの男《おとこ》は、作業着《さぎょうぎ》のポケットからスマホを取《と》り出《だ》してホーム画面《がめん》を見《み》せつけた。そのアプリ一覧《いちらん》の中《なか》に、モリオはモモタローのタブレットの中《なか》にあった髑髏《どくろ》のアイコンを発見《はっけん》する。

「そのアイコンって……⁉」

「はい。これはモモタロー氏と我々《われわれ》が立《た》ち上《あ》げた、自動車業界関係者《じどうしゃぎょうかいかんけいしゃ》が密《ひそ》かに集《つど》うための裏《うら》SNS《エスエヌエス》、『エンシェント・ハート』のアプリアイコンです！」

メガネの男《おとこ》のスマホから、今《いま》までのタイムラインを確認《かくにん》したモリオは、ようやく重《おも》たい口《くち》を開《ひら》いた。

「なるほど。ココネが書《か》き込《こ》んだメッセージは、ここからあなたたちに逐一読《ちくいちよ》まれていた、ってわけですか」

まだ彼《かれ》らを完全《かんぜん》に信用《しんよう》できないでいるモリオだったが、大阪《おおさか》からの顛末《てんまつ》が、彼《かれ》らによってもたらされたものだったことを理解《りかい》し、いくばくか溜飲《りゅういん》が下《さ》がった気《き》がした。

「はい。おかげで渡辺《わたなべ》を出《だ》し抜《ぬ》き、新幹線《しんかんせん》のチケットやお弁当《べんとう》を先回《さきまわ》りして手配《てはい》することができた……というわけです」

思《おも》わぬ形《かたち》で〝魔法《まほう》〟のからくりを知《し》ることができたモリオだったが、まだ分《わ》からないことがいくつもあった。なぜ同《おな》じ志島自動車《しじまじどうしゃ》の人間《にんげん》が、片《かた》やタブレットを奪《うば》おうとし、もう一方《いっぽう》ではそれを阻止《そし》しようとするのか？

「そもそも、タブレットを欲《ほ》しがってるのは、あなたたち、志島自動車《しじまじどうしゃ》ではないんですか？」

モリオの素朴《そぼく》な疑問《ぎもん》に、さもありなんとうなずくメガネ。

「確《たし》かにそうなんですが、我々《われわれ》イクミ様《さま》の威光《いこう》を一身《いっしん》に受《う》けたレジスタンスとしましては、あのタブレットの中身《なかみ》を、渡辺《わたなべ》にだけはどうしても渡《わた》したくなかったのです」

自分《じぶん》たちのことを、自《みずか》らレジスタンスなどと呼《よ》ぶこの男《おとこ》たちは、車作《くるまづく》りの中《なか》でも電装系《でんそうけい》の仕事《しごと》を担当《たんとう》する、志島技術研究所《しじまぎじゅつけんきゅうじょ》の社員《しゃいん》たちであった。

「我々《われわれ》は、以前《いぜん》、モモタロー氏《し》と職《しょく》場《ば》をともにしていたことがありまして……」

そう言《い》って、メガネの男《おとこ》は後《あと》を続《つづ》けた。

当時《とうじ》、自動車産業《じどうしゃさんぎょう》に関《かか》わる中《なか》で、最《もっと》も花形《はながた》とされるセクションはエンジンの設計《せっけい》、開発《かいはつ》、シャーシの設計《せっけい》、そして車《くるま》そのもののデザインとされてきた。それ以外《いがい》の電装系《でんそうけい》やマテリアル（素材《そざい》）に関《かか》わるエンジニアたちは、同《おな》じ車作《くるまづく》りに関《かか》わりながらも、一段低《いちだんひく》く見《み》られる向《む》きがあった。

だが、近年《きんねん》ネットの普及《ふきゅう》により、自動車産業《じどうしゃさんぎょう》そのものがＩＴ《アイティー》技術《ぎじゅつ》を積極的《せっきょくてき》に取《と》り入《い》れていかなければ立《た》ち行《ゆ》かない時代《じだい》となった。そのことを二十年前《ねんまえ》に予見《よけん》していた志島《しじま》イクミは、そんな負《ふ》の伝統《でんとう》を壊《こわ》し、車《くるま》にこそＩＴ《アイティー》技術《ぎじゅつ》を積極的《せっきょくてき》に取《と》り入《い》れるべきだと訴《うった》えたのだ。だがそのことで実《じっ》父《ぷ》との確執《かくしつ》が生《しょう》じ、本社《ほんしゃ》を追《お》われる身《み》となった。

そんなイクミが自分《じぶん》の能力《のうりょく》を託《たく》そうと次《つぎ》に選《えら》んだのが、志島自動車《しじまじどうしゃ》の電装系《でんそうけい》を一手《いって》に引《ひ》き受《う》けていた彼《かれ》らの職場《しょくば》、志島技術研究所《しじまぎじゅつけんきゅうじょ》だった。

メガネの男《おとこ》は、時《とき》の流《なが》れを噛《か》みしめるように、しみじみと語《かた》った。

「我々《われわれ》のような下々《しもじも》の者《もの》とともに知力《ちりょく》を尽《つ》くして下《くだ》さいましたイクミ様《さま》を、我々《われわれ》は今《いま》でも心《こころ》の底《そこ》から尊敬《そんけい》しているのです。そしてそのイクミ様《さま》が、ただひとり心《こころ》を許《ゆる》した森川《もりかわ》モモタロー氏《し》もまた、我々《われわれ》の中《なか》では〝伝説《でんせつ》のエンジニア〟であり志《こころざし》を同《おな》じくする者《もの》なわけで、陰《かげ》ながら繋《つな》がりを持《も》ち、こうして応援《おうえん》してきたのです……」

妙《みょう》に大仰《おおぎょう》な物言《ものい》いをするメガネの男《おとこ》に、モリオは若干同類《じゃっかんどうるい》の匂《にお》いを感《かん》じ始《はじ》めていた。

「それで、あのSNS《エスエヌエス》を？……」

「はい……ですが、志島《しじま》から理不尽《りふじん》な扱《あつか》いを受《う》けたモモタロー氏的《してき》には、我々《われわれ》のことも、あまり快《こころよ》い存在《そんざい》とは思《おも》って下《くだ》さらなかったようですが……」

少《すこ》し自虐的《じぎゃくてき》に言《い》って、メガネの男《おとこ》は下《した》を向《む》いた。

「しかたねえよ。法《ほう》を盾《たて》に、志島《しじま》との繋《つな》がりを一切絶《いっさいた》てと言《い》われたら誰《だれ》だってそうなるさ」

メガネの男《おとこ》の思《おも》いを継《つ》いで、太《ふと》った男《おとこ》が口《くち》を開《ひら》いた。

「モモタロー氏《し》とイクミ様《さま》が結婚《けっこん》した直後《ちょくご》、志島本社《しじまほんしゃ》からやってきて、二人《ふたり》が今後一切《こんごいっさい》、志島《しじま》への権利《けんり》を主張《しゅちょう》しないよう約束《やくそく》をさせたのが、当時志島《とうじしじま》の顧問弁護士《こもんべんごし》をやっていた渡辺《わたなべ》だったのです」

さらに覇気《はき》のない男《おとこ》が後《あと》を継《つ》ぐ。

「あいつは、俺《おれ》たちみたいな技術畑《ぎじゅつばたけ》の人間《にんげん》をひどく見下《みくだ》していた、いけ好《す》かない男《おとこ》でね。なのに、そんなのが今《いま》じゃ志島《しじま》の役員《やくいん》ってんだから、まじめに働《はたら》こうって気持《きも》ちもなくなるってもんさ」

昨夜《ゆうべ》からの出来事《できごと》の背景《はいけい》を、概《おおむ》ね理解《りかい》したモリオが今度《こんど》は口《くち》を開《ひら》いた。

「とすると、あのタブレットの中身《なかみ》は何《なん》だったんですか……。渡辺《わたなべ》のような立場《たちば》の男《おとこ》が、こんなリスクまで冒《おか》して手《て》に入《い》れたかったものは、一体何《いったいなん》なんですか？」

モリオの問《と》いに、勿体《もったい》つけたようにメガネの男《おとこ》が回答《かいとう》する。

「それは……イクミ様《さま》が生前《せいぜん》書《か》き上《あ》げていた、自動運転車《じどううんてんしゃ》の基本制御《きほんせいぎょ》プログラムの、オリジナルコードです」

「えっ……」

それを聞《き》いてモリオは、モモタローの作《つく》った自動運転車《じどううんてんしゃ》の性能《せいのう》が魔法《まほう》の域《いき》に達《たっ》していた理由《りゆう》を理解《りかい》した。新幹線《しんかんせん》の中《なか》でイクミの経歴《けいれき》を検索《けんさく》した段階《だんかい》で、それはモリオの中《なか》に浮《う》かんでいた仮説《かせつ》のひとつではあったが、今《いま》まさにそれが確信《かくしん》に変《か》わったのだった。

「なるほど。モモおじさんは、魔法《まほう》の呪文《じゅもん》を初《はじ》めからもっとったゆうことか」

ひとりごちるモリオに、メガネの男《おとこ》が口《くち》を挟《はさ》む。

「はい。ですが、そのプログラムを使《つか》って、完全《かんぜん》な自動運転車《じどううんてんしゃ》を完成《かんせい》させたのは、モモタロー氏《し》自身《じしん》なのです。それは賞賛《しょうさん》されてしかるべきことなのです」

「何《なに》せ、我《わ》が志島自動車《しじまじどうしゃ》ですら、スタンドアローンの自動運転車《じどううんてんしゃ》の運行《うんこう》は、完全《かんぜん》に成功《せいこう》してはいないんだからね」

太《ふと》った男《おとこ》にそう言《い》われてモリオは、ようやく東京《とうきょう》オリンピックの開会式《かいかいしき》に、志島自動車《しじまじどうしゃ》の自動《じどう》運転車《うんてんしゃ》が選手団《せんしゅだん》を乗《の》せて入場《にゅうじょう》する計画《けいかく》になっていたことを思《おも》い出《だ》した。

「とゆうことは、もしかして……」

「はい。オリンピックの開会式《かいかいしき》に使用《しよう》される自動運転車《じどううんてんしゃ》は、未《いま》だ完成《かんせい》されておりません。だからこそ渡辺《わたなべ》は、モモタロー氏《し》のタブレットが必要《ひつよう》だったのです」

そこまで聞《き》いて、モリオはついに全《すべ》てを理解《りかい》した。モモタローがわけも分《わ》からぬまま逮捕《たいほ》された理由《りゆう》も、彼《かれ》が今《いま》どんな思《おも》いで警察《けいさつ》に勾留《こうりゅう》されているのかも……。

「モモおじさんを助《たす》けにいこう！」

モリオは、作業着《さぎょうぎ》の男《おとこ》たちと同行《どうこう》することを力強《ちからづよ》く申《もう》し出《で》た。

ココネはなんとかゆりかもめに乗《の》り換《か》え、台場《だいば》に向《む》かっていた。初《はじ》めて体感《たいかん》する滑《なめ》らかな動《うご》きと、周囲《しゅうい》の人《ひと》の多《おお》さにとまどいつつ、窓《まど》の外《そと》のレインボーブリッジに目《め》を奪《うば》われる。自分《じぶん》が岡山《おかやま》でいつも見《み》ている瀬戸大橋《せとおおはし》、イクミがかつて東京《とうきょう》で見《み》ていたレインボーブリッジ。二つの橋《はし》と海《うみ》のイメージを重《かさ》ねるともなく重《かさ》ねながら、ココネは窓外《そうがい》を見《み》つめ続《つづ》けた。

台場《だいば》の駅《えき》にはあっという間《ま》に到着《とうちゃく》した。

幸《さいわ》い、志島自動車《しじまじどうしゃ》の本社《ほんしゃ》ビルは駅《えき》のごく近《ちか》くにあったので、たいして迷《まよ》わずにたどり着《つ》くことができた。

「S《エス》」の文字《もじ》をあしらったエンブレムを高々《たかだか》と掲《かか》げた巨大《きょだい》なビルの、一般《いっぱん》に開放《かいほう》されている一階《かい》ロビーへとココネは歩《ほ》を進《すす》めた。

ロビーは上層階《じょうそうかい》まで吹《ふ》き抜《ぬ》けになっており、空中《くうちゅう》には、東京《とうきょう》オリンピックを応援《おうえん》する五輪《ごりん》と同《おな》じ色《いろ》の垂《た》れ幕《まく》が掲《かか》げられていた。フロアのそこかしこには、志島自動車歴代《しじまじどうしゃれきだい》の名車《めいしゃ》や、ピカピカのコンセプトカーが並《なら》び、ちょっとしたショールームといった様子《ようす》だった。

オリンピック前《まえ》の夏休《なつやす》み初日《しょにち》とあってか、テレビカメラを携《たずさ》えたテレビ関係者《かんけいしゃ》やマスコミ、子《こ》ども連《づ》れの親子《おやこ》も散見《さんけん》した。父親《ちちおや》に肩車《かたぐるま》された男《おとこ》の子《こ》が吹《ふ》き抜《ぬ》けの上《うえ》のほうを指《ゆび》さす。つられてココネも視線《しせん》を送《おく》る。そこには大《おお》きな羽《はね》を背負《せお》った、志島自動車《しじまじどうしゃ》のマスコットキャラクターのバ

ルーンが浮《う》かんでいて、その首《くび》からは東京《とうきょう》オリンピックの公式《こうしき》スポンサーであることを示《しめ》す垂《た》れ幕《まく》が下《さ》がっていた。

そういえば昨日《きのう》のニュースでそんなことを言《い》うとったなぁ、とココネはぼんやり思《おも》い出《だ》していた。昨日《きのう》の朝《あさ》の時点《じてん》では、自分《じぶん》が翌日《よくじつ》には東京《とうきょう》にいるなんて想像《そうぞう》もしていなかったのだが。

「……!?」

その垂《た》れ幕《まく》の上部《じょうぶ》に書《か》かれている文字《もじ》にココネは目《め》を奪《うば》われた。

「心根《こころね》ひとつで人《ひと》は空《そら》も飛《と》べる」——それは、森川自動車《もりかわじどうしゃ》の作業場《さぎょうば》に掲《かか》げられている鉄板《てっぱん》に、モモタローが書《か》いた標語《ひょうご》と同《おな》じだった。

「ウチの標語《ひょうご》と一緒《いっしょ》……？」

「馬鹿者《ばかもの》っ、そんな弱気《よわき》でどうする！」

そのころ会長室《かいちょうしつ》には、志島一心《しじまいっしん》の怒鳴《どな》り声《ごえ》が響《ひび》き渡《わた》っていた。

会長《かいちょう》に直談判《じかだんぱん》をしにきた社長《しゃちょう》以下《いか》数名《すうめい》の役員《やくいん》たちが、会長《かいちょう》のデスクを取《と》り囲《かこ》んでうなだれている。

問題《もんだい》は、二日後《ふつかご》に迫《せま》ったオリンピックの開会式《かいかいしき》で世界的《せかいてき》に披露《ひろう》される予定《よてい》の自動運転車《じどううんてんしゃ》のことだった。志島自動車《しじまじどうしゃ》の社運《しゃうん》を賭《か》け、強硬《きょうこう》に進《すす》めてきた完全自動運転《かんぜんじどううんてん》での選手《せんしゅ》の入場《にゅうじょう》セレモニーを、社長以下《しゃちょういか》の役員《やくいん》たちが今更《いまさら》になって反対《はんたい》してきたのだ。世界中《せかいじゅう》が注目《ちゅうもく》するオリンピックの開会式《かいかいしき》で、失敗《しっぱい》はできないと。

会長《かいちょう》が主張《しゅちょう》する通《とお》り、世界《せかい》に先駆《さきが》けた自動運転技術《じどううんてんぎじゅつ》をオリンピックで発表《はっぴょう》できたら、志島自動《しじまじどう》車《しゃ》が世界《せかい》に与《あた》えるインパクトは計《はか》り知《し》れないだろう。競合他社《きょうごうたしゃ》の技術開発《ぎじゅつかいはつ》と価格競争《かかくきょうそう》に押《お》され気《ぎ》味《み》で、ゆるやかな下《くだ》り坂《ざか》をたどり続《つづ》けている志島自動車《しじまじどうしゃ》が、再《ふたた》び「世界《せかい》のシジマ」として君臨《くんりん》する絶好《ぜっこう》の機会なのだと会長《かいちょう》は頑《かたく》なに主張《しゅちょう》していた。安全策《あんぜんさく》ばかりを取《と》りたがる役員《やくいん》たちを自《みずか》ら説《と》き伏《ふ》せ、何度《なんど》も現場《げんば》に足《あし》を運《はこ》び技術開発《ぎじゅつかいはつ》に携《たずさ》わる者《もの》たちを叱咤激励《しったげきれい》してきたのだ。

その何《なに》かに取《と》りつかれたような熱心《ねっしん》さを見《み》て、古株《ふるかぶ》の役員《やくいん》たちは心《こころ》の中《なか》で不満《ふまん》を募《つの》らせていた。

〝ゆるやかな下《くだ》り坂《ざか》〟が始《はじ》まった時期《じき》——一心《いっしん》が社長《しゃちょう》を退《しりぞ》いて会長《かいちょう》となり、次期社長《じきしゃちょう》と目《もく》されていたイクミが社《しゃ》を去《さ》った直後《ちょくご》。今思《いまおも》えば二十年近《ねんちか》くも前《まえ》に、イクミが自動運転車《じどううんてんしゃ》の開発《かいはつ》を提言《ていげん》した際《さい》には、会長自身《かいちょうじしん》が最《もっと》も反対《はんたい》したではないか、と。

「……ですが、オリンピックはもう明後日《あさって》なのですよ。もし選手団《せんしゅだん》を乗《の》せた車《くるま》が事故《じこ》でも起《お》こせば、志島《しじま》が世界《せかい》に恥《はじ》をかくだけでは済《す》まなくなる。そのことを既《すで》にマスコミが勘繰《かんぐ》り始《はじ》めている……やはり運転手《うんてんしゅ》を乗《の》せるべきです！」

社長《しゃちょう》の反論《はんろん》にも、志島会長《しじまかいちょう》はまったく顔色《かおいろ》を変《か》えない。窓《まど》の外《そと》を睨《にら》みながら、重々《おもおも》しく断言《だんげん》した。

「ダメだ。開会式《かいかいしき》だけは、完全《かんぜん》な自動運転車《じどううんてんしゃ》で臨《のぞ》む」

会長職《かいちょうしょく》に退《しりぞ》いたとはいえ、志島一心自《しじまいっしんみずか》らが一代《いちだい》で築《きず》き上《あ》げたこの志島自動車《しじまじどうしゃ》という会社《かいしゃ》の実質的《じっしつてき》な支配者《しはいしゃ》はまだこの男《おとこ》なのだ。この老《お》いぼれの、娘《むすめ》への罪滅《つみほろ》ぼしの巻《ま》き添《ぞ》えになって志島自動車《しじまじどうしゃ》は沈《しず》むのか——失望《しつぼう》の色《いろ》をあらわに、役員《やくいん》たちはただ何《なに》もせずその場《ば》に立《た》ち尽《つ》くしていた。

「……結論《けつろん》は出《で》た。時間《じかん》を無駄《むだ》にするな！」

志島会長《しじまかいちょう》は窓《まど》の外《そと》を睨《にら》み続《つづ》け、社長《しゃちょう》たちを振《ふ》り返《かえ》りもしなかった。

会長室《かいちょうしつ》を後《あと》にした社長《しゃちょう》は、自《みずか》らの部屋《へや》へ戻《もど》るのももどかしく、廊下《ろうか》から携帯《けいたい》で電話《でんわ》をかけた。

相手《あいて》はプライベートジェットで羽田《はねだ》に戻《もど》り、今《いま》まさに志島本社《しじまほんしゃ》に向《む》かって首都高《しゅとこう》を走《はし》っているはずの渡辺《わたなべ》だった。

社長《しゃちょう》が渡辺《わたなべ》から、実《じつ》は志島《しじま》イクミは二十年前《ねんまえ》、すでに自動運転《じどううんてん》の制御《せいぎょ》プログラムを完成《かんせい》させていたらしい、という話《はなし》を聞《き》かされたのは、ほんの二週間《しゅうかん》ほど前《まえ》のことだった。

イクミが自動運転車《じどううんてんしゃ》のテスト走行中《そうこうちゅう》に事故死《じこし》した際《さい》、本社《ほんしゃ》の人間《にんげん》はプログラムの不備《ふび》が原因《げんいん》だと思《おも》い込《こ》んでいた。実際《じっさい》は無関係《むかんけい》な車《くるま》に衝突《しょうとつ》されたことが直接《ちょくせつ》の原因《げんいん》だったのだが、その責任《せきにん》を、共同開発者《きょうどうかいはつしゃ》である森川《もりかわ》モモタローに全《すべ》て着《き》せる算段《さんだん》を、志島本社《しじまほんしゃ》は画策《かくさく》していた。

その時《とき》、事故処理《じこしょり》を担当《たんとう》した渡辺《わたなべ》は、モモタローに刑事責任《けいじせきにん》を問《と》わない代《か》わりに、全《すべ》ての権利《けんり》を放棄《ほうき》するよう迫《せま》った。だが、モモタローは「娘《むすめ》のココネと、イクミが書《か》いたオリジナルコードだけはどんなことがあっても渡《わた》せない」と主張《しゅちょう》した。渡辺《わたなべ》は、イクミの忘《わす》れ形見《がたみ》であるココネが、志島《しじま》を相続《そうぞく》する可能性《かのうせい》を消《け》し去《さ》ることに気《き》を取《と》られ、オリジナルコードなどどうでもいいとその時《とき》は放置《ほうち》していたのだった。

ところが、オリンピックの開会式《かいかいしき》で使用《しよう》する自動運転車《じどううんてんしゃ》の不備《ふび》が発覚《はっかく》すると、どこからかモモタローが自動運転車《じどううんてんしゃ》を完成《かんせい》させたらしいという噂《うわさ》を聞《き》きつけた渡辺《わたなべ》は、イクミのオリジナルコードの存在《そんざい》を思《おも》い出《だ》し、それを奪《うば》うことを思《おも》いつく。

会長《かいちょう》に知《し》られぬよう、オリジナルコードを手《て》に入《い》れ、オリンピックの自動運転《じどううんてん》を成功《せいこう》させる。それこそが志島自動車《しじまじどうしゃ》の看板《かんばん》を守《まも》りつつ、会長《かいちょう》を追《お》い落《お》として渡辺《わたなべ》たちが会社《かいしゃ》の実権《じっけん》を握《にぎ》るために必要《ひつよう》なことだったのだ。

渡辺《わたなべ》が電話《でんわ》に出《で》るや否《いな》や、社長《しゃちょう》は焦《じ》れたように尋《たず》ねる。

「どうだ？　オリジナルコードは手《て》に入《はい》ったか？」

「もうじきです」

「無茶《むちゃ》しおって。派手《はで》にやりすぎだぞ」

志島自動車《しじまじどうしゃ》のプライベートジェットを好《す》き勝手《かって》に使《つか》うのはまだしも、警察《けいさつ》を巻《ま》き込《こ》んだのは非常《ひじょう》に危険《きけん》な賭《か》けだった。マスコミに騒《さわ》ぎ立《た》てられる可能性《かのうせい》も高《たか》まる。だが渡辺《わたなべ》は、鼻《はな》で笑《わら》って反論《はんろん》した。

「何《なに》を悠長《ゆうちょう》な。オリンピックのデモカーがうまく走《はし》らなかったら、我々《われわれ》も無傷《むきず》じゃ済《す》まない。多《た》少《しょう》のリスクはやむを得《え》んでしょう。あとは金《かね》でなんとかしますよ」

「だがな……」

「会長《かいちょう》の動機《どうき》は、自動運転車《じどううんてんしゃ》の未来《みらい》ではなく、死《し》んだ娘《むすめ》への贖罪《しょくざい》です。オリンピック後《ご》はその件《けん》を総会《そうかい》で追及《ついきゅう》する。……老害《ろうがい》は死《し》して、あとは俺《おれ》たちの時代《じだい》というわけです」

悪《わる》びれもせず、ふてぶてしく笑《わら》って見《み》せる渡辺《わたなべ》。

「そのためにもオリンピックは、是《ぜ》が非《ひ》でも成功《せいこう》させないと」

だがその心中《しんちゅう》は、社長以上《しゃちょういじょう》に不安《ふあん》でいっぱいになっていた。俺《おれ》の人生《じんせい》を、あんな小娘《こむすめ》に台無《だいな》しにされてたまるものか。

自分《じぶん》が、安《やす》いテレビドラマの悪役《あくやく》まがいの行為《こうい》をしていることに、既《すで》に気《き》づけぬほどに渡辺《わたなべ》は冷静《れいせい》さを失《うしな》っていた。

「心根《こころね》ひとつで人《ひと》は空《そら》も飛《と》べる」――しばらくその垂《た》れ幕《まく》を眺《なが》めていたが、ここに来《き》た目的《もくてき》を思《おも》い出《だ》してロビーの端《はし》にある受付《うけつけ》へと向《む》かった。そこには、いかにも大企業《だいきぎょう》の受付係《うけつけがかり》らしき洗練《せんれん》された物腰《ものごし》の女性《じょせい》が三人《にん》、柔《やわ》らかな笑《え》みを浮《う》かべて座《すわ》っていた。その姿《すがた》に、ココネはどうにも気後《きおく》れして話《はな》しかけられずにいた。自分《じぶん》を見透《みす》かされているような気《き》がしたからだ。ココネは一番優《いちばんやさ》しそうな面持《おもも》ちの女性《じょせい》を選《えら》んで話《はな》しかけてみる。

「あの、志島会長《しじまかいちょう》に会《あ》いたいんですけど……」

方言《ほうげん》は出《で》ないよう心《こころ》がけた。

受付係《うけつけがかり》は、ココネの顔《かお》を見《み》るなり、いったん爪先《つまさき》まで視線《しせん》を下《お》ろしてからまたココネの顔《かお》を見《み》た。「茶髪《ちゃぱつ》で、今時《いまどき》のＪＫ《ジェーケー》気取《きど》りのスカート丈《たけ》、なにこの娘《こ》」

今思《いまおも》ったことはおくびにも出《だ》さず、受付係《うけつけがかり》はにっこり微笑《ほほえ》んだ。

「どういったご用件《ようけん》でしょうか？」

「私《わたし》、志島会長《しじまかいちょう》の孫《まご》なんですけど、お父《とう》さんの件《けん》でちょっと……」

ココネは大真面目《おおまじめ》に言《い》ってみる。実際《じっさい》それ以上《いじょう》に上手《うま》い説明《せつめい》も思《おも》いつかなかった。

そのあまりに唐突《とうとつ》な申《もう》し出《で》に、つい上《うえ》から目線《めせん》が顔《かお》に出《で》てしまう受付係《うけつけがかり》。表情《ひょうじょう》を曇《くも》らせ、少《すこ》し声《こえ》を潜《ひそ》めて諭《さと》すように言《い》う。

「……あなた、悪《わる》い冗談《じょうだん》を言《い》うものではないわ。会長《かいちょう》はそもそもお嬢《じょう》さまを、ずっと昔《むかし》に亡《な》くしているのよ？」

「いや、そうなんですけど……」

先《さき》ほどの言葉《ことば》に嘘《うそ》は一片《いっぺん》もないのだが、それ以上《いじょう》どう説明《せつめい》すればわかってもらえるのかココネには思《おも》いつかなかった。次《つぎ》に言《い》うべき言葉《ことば》を懸命《けんめい》に探《さが》したが、結局《けっきょく》「すみません、また来《き》ます」とだけ言《い》い残《のこ》してロビーを後《あと》にしてしまった。

隣《となり》でそのやり取《と》りを聞《き》いていた別《べつ》の受付係《うけつけがかり》が、ちらりとココネの歩《ある》き出《だ》す方向《ほうこう》を見《み》る。彼女《かのじょ》はプライベートのスマホを素早《すばや》く取《と》り出《だ》すと、画面《がめん》を短《みじか》くタップした。そこには、レジスタンスたちが使用《しよう》していたものと同《おな》じ、髑髏《どくろ》のアイコンがあった。

ココネは冷房《れいぼう》の効《き》いた本社《ほんしゃ》ビルのロビーを出《で》た。とりあえず何《なに》をするというわけでもなく、次《つぎ》の手《て》をどうするかぼんやりと考《かんが》えていたのだ。だがすぐに、アスファルトから恐《おそ》ろしいほどの熱《ねっ》気《き》が立《た》ち上《のぼ》ってきて心《こころ》が折《お》れた。ココネはいったん涼《すず》しそうなところを探《さが》して、本社《ほんしゃ》ビルの裏手《うらて》へ回《まわ》る遊歩道《ゆうほどう》を歩《ある》き出《だ》した。

途中《とちゅう》、自販機《じはんき》を見《み》つけ、財布《さいふ》の中身《なかみ》を確認《かくにん》した。先《さき》ほど電車賃《でんしゃちん》に四六〇円《えん》を使《つか》って、残金《ざんきん》は一九〇円《えん》。

「うーん……」

ここでペットボトル飲料《いんりょう》を買《か》うと残金《ざんきん》は四〇円《えん》。しかし、どうせ一九〇円《えん》でも東京駅《とうきょうえき》まで戻《もど》ることもできないのだ。今《いま》は喉《のど》の渇《かわ》きを癒《いや》すのだと決《き》め、ココネはペットボトルのお茶《ちゃ》を買《か》った。

冷《つめ》たいボトルを頬《ほお》に当《あ》て、日陰《ひかげ》に座《すわ》り込《こ》む。

志島会長《しじまかいちょう》に会《あ》った時《とき》に言《い》うべき言葉《ことば》ばかりを考《かんが》えていたせいで、まさか会長《かいちょう》に会《あ》うこともできずに追《お》い返《かえ》されるとは思《おも》わなかった。ココネは本社《ほんしゃ》ビルを見上《みあ》げた。「ほんでも、こんなかにおじいさんおるんじゃから、勝手《かって》に入《はい》っていったら会《あ》えたりせんかなぁ？」いざとなったら受付《うけつけ》を強行突破《きょうこうとっぱ》して……などと思《おも》いをめぐらせながら、ココネはふたを開《あ》けようとペットボトルを持《も》ち直《なお》した。その瞬間《しゅんかん》、すいっと目《め》の前《まえ》を通《とお》り過《す》ぎたスーツ姿《すがた》の老人《ろうじん》を、無意識《むいしき》に目《め》で追《お》う。すぐには記憶《きおく》を繋《つな》げることが出来《でき》なかったが、今《いま》、自分《じぶん》の目《め》の前《まえ》を通《とお》り過《す》ぎた人《ひと》は、新幹線《しんかんせん》の車内《しゃない》で見《み》ていた画像《がぞう》の中《なか》の人物《じんぶつ》ではなかったか。

「あの人《ひと》……!?」

ココネはあわててその後《うし》ろ姿《すがた》を追《お》いかけた。

社長《しゃちょう》たちを追《お》い返《かえ》したあとの会長室《かいちょうしつ》で、虚空《こくう》を睨《にら》み続《つづ》けていた一心《いっしん》に、背後《はいご》から声《こえ》をかけたのは秘書《ひしょ》の女性《じょせい》だった。今《いま》や社内《しゃない》では、一心《いっしん》が信頼《しんらい》を置《お》いている数少《かずすく》ない人物《じんぶつ》の一人《ひとり》だった。「ひどくお疲《つか》れのようですから、庭園《ていえん》でも少《すこ》し歩《ある》かれてはいかがでしょう」と聞《き》き慣《な》れない提案《ていあん》をしてきた。「庭園《ていえん》？　こんな時《とき》に？」と思《おも》わないでもなかったが、それは一心《いっしん》の荒《すさ》んだ心《こころ》になぜか響《ひび》いた。では次《つぎ》の予定《よてい》まで二〇分《ぷん》だけ、と部屋《へや》を出《で》た。部屋《へや》を出《で》る際《さい》、会長室《かいちょうしつ》の入口《いりぐち》に掲《かか》げられている社訓《しゃくん》「心根《こころね》ひとつで人《ひと》は空《そら》も飛《と》べる」をあらためて仰《あお》ぎ見《み》る。

その後《うし》ろ姿《すがた》を見送《みおく》ったあとで、秘書《ひしょ》はスマホを取《と》り出《だ》した。そこにもまた、髑髏《どくろ》のアイコンが表示《ひょうじ》されていた。

志島本社《しじまほんしゃ》ビルの裏手《うらて》にある庭園《ていえん》。そこはちょっとした高台《たかだい》になっており、海《うみ》を見渡《みわた》すことができた。緑《みどり》の生垣《いけがき》が茂《しげ》る突端《とったん》からはレインボーブリッジもよく見《み》えた。海面《かいめん》に太陽《たいよう》がキラキラと反射《はんしゃ》し、海風《うみかぜ》が心地《ここち》よく通《とお》り過《す》ぎる。

その人物《じんぶつ》は庭園《ていえん》の突端《とったん》に立《た》ち、水平線《すいへいせん》の遥《はる》か彼方《かなた》を見《み》つめていた。いや、それは見《み》つめているというよりも睨《にら》んでいると言《い》ったほうが正《ただ》しかった。背後《はいご》からでも、全身《ぜんしん》から放《はな》つ雰囲気《ふんいき》でそれはわかった。他人《たにん》を寄《よ》せ付《つ》けない気迫《きはく》が全身《ぜんしん》から漂《ただよ》っている。

ココネは、なんと話《はな》しかけようか今《いま》まで考《かんが》えていた言葉《ことば》をその瞬間全部忘《しゅんかんぜんぶわす》れてしまって、結局《けっきょく》なんの勝算《しょうさん》もないまま声《こえ》をかけてしまった。

「あの……」

普段《ふだん》の自分《じぶん》からは考《かんが》えられないくらいに腰《こし》の引《ひ》けた声《こえ》だ。

ゆっくりとこちらを振《ふ》り返《かえ》った一心《いっしん》の顔《かお》には、話《はな》しかけられたことに対《たい》する苛立《いらだ》ちが、隠《かく》しようもないくらいにはっきりと表《あらわ》れている。

眉《まゆ》を寄《よ》せたまま「なんだね！」とだけ不機嫌《ふきげん》そうに答《こた》える。

「あっ……お茶《ちゃ》、飲《の》みません？」

ココネはなんとか笑顔《えがお》を作《つく》ると、思《おも》い出《だ》したようにペットボトルを差《さ》し出《だ》した。「まだ蓋《ふた》を開《あ》けとらんかったんで、たすかったわぁ」。ここで気圧《けお》されたら負《ま》けである。ココネはいつものペースを思《おも》い出《だ》し、ぐっと腹《はら》に力《ちから》を込《こ》めた。「きょどらんよ、私《わたし》！」

自分《じぶん》とは最《もっと》も縁遠《えんどお》い年頃《としごろ》の少女《しょうじょ》に話《はな》しかけられ、一心《いっしん》は驚《おどろ》きつつも、なぜか警戒心《けいかいしん》を解《と》かれた気《き》がした。

「こんな天気《てんき》のいい日《ひ》に、一人《ひとり》かね」

「うん。お目当《めあ》ての人《ひと》に会《あ》えなくて、途方《とほう》に暮《く》れてたとこなんです。……どうぞ」

ココネはこの時《とき》、もしかしたら自分《じぶん》のことを知《し》っているかもという淡《あわ》い期待《きたい》を捨《す》て、頑《かたく》なな態《たい》度《ど》を崩《くず》さない一心《いっしん》に、とりあえず自分《じぶん》の素性《すじょう》を明《あ》かすことは後回《あとまわ》しにしようと考《かんが》えた。それに、

「そのほうが自分《じぶん》も普段通《ふだんどお》りでいられそうだ」と。

ココネは後《うし》ろのベンチのほうを目線《めせん》で示《しめ》した。

一心《いっしん》が腰掛《こしか》けると、ココネも荷物《にもつ》を下《お》ろして、一心《いっしん》の隣《となり》に座《すわ》る。隣《となり》といっても人《ひと》ひとり分《ぶん》くらい間《あいだ》を空《あ》けてだが。

「君《きみ》はそれで、このまま時間《じかん》を無駄《むだ》にするつもりなのかね」

一心《いっしん》は、海《うみ》を見《み》たまま問《と》いかけた。その態度《たいど》には、やはりココネの相手《あいて》をするつもりなど毛頭《もうとう》ないと言《い》った風情《ふぜい》があった。

「えっ？」

「さっさと次《つぎ》の目的《もくてき》を決《き》めたほうが賢明《けんめい》だと思《おも》うがね。……人生《じんせい》は長《なが》いようで短《みじか》いぞ」

ココネを一瞥《いちべつ》し、突《つ》き放《はな》すように口《くち》を閉《と》じる。

「ふうん？　人生《じんせい》って短《みじか》いんだ……」

ココネも負《ま》けじと言葉《ことば》を返《かえ》す。このまま話《はなし》を打《う》ち切《き》られてしまったらもう後《あと》がない。

「残念《ざんねん》ながらな」

そう言《い》って今《いま》にも立《た》ち上《あ》がってしまいそうな一心《いっしん》に、ココネは食《く》い下《さ》がるように質問《しつもん》を投《な》げかける。

「おじいさんは、いつそう思《おも》うたん？」

「ん……？」

ココネのその一言《ひとこと》が、なぜか一心《いっしん》の琴線《きんせん》に触《ふ》れた。近頃《ちかごろ》は、仕事《しごと》の場《ば》でさえ自分《じぶん》のことばかり喋《しゃべ》って、他人《たにん》の話《はなし》を聞《き》かないどころか問《と》いかけに答《こた》えもしない者《もの》が大半《たいはん》だ。だがこの娘《むすめ》は、果敢《かかん》にもこんな年寄《としよ》りに質問《しつもん》を返《かえ》してきたではないか。

一心《いっしん》は初《はじ》めてしっかりとココネに目《め》を向《む》けた。その容姿《ようし》は不良娘《ふりょうむすめ》と言《い》い切《き》るには憚《はばか》られる、不思議《ふしぎ》と無垢《むく》な雰囲気《ふんいき》を醸《かも》し出《だ》していた。そしてその膝《ひざ》の上《うえ》に置《お》かれたズダ袋《ぶくろ》からは、どこか見覚《みおぼ》えのあるぬいぐるみが顔《かお》を出《だ》している。

「ねえ、私《わたし》にはまだ人生《じんせい》は、ものすごぉく長《なが》いものゆう感《かん》じがしてるんですけど……」

身《み》を乗《の》り出《だ》して問《と》いかけるその少女《しょうじょ》の視線《しせん》

がやけに眩《まぶ》しく感《かん》じられて、一心《いっしん》は無意識《むいしき》に目《め》をそらした。そして、自分《じぶん》がなぜ「人生《じんせい》が短《みじか》い」などと、見《み》ず知《し》らずの少女《しょうじょ》に言《い》ってしまったのかを思《おも》い出《だ》しながら、言葉《ことば》を継《つ》いだ。

「そうだなあ……親不孝者《おやふこうもの》の娘《むすめ》が、若《わか》くして天国《てんごく》へと旅立《たびだ》ってしまった時《とき》からかもしれんな……」

イクミにとって人生《じんせい》は長《なが》かったのか、短《みじか》かったのか。一心《いっしん》にその答《こた》えはわからなかった。だが、自分《じぶん》にとっての人生《じんせい》は、イクミがまだ幼《おさな》く、自分《じぶん》の庇護《ひご》がなければ生《い》きられない乳飲《ちの》み子《ご》だった頃《ころ》にすでに終《お》わってしまっていたのではないかと今《いま》では思《おも》っている。人生《じんせい》が充実《じゅうじつ》していたのは、仕事《しごと》や遊《あそ》びが楽《たの》しかった時《とき》ではなく、自分《じぶん》を必要《ひつよう》としてくれる者《もの》の存在《そんざい》が、ただそこにあった時《とき》だったのではないかと。イクミが死《し》んだと聞《き》かされた時《とき》、一心《いっしん》の胸《むね》に去来《きょらい》したのは、ただそのことだった。

誰《だれ》かのことを思《おも》い出《だ》しているように、ただ虚空《こくう》を見《み》つめる一心《いっしん》の横顔《よこがお》を、ココネもまた誰《だれ》かのことを思《おも》いながら、じっと見《み》つめていた。

その思《おも》い人《びと》が背中《せなか》を押《お》したかのように、海風《うみかぜ》がココネの髪《かみ》をなびかせた。

「……その人《ひと》、どんな人《ひと》じゃった？」

今自分《いまじぶん》が心《こころ》に思《おも》っていることを、なぜこの娘《むすめ》はまっすぐに問《と》いかけてくれるのか？　心地《ここち》よい疑問《ぎもん》に、一心《いっしん》はついに心《こころ》を開《ひら》いた。

「今《いま》の君《きみ》より少《すこ》し年上《としうえ》でね。女《おんな》だてらにワシの仕事《しごと》を継《つ》ぐと言《い》って、アメリカの大学《だいがく》を卒業《そつぎょう》した。なかなか優秀《ゆうしゅう》な娘《むすめ》だった……」

一心《いっしん》は、深《ふか》く記憶《きおく》の底《そこ》に沈《しず》めていた過去《かこ》を、誰《だれ》に話《はな》すともなく、訥々《とつとつ》と話《はな》し始《はじ》めた。

イクミがまだ志島自動車《しじまじどうしゃ》の役員《やくいん》として在籍《ざいせき》していたころ。イクミが提案《ていあん》した新規《しんき》プロジェクトについて、経営会議《けいえいかいぎ》が紛糾《ふんきゅう》していた。

一心《いっしん》と、そのイエスマンである役員《やくいん》たち、あるいは一心《いっしん》を追《お》い落《お》とす策謀《さくぼう》を巡《めぐ》らせている役員《やくいん》たちを前《まえ》に、イクミはまっすぐな瞳《ひとみ》でこれからの自動車産業《じどうしゃさんぎょう》について語《かた》った。だがその頃《ころ》の一心《いっしん》はまだ今《いま》よりは若《わか》く、すべてを聞《き》き終《お》えないうちにイクミのその提案《ていあん》を一蹴《いっしゅう》していた。

「車《くるま》はドライバー自《みずか》らが運転《うんてん》してこそ、その素晴《すば》らしさがわかるというものだ。自動運転《じどううんてん》など誰《だれ》が望《のぞ》む!?」

「――確《たし》かに」

だが、ひるむことなくイクミは立《た》ち上《あ》がって反論《はんろん》した。会議室《かいぎしつ》の壁《かべ》に掲《かか》げられた、「心根《こころね》ひとつで人《ひと》は空《そら》も飛《と》べる」という志島《しじま》の社訓《しゃくん》を背負《せお》いながら。

「車《くるま》とは本来《ほんらい》、そういうものだったかもしれません。でも、時代《じだい》は大《おお》きく変化《へんか》しています。ソフト技術《ぎじゅつ》が自動車《じどうしゃ》の運行《うんこう》や、車作《くるまづく》りそのものをリードしていくことは、もはや世界《せかい》の趨勢《すうせい》です」

冷静《れいせい》に、しかし力強《ちからづよ》く語《かた》るイクミに、一心《いっしん》は声《こえ》を張《は》り上《あ》げる。

「ハード屋《や》がソフト屋《や》に頭《あたま》を下《さ》げるようなことがあれば、それこそ車作《くるまづく》りの終焉《しゅうえん》だ！」

苛立《いらだ》ちまぎれに両手《りょうて》で机《つくえ》を叩《たた》くと、ざわついていた会議室《かいぎしつ》が水《みず》を打《う》ったように静《しず》まり返《かえ》った。

イクミをたしなめるように見《み》つめる役員《やくいん》、一心《いっしん》にこびるようにうなずいて見《み》せる役員《やくいん》――彼《かれ》らは目配《めくば》せを交《か》わしながら、再《ふたた》びざわざわと耳打《みみう》ちを始《はじ》める。

イクミは深《ふか》くため息《いき》をつき、失望《しつぼう》の色《いろ》を隠《かく》さずに言《い》った。

「この会社《かいしゃ》にはビジョンとプランがない。あるのは昔《むかし》の思《おも》い出《で》と、足《あし》の引《ひ》っ張《ぱ》り合《あ》いだけ」

手元《てもと》の資料《しりょう》を素早《すばや》くまとめると、ハイヒールの靴音《くつおと》を響《ひび》かせてドアに向《む》かった。そして会議室《かいぎしつ》を出《で》る直前《ちょくぜん》、先《さき》ほどまで自分《じぶん》の背後《はいご》に掲《かか》げられていた社訓《しゃくん》を見上《みあ》げる。「心根《こころね》ひとつで人《ひと》は空《そら》も飛《と》べる」――創業当時《そうぎょうとうじ》の希望《きぼう》と野心《やしん》に満《み》ちた一心《いっしん》が、素直《すなお》にそう信《しん》じていたであろうその言葉《ことば》。

「……会長《かいちょう》。私《わたし》ならこの社訓《しゃくん》、一文字《もじ》だけ書《か》き換《か》えるけどな」

いっそ晴《は》れやかな笑顔《えがお》を残《のこ》し、イクミは会議室《かいぎしつ》を出《で》ていった。呼《よ》び止《と》めなければいけないという思《おも》いを、その時《とき》は怒《いか》りが上回《うわまわ》っていた。手塩《てしお》にかけて育《そだ》ててきた愛娘《まなむすめ》に、一番信頼《いちばんしんらい》を置《お》いていた部下《ぶか》に、裏切《うらぎ》られたような気《き》がして。

だが、いつか時《とき》が経《た》てば、イクミも私《わたし》の想《おも》いを理解《りかい》し、自分《じぶん》から私《わたし》の元《もと》に帰《かえ》ってくる。その時《とき》はまだそう信《しん》じていた。しかし、その機会《きかい》は二度《にど》と再《ふたた》び訪《おとず》れることはなかった。

イクミの元《もと》から届《とど》けられた手紙《てがみ》には、訃報《ふほう》を示《しめ》す、黒《くろ》い縁取《ふちど》りが施《ほどこ》されていた。


父《ちち》が愛《あい》したその人《ひと》は、彼《かれ》と同《おな》じく、自分《じぶん》の思《おも》いをまっすぐに貫《つらぬ》く人《ひと》であった。

「かっこいい人《ひと》じゃったんじゃな……」

ココネは母《はは》を思《おも》って泣《な》きそうになった。

「でも、今泣《いまな》いたらいけん。私《わたし》が誰《だれ》なんか、おじいさんは知《し》らんのだもの、きっと変《へん》に思《おも》われてしまうが……。でも、今《いま》じゃったら、私《わたし》この人《ひと》の孫《まご》じゃゆうても、私《わたし》の話《はなし》、聞《き》いてくれるんかな？」

ココネが迷《まよ》っていると、唐突《とうとつ》に声《こえ》がした。

「……だからワシは、なんとしてもあの鬼《おに》を――」

「えっ⁉」

「……この手《て》で倒《たお》さねばならんのだ」

ココネは一心《いっしん》を見《み》て驚《おどろ》いた。

夢《ゆめ》の中《なか》に何度《なんど》も登場《とうじょう》したハートランド王《おう》がそこにいたからだ。


「私《わたし》、いつの間《ま》に寝《ね》てしもうたん？」

ココネは焦《あせ》った。

志島一心《しじまいっしん》からイクミの話《はなし》を聞《き》き終《お》えたところで、自分《じぶん》が孫《まご》であることを伝《つた》え、一刻《いっこく》も早《はや》くモモタローの嫌疑《けんぎ》を晴《は》らさねばならないというのに、またしても昼寝《ひるね》をしてしまったらしいのだ。

自覚《じかく》はなかったが、さすがに今度《こんど》ばかりは自分《じぶん》の〝特技《とくぎ》〟に嫌気《いやけ》がさした。

いつの間《ま》にか、周《まわ》りの景色《けしき》もハートランドに変《か》わっている。だが、今回《こんかい》も自分《じぶん》はエンシェンではなくココネのままだ。

「どうしよう……」

ハートランド王《おう》はゆっくりと立《た》ち上《あ》がると、海《うみ》から上陸《じょうりく》してくる巨大《きょだい》な鬼《おに》を睨《にら》みつけた。そして駆《か》けつけた衛兵《えいへい》たちを従《したが》えると、ココネには目《め》もくれず城《しろ》へと戻《もど》っていく。

ココネが呆然《ぼうぜん》と見送《みおく》っていると、袋《ふくろ》に入《い》れっぱなしにしていたジョイが、もこもこと袋《ふくろ》からはい出《だ》してきた。

「おじいさん、行《い》っちゃうよ！」

まだうまく事態《じたい》が呑《の》み込《こ》めないココネは、ジョイに問《と》いかける。

「これは夢《ゆめ》？……」

「そう、夢《ゆめ》の世界《せかい》だよ」

「やっぱり？……、あ、でも夢《ゆめ》なんじゃけど、なんか夢《ゆめ》じゃない気《き》いする……」

いつもとは違《ちが》う感覚《かんかく》に、ココネがどう対応《たいおう》すればいいのか戸惑《とまど》っていると、背後《はいご》から、あのイヤらしい声《こえ》が聞《き》こえてきた。

「まったくもってヒヤヒヤしたよ。いつ自分《じぶん》が孫《まご》だと言《い》い出《だ》すかと思《おも》ってね」

そう言《い》いながら木《き》の陰《かげ》からベワンが姿《すがた》を現《あらわ》した。

「ヒゲ!?　なんでここに！」

「私《わたし》には自家用《じかよう》ジェットがあるのだ」

自慢《じまん》げなベワンに、ジョイが呆《あき》れて言《い》い返《かえ》す。

「それって王様《おうさま》のでしょ。自分《じぶん》のじゃないくせに！」

「ふんっ」

笑《わら》って受《う》け流《なが》せたのは、それが自分《じぶん》のものになるのも時間《じかん》の問題《もんだい》だと思《おも》っていたからだ。

「おじいさんは、私《わたし》のこと知《し》らんかった……どういうこと？」

「お前《まえ》の父親《ちちおや》は風体《ふうてい》の割《わり》に、愚直《ぐちょく》な男《おとこ》だな。国王《こくおう》との約束《やくそく》を守《まも》って、今《いま》まで一切連絡《いっさいれんらく》を取《と》らなかったんだからな。馬鹿正直《ばかしょうじき》にもほどがある……まあお蔭《かげ》で、国王《こくおう》もこちらの嘘《うそ》にまんまと引《ひ》っかかってくれたがね」

イヤらしい笑《え》みを浮《う》かべながらココネを見下《みお》ろしてくる。正直者《しょうじきもの》は全員馬鹿《ぜんいんばか》なのだとでも言《い》いたげな目《め》つきで。

駆《か》けつけてきた衛兵《えいへい》たちがぐるりとココネの周《まわ》りを取《と》り囲《かこ》む。銃剣《じゅうけん》を突《つ》き付《つ》けられ、ココネはいつもとは違《ちが》う感覚《かんかく》の正体《しょうたい》に気《き》がついた。

「エンシェンなら、こんな時兵士《ときへいし》と戦《たたか》ってもやっつけられるけど、今《いま》の私《わたし》にはその力《ちから》はない⁉」

「……」

エンシェンでいる時《とき》には感《かん》じたことのなかった恐怖心《きょうふしん》が湧《わ》いてきて、ココネは、これは夢《ゆめ》だけど夢《ゆめ》じゃないと実感《じっかん》した。もう、父《ちち》が語《かた》ってくれたエンシェンの物語《ものがたり》は最終回《さいしゅうかい》を迎《むか》えてしまっている。

「ってことは、これは現実《げんじつ》!?」

戦《たたか》わないココネに、ジョイは不思議《ふしぎ》そうな視線《しせん》を送《おく》るが、二人《ふたり》は何《なに》もすることができないまま、ベワンに捕《と》らえられてしまった。

「魔法《まほう》のタブレットを、渡《わた》してもらうぞ」

そう言《い》って、ベワンはココネの手《て》からタブレットをむしり取《と》った。

「これでハートランドは私《わたし》のものだ！」

破顔《はがん》するベワンを、ココネは軽蔑《けいべつ》の眼差《まなざ》しで見《み》つめた。

そのころハートランド王《おう》は王《おう》の間《ま》から、湾岸地区《わんがんちく》に上陸《じょうりく》してきた鬼《おに》を見下《みお》ろしていた。

最後《さいご》の一台《いちだい》となったエンジンヘッドが、工業地帯《こうぎょうちたい》に向《む》かう鬼《おに》を食《く》い止《と》めようと果敢《かかん》にも立《た》ち向《む》かっていったが、鬼《おに》の圧倒的《あっとうてき》な力《ちから》を前《まえ》に、一方的《いっぽうてき》に押《お》し切《き》られてしまった。

街《まち》には爆発《ばくはつ》と黒煙《こくえん》が広《ひろ》がっていく。

「もっと早《はや》く、魔法《まほう》の力《ちから》を信《しん》じていれば……」

ハートランド王《おう》の後悔《こうかい》の言葉《ことば》が、誰《だれ》もいない王《おう》の間《ま》に空《むな》しく響《ひび》いた。

モリオは、警視庁内《けいしちょうない》にある待合所《まちあいじょ》で、レジスタンスの一人《ひとり》と、モモタローが保釈《ほしゃく》されるのを待《ま》っていた。

その一人《ひとり》、三人《にん》の中《なか》で一番太《いちばんふと》っていた男《おとこ》は谷《たに》と名乗《なの》った。彼《かれ》の説明《せつめい》によれば、渡辺《わたなべ》がモモタローを窃盗容疑《せっとうようぎ》で警視庁《けいしちょう》に告発《こくはつ》したために、モモタローの身柄《みがら》は初《はじ》めからここ警視庁《けいしちょう》に拘束《こうそく》されていたのだという。それでモリオたちよりも一足先《ひとあしさき》に、レジスタンスのリーダーである志島技研《しじまぎけん》の所長《しょちょう》（通称《つうしょう》エン爺《じい》）が、渡辺《わたなべ》の訴《うった》えが虚偽《きょぎ》であったことを警視庁《けいしちょう》に届《とど》け出《で》ており、もうじきモモタローの嫌疑《けんぎ》は晴《は》れ、保釈《ほしゃく》されてくるだろうとのことだった。

「思《おも》いの外《ほか》、早《はや》く手続《てつづ》きが済《す》んだのは、もともと警察《けいさつ》も渡辺《わたなべ》に不信感《ふしんかん》を持《も》っていたからかもしれんな」

そう言《い》って谷《たに》は、本社《ほんしゃ》にもいるというレジスタンスの仲間《なかま》に連絡《れんらく》を取《と》り、ココネが訪《たず》ねてきていないかを確認《かくにん》してくれた。

モリオは、わずかな金額《きんがく》しか持《も》たずに一人《ひとり》で志島本社《しじまほんしゃ》に向《む》かったココネのことが気《き》がかりで仕《し》方《かた》がなかった。ココネには今時《いまどき》の女子高生《じょしこうせい》とは思《おも》えぬ無垢《むく》なところがある。なまじ行動力《こうどうりょく》があるぶん、無茶《むちゃ》をしないとも限《かぎ》らない。しかも魔法《まほう》が使《つか》えると信《しん》じ込《こ》んでいたタブレットも、今《いま》はただのタブレットだ。

モリオは、メガネの男《おとこ》（彼《かれ》は名《な》を岩崎《いわさき》といった）に借《か》りたスマホから、ココネのタブレットになんども書《か》き込《こ》みをしてみたが、その後《ご》ココネからの返信《へんしん》は一度《いちど》もないままだった。焦慮《しょうりょ》から、思《おも》わず貧乏《びんぼう》ゆすりが止《と》まらなくなるモリオ。

そこに志島本社《しじまほんしゃ》のレジスタンスに連絡《れんらく》を取《と》っていた谷《たに》が、あまり事態《じたい》がよろしくなさそうな声《こえ》を上《あ》げた。

「何《なん》だと!?　……よし分《わ》かった、こっちも急《いそ》いで準備《じゅんび》する」

電話《でんわ》を切《き》った谷《たに》の表情《ひょうじょう》は案《あん》の定優《じょうすぐ》れない。

「まずいぞ。ココネさん、会長《かいちょう》には会《あ》えたらしいんだが、なぜか自分《じぶん》の素性《すじょう》を明《あ》かさなかったみたいなんだ」

「えっ、なんで……？」

モモタローの嫌疑《けんぎ》を晴《は》らそうとしていたココネの剣幕《けんまく》からは想像《そうぞう》できない事態《じたい》だとモリオは思《おも》

った。

「しかも、もっとまずいことに、そのあと渡辺《わたなべ》に、どこかに連《つ》れていかれちまったみたいなんだ」

「ええっ⁉」

モリオは思《おも》わず大声《おおごえ》を上《あ》げた。

と同時《どうじ》に、ポーンという無機質《むきしつ》なエレベーターの到着音《とうちゃくおん》が響《ひび》いた。見《み》ると、取調《とりしら》べに当《あ》たっていた二人《ふたり》の刑事《けいじ》が、釈放《しゃくほう》となったモモタローを連《つ》れてきてくれたのだ。

「モモおじさん！」

必死《ひっし》の形相《ぎょうそう》のモリオにモモタローは、なぜモリオがここにいるのか事態《じたい》が飲《の》み込《こ》めず、ぶっきらぼうに問《と》いかけた。

「……なんだモリオじゃねえか！　なんで、ここにおるんなら？」

モリオは焦《じ》れたように叫《さけ》ぶ。

「そんなことより、ココネがピンチなんだ！」

「ココネがピンチ」。その言葉《ことば》に、モモタローの表情《ひょうじょう》は瞬時《しゅんじ》に曇《くも》った。

志島自動車本社《しじまじどうしゃほんしゃ》に向《む》かうワゴン車中《しゃちゅう》で、モモタローはかつての仲間《なかま》たちから今回《こんかい》のいきさつを聞《き》いていた。

「……なるほど。オリンピックのデモカーがうまく走らねぇから、イクミのデータを横取《よこど》りしようと思《おも》いついたってわけか……」

隣《となり》に座《すわ》った岩崎《いわさき》がうなずく。

「はい。でもそれは渡辺《わたなべ》の計略《けいりゃく》であって、会長《かいちょう》は一切《いっさい》関《かか》わっていません」

その事実《じじつ》を聞《き》いても、モモタローの表情《ひょうじょう》に変化《へんか》はない。過去《かこ》の経緯《けいい》が、モモタローを頑《かたく》なにさせてしまっているのだ。

「……だとしても、やっぱ俺《おれ》には関係《かんけい》ねえよ」

「ですが……！」

その取《と》りつく島《しま》もない反応《はんのう》に、なんとか懐柔《かいじゅう》を迫《せま》ろうと考《かんが》えていた岩崎《いわさき》は絶句《ぜっく》した。重《おも》たい空《くう》気《き》が、レジスタンスたちを包《つつ》む。

運転席《うんてんせき》でハンドルを握《にぎ》っていた谷《たに》は、助《たす》けを求《もと》めるように助手席《じょしゅせき》のエン爺《じい》を見《み》た。

見《み》かねて、今《いま》まで口《くち》を閉《と》ざしていたエン爺《じい》が、前《まえ》を向《む》いたまま口《くち》を開《ひら》いた。

「……おめえさんは我々《われわれ》のバックアップも断《ことわ》り、一人《ひとり》で結果《けっか》を出《だ》した大《たい》した男《おとこ》だ」

モモタローは窓《まど》の外《そと》からエン爺《じい》のほうへと視線《しせん》を巡《めぐ》らせる。それを待《ま》っていたかのように、老《ろう》人《じん》は言葉《ことば》を継《つ》いだ。

「だが、オリジナルコードを独《ひと》り占《じ》めしたんじゃ、渡辺《わたなべ》とやってることは同《おな》じなんじゃないのかね？　イクミ様《さま》が書《か》き上《あ》げたあの魔法《まほう》の呪文《じゅもん》は、誰《だれ》か一人《ひとり》のために書《か》き上《あ》げられたものではなかったはずだ」

かつての上司《じょうし》の言葉《ことば》に、反論《はんろん》したい気持《きも》ちをモモタローはぐっと呑《の》み込《こ》んで、窓外《そうがい》に目《め》をやった。独《ひと》り占《じ》めなどというつもりはなかったが、言《い》われてみればまったくその通《とお》りかもしれなかった。

その様子《ようす》に、レジスタンスたちは皆《みな》、モモタローが気分《きぶん》を害《がい》して態度《たいど》を硬直《こうちょく》させたのだと思《おも》いこんだ。

だが一人《ひとり》、モモタローの気持《きも》ちを理解《りかい》している者《もの》がいた。モリオだった。モリオは今回《こんかい》のことでモモタローがオリジナルコードを独《ひと》り占《じ》めしてなどいないことに気《き》がついていた。モモタローは町《まち》の人《ひと》たちに馬鹿《ばか》にされようが、その魔法《まほう》で密《ひそ》かに周《まわ》りの人《ひと》たちを助《たす》けてきたのだということを。

だが、そのことをうまく説明《せつめい》する言葉《ことば》が、モリオもうまく思《おも》いつけないでいた。

そのころ――。混《こ》み合《あ》う首都高速湾岸線《しゅとこうそくわんがんせん》を、モモタローたちを乗《の》せたワゴン車《しゃ》を追《お》うように走《はし》る、無人《むじん》のサイドカーの姿《すがた》があった。それはモリオが大阪《おおさか》から下津井《しもつい》に帰《かえ》るよう命《めい》じたモモタローのS《エス》-193ハーツだった。

そのハーツが、今《いま》なぜ首都高《しゅとこう》を走《はし》っているのか？　その訳《わけ》を知《し》る者《もの》は誰《だれ》もいなかった。

お城《しろ》の中《なか》に連《つ》れてこられたココネとジョイは、ベワンと衛兵《えいへい》たちとともにエレベーターに乗《の》せられていた。一体《いったい》どこへ向《む》かうのか、エレベーターは延々《えんえん》と上昇《じょうしょう》を続《つづ》けている。

「それで、どうやってハートランドを自分《じぶん》のものにするん？」

自信満々《じしんまんまん》の笑《え》みを浮《う》かべるベワンに、ココネはたずねてみる。

「今頃《いまごろ》ハートランド王《おう》のエンジンヘッドは、すべて破壊《はかい》されているはずだ。あの鬼《おに》はお前《まえ》も知《し》っての通《とお》り、魔法《まほう》の呪文《じゅもん》で動《うご》くエンジンヘッドでなければ倒《たお》せない」

「そうじゃった？」

物語《ものがたり》では語《かた》られなかったストーリーの続《つづ》きをココネは知《し》らなかった。それに、今起《いまお》きている目《め》の前《まえ》のことは現実《げんじつ》で起《お》きていることなのだ。多分《たぶん》……。

エレベーターが目的《もくてき》の階《かい》に到着《とうちゃく》し、ゆっくりと重《おも》たい扉《とびら》が開《ひら》く。

ベワンに促《うなが》されココネが降《お》り立《た》ったのは、巨大《きょだい》な格納庫内《かくのうこない》に建《た》ち並《なら》ぶ、エンジンヘッドの整備《せいび》用《よう》の櫓《やぐら》の上《うえ》だった。

だが、ベワンの言《い》う通《とお》り、すでに格納庫内《かくのうこない》にエンジンヘッドは一台《いちだい》もなかった。

「じゃけど、エンジンヘッドがやられてしもうたら、魔法《まほう》の呪文《じゅもん》を手《て》に入《い》れてもダメじゃが？」

ココネの素朴《そぼく》な疑問《ぎもん》を鼻《はな》で笑《わら》い飛《と》ばすと、ベワンは無言《むごん》のまま歩《ほ》を進《すす》めた。

やがて格納庫中《かくのうこじゅう》にサイレンが響《ひび》き渡《わた》ると、櫓《やぐら》の奥《おく》から今《いま》まで物語《ものがたり》には登場《とうじょう》したことのない最新《さいしん》型《がた》のエンジンヘッドが姿《すがた》を現《あらわ》した。

「これが、この国《くに》を我《わ》がものとする秘策《ひさく》！」

ベワンは、うっとりとした口調《くちょう》で謳《うた》い上《あ》げる。

それはとても流麗《りゅうれい》なフォルムをしていた。だがココネの目《め》にはどこか悪役《あくやく》っぽいデザインに感《かん》じられた。

「なんじゃ、悪者《わるもの》みてえなデザインじゃが」

「何《なに》を言《い》う。見《み》ろ、このトリコロールカラーに塗《ぬ》り上《あ》げられた精悍《せいかん》なボディーを！　国王《こくおう》のエンジンヘッドが全滅《ぜんめつ》したら出撃《しゅつげき》だ。――その時《とき》、失望《しつぼう》した国民《こくみん》の信頼《しんらい》を一身《いっしん》に受《う》け、私《わたし》が新《あら》たな国《こく》王《おう》となるのだ！」

恍惚《こうこつ》として胸《むね》を張《は》るベワンに、とうとう堪《こら》えきれなくなったジョイが飛《と》びかかる。

「卑怯者《ひきょうもの》！　今《いま》まで散々《さんざん》、王様《おうさま》に嘘《うそ》を吹《ふ》き込《こ》んできたくせに！」

ベワンの顔《かお》をぽかぽかと叩《たた》くも、いとも簡単《かんたん》に叩《たた》き落《お》とされ、足蹴《あしげ》にされてしまう。

「国王《こくおう》の座《ざ》を手《て》に入《い》れるためなら、なんだってやるさ」

倒《たお》れたジョイを抱《だ》き上《あ》げ、ココネはベワンを睨《にら》みつけた。

「あんたそれでも大人《おとな》なん!?」

「……ふん」

非難《ひなん》の目《め》などものともせず、ベワンは嬉《うれ》しげに笑《わら》った。

「もうお前《まえ》に用《よう》はない。俺《おれ》が恐《おそ》れていたのは、魔法使《まほうつか》いのエンシェンだ。どこへなりと行《い》くがいい」

「じゃあ、タブレット返《かえ》して！」

「――いいだろう」

ベワンはすでに魔法《まほう》の呪文《じゅもん》をタブレットから抜《ぬ》き取《と》り、新型《しんがた》エンジンヘッドにインストールしていた。

ベワンはもうこんなものには用《よう》はないとばかりに、タブレットを懐《ふところ》から取《と》り出《だ》すと、櫓《やぐら》の手《て》すりから下《した》に落《お》とす振《ふ》りをして見《み》せた。

「ええ!?」

ココネが驚《おどろ》くのを楽《たの》しむように、ベワンはタブレットを、さらにひらひらと手《て》の中《なか》で弄《もてあそ》んでみせる。

くだらない人間《にんげん》ほど、自分《じぶん》が優位《ゆうい》にいる時《とき》にはこういうつまらないことをするものだ。ココネはこの手《て》のタイプの人間《にんげん》に屈《くっ》しない方法《ほうほう》を子供《こども》の頃《ころ》からモモタローに無意識《むいしき》のうちに教《おそ》わり知《し》っていた。相手《あいて》の嫌《いや》がらせに、いちいち付《つ》き合《あ》ったら負《ま》けなのだ。

ベワンは、てっきりココネがタブレットを返《かえ》してと懇願《こんがん》してくるものと思《おも》い込《こ》んでいた。なのにこの娘《むすめ》ときたら、モモタローと同様《どうよう》に毅然《きぜん》とした態度《たいど》を取《と》り、それどころか蔑《さげす》んだ目《め》で自分《じぶん》を見《み》ている。

苛立《いらだ》ちを覚《おぼ》えたベワンは、反射的《はんしゃてき》にタブレットを階下《かいか》へと落《お》としていた。

「あっ!?」

ココネは一瞬躊躇《いっしゅんちゅうちょ》するもすぐに恐怖心《きょうふしん》に打《う》ち勝《か》ち、ジョイを抱《かか》えたまま櫓《やぐら》の手《て》すりを飛《と》び越《こ》えていた。

反対《はんたい》に腰《こし》を抜《ぬ》かさんばかりに驚《おどろ》いたのはベワンのほうだった。こんな目《め》もくらむような高《たか》さから飛《と》び降《お》りてはひとたまりもない。思《おも》わず柵《さく》から身《み》を乗《の》り出《だ》してココネの姿《すがた》を探《さが》す。

「いない？……」

だが、ココネは手《て》すりから少《すこ》し下《した》に張《は》り出《だ》していた足場《あしば》の上《うえ》に倒《たお》れていた。しかもその手《て》には、間一髪《かんいっぱつ》で掴《つか》み取《と》ったタブレットが握《にぎ》られていた。

思《おも》わずほっとため息《いき》をつくベワン。

「……セ、セーフっ……」

タブレットが無事《ぶじ》なことを確認《かくにん》し、ようやく足場《あしば》から下《した》を覗《のぞ》き込《こ》んだココネは、今《いま》さらながらにその高《たか》さを実感《じっかん》し縮《ちぢ》み上《あ》がった。「現実《げんじつ》では、今《いま》どんなことになっとるんじゃろ？」しかし、こんなところからお父《とう》さんとお母《かあ》さんの大切《たいせつ》なタブレットを捨《す》てるとは。ベワン許《ゆる》すまじ。

幅《はば》五〇センチほどしかない足場《あしば》にそろそろと立《た》ち上《あ》がるとジョイを抱《だ》きかかえ、手《て》すり越《ご》しにこちらを見下《みお》ろしているベワンを睨《にら》んで怒鳴《どな》りつけた。

「信《しん》じられん……どういう育《そだ》ちしとるん、バカ！」

ココネが無事《ぶじ》だったことにほっとしてやった自分《じぶん》に怒《いか》りがこみ上《あ》げてくるベワン。

「ぬうっ……忌々《いまいま》しい娘《むすめ》がっ」

何《なに》か仕返《しかえ》しをしてやらねば……ベワンがそう思《おも》い立《た》った時《とき》、突然《とつぜん》エレベーターの扉《とびら》が開《ひら》き、威《い》厳《げん》に満《み》ちた声《こえ》が場《ば》を圧《あっ》した。

「何《なん》の騒《さわ》ぎだ!? ベワン、これはどういうことだ！」

その声《こえ》の主《ぬし》は、二人《ふたり》の衛兵《えいへい》を従《したが》え、靴音《くつおと》も荒《あら》く現《あらわ》れたハートランド王《おう》だった。

途端《とたん》にしどろもどろになるベワン。

「はっ！ 実《じつ》はそのっ、怪《あや》しい侵入者《しんにゅうしゃ》を捕《つか》まえようとしておりまして……」

取《と》りつくろうような笑顔《えがお》を向《む》けるベワンには目《め》もくれず、ハートランド王《おう》は格納庫《かくのうこ》のエンジンヘッドを見上《みあ》げた。

「このエンジンヘッドはなんだ？」

ベワンはとりあえず思《おも》いつく様《さま》、でまかせを言《い》ってみる。

「はいっ、これは万《まん》が一《いち》のためにと用意《ようい》しておりましたものでありまして……」

揉《も》み手《で》をしながら何《なん》の説明《せつめい》にもならない言葉《ことば》を並《なら》べ立《た》て、ハートランド王《おう》の気《き》をそらせようと試《こころ》みる。しかしベワンの思惑《おもわく》とは裏腹《うらはら》に、国王《こくおう》はエンジンヘッドに続《つづ》いて、すぐに手《て》すりの下《した》を覗《のぞ》き込《こ》んだ。

「怪《あや》しい侵入者《しんにゅうしゃ》とは、あの者《もの》たちのことか？」

国王《こくおう》と目《め》があったココネはすぐに言葉《ことば》が見《み》つからず、少《すこ》し気《き》まずそうに笑《え》みを浮《う》かべた。だが
ジョイは、まるで旧知《きゅうち》の友人《ゆうじん》にするように大《おお》きく手《て》を振《ふ》って見《み》せる。

「あのぬいぐるみは——」

手《て》を振《ふ》るジョイを見《み》てハートランド王《おう》は、先《さき》ほどから引《ひ》っかかっていた疑問《ぎもん》の答《こた》えをようやく
記憶《きおく》の底《そこ》から見《み》つけ出《だ》すことができた。だがその記憶《きおく》を口《くち》に出《だ》す前《まえ》に、ベワンがどんな粗末《そまつ》な言《い》い訳《わけ》をするか聞《き》いてやろう。

ベワンを睨《にら》んだまま、王《おう》は厳《きび》しい口調《くちょう》で衛兵《えいへい》に命令《めいれい》を出《だ》した。

「まずはあの者《もの》をこちらに！」

その指示《しじ》に従《したが》い衛兵《えいへい》たちが柵《さく》を乗《の》り越《こ》えようとした瞬間《しゅんかん》、轟音《ごうおん》とともに建物全体《たてものぜんたい》が大《おお》きく揺《ゆ》れた。

「きゃあっ！」

衛兵《えいへい》たちは咄嗟《とっさ》に柵《さく》にしがみついたものの、支《ささ》えも何《なに》もないわずかな出《で》っ張《ぱ》りに立《た》っていたココネは、自分《じぶん》のお尻《しり》で自《みずか》らを押《お》し出《だ》してしまった。

「ええええっ!?　現実《げんじつ》で私《わたし》、今《いま》どうなっとるん？」

およそ一五〇メートルはあろうかという櫓《やぐら》の梁《はり》から、落下《らっか》してしまったココネは、エンシェンのようにアクションを決《き》めることもできず、ジタバタしながら無我夢中《むがむちゅう》で整備用《せいびよう》のゴンドラに飛《と》びつくと、かろうじて片手《かたて》で手《て》すりにしがみついた。

ジョイはタブレットを抱《かか》えて、素早《すばや》くゴンドラの上《うえ》に着地《ちゃくち》すると、ココネを救出《きゅうしゅつ》せんと手《て》を伸《の》ばした。

「ココネ!?」

ココネもなんとかゴンドラによじ登《のぼ》ろうと、震《ふる》える腕《うで》に力《ちから》を込《こ》めた。

モモタローとモリオ、そしてレジスタンスたちを乗《の》せた車《くるま》は、ようやく志島《しじま》自動車《じどうしゃ》本社《ほんしゃ》の前《まえ》に到着《とうちゃく》した。ところが車《くるま》から降《お》りると、中《なか》に入《はい》れないほどの人《ひと》だかりがエントランス前《まえ》にできていた。その中《なか》には、テレビレポーターやカメラマンなどマスコミらしき男《おとこ》たちもちらほらといて、困惑顔《こんわくがお》のガードマンが必死《ひっし》で彼《かれ》らを押《お》しとどめている。

何《なに》か事件《じけん》でも起《お》きているのだろうか。モモタローは人垣《ひとがき》の最後尾《さいこうび》にいた男《おとこ》を捕《つか》まえてたずねた。

「おい、いったい何《なん》の騒《さわ》ぎだ？」

その男《おとこ》は真剣《しんけん》な表情《ひょうじょう》で振《ふ》り返《かえ》り、まくし立《た》てた。

「なんだかわかんないけど、三〇階《かい》で女《おんな》の子《こ》が大変《たいへん》なことになってるらしいんだ」

女《おんな》の子《こ》……その言葉《ことば》に、モモタローとモリオは顔《かお》を見合《みあ》わせる。

「まさか！」「ココネか？」

思《おも》わずビルの外壁《がいへき》を見上《みあ》げるが、そこからは中《なか》の様子《ようす》を窺《うかが》うことはできない。

モモタローは弾《はじ》かれたように前《まえ》にいた人垣《ひとがき》をかき分《わ》け、ロビーへの突入《とつにゅう》を試《こころ》みる。

「おいっ、通《とお》せ！」

モリオも遅《おく》れまいと、モモタローのあとに続《つづ》く。

「通《とお》して！」

さらにそのあとに、レジスタンスたちが続《つづ》く。

その流《なが》れに感化《かんか》され、マスコミも野次馬《やじうま》も、皆一斉《みないっせい》に動《うご》き出《だ》す。

「ふざけんな、野次馬《やじうま》はあとにしろ！」

モモタローは強引《ごういん》に入口《いりぐち》へと割《わ》って入《はい》る。

「モモおじさん！」

人垣《ひとがき》に押《お》し戻《もど》されかけているモリオに気《き》がついたモモタローは、その手《て》を取《と》って強引《ごういん》に入口《いりぐち》の扉《とびら》を抜《ぬ》けた。

「なんならぁ、こりゃあ!?」

モモタローは大勢《おおぜい》の野次馬《やじうま》をかき分《わ》けて、志島本社《しじまほんしゃ》のロビーに入《はい》ったはずだった。

だがそこは、薄暗《うすぐら》く巨大《きょだい》な格納庫《かくのうこ》になっていた。天井《てんじょう》まで二〇〇メートルはあろうかというその格納庫《かくのうこ》には、天井近《てんじょうちか》くまで組《く》み上《あ》げられた機械式《きかいしき》の櫓《やぐら》が四棟並《とうなら》んで建《た》てられている。

驚《おどろ》いて、今自分《いまじぶん》が入《はい》ってきた入口《いりぐち》を振《ふ》り返《かえ》ると、先《さき》ほどまでガラスで囲《かこ》われていたロビーの正面玄関《しょうめんげんかん》は、天井《てんじょう》まで届《とど》きそうな分厚《ぶあつ》い鉄《てつ》の扉《とびら》に変《か》わっており、その扉《とびら》を、今《いま》まさに真《ま》っ黒《くろ》で巨大《きょだい》な鬼《おに》が、強引《ごういん》にこじ開《あ》けようとしているではないか。

一瞬言葉《いっしゅんことば》を失《うしな》うモモタロー。見《み》ると自分《じぶん》の格好《かっこう》もワイシャツとスラックスから、パラシュートパンツと、背中《せなか》に髑髏《どくろ》が描《えが》かれ、片方袖《かたほうそで》を切《き》り落《お》とした革《かわ》ジャンに変《か》わっている。あわててモリオを見《み》ると、モリオはさっきまでと同《おな》じT《ティー》シャツに七分丈《ぶたけ》のパンツのままだ。

「どうなってんなら？」

モモタローにたずねられ、モリオも事態《じたい》の変容《へんよう》に気《き》がつく。

「ココネのやつ、また寝《ね》たんか!?」

モリオはこの事態《じたい》が、ココネが眠《ねむ》っている時《とき》に起《お》きた現象《げんしょう》と同《おな》じものであろうと推察《すいさつ》し、昨夜《ゆうべ》の体験《たいけん》をモモタローに手短《てみじか》に説明《せつめい》した。

「とゆうことは、ココネの中《なか》じゃ、ピーチはこんな格好《かっこう》ゆうイメージじゃったんか？」

あらためて自分《じぶん》の姿《すがた》を確認《かくにん》するモモタロー。

そこに、四人《にん》の小人《こびと》がぞろぞろと駆《か》け寄《よ》ってくる。よく見《み》ればそれは皆《みな》、レジスタンスの面々《めんめん》と同《おな》じ顔《かお》をしていた。

「まあ確《たし》かに、あの物語《ものがたり》ん中《なか》の小人《こびと》は、こいつらぁをイメージしとったけぇ」

不安《ふあん》そうにモモタローを見上《みあ》げる小人《こびと》たち。

背後《はいご》では、巨大《きょだい》な鬼《おに》が城《しろ》の門扉《もんぴ》を揺《ゆ》さぶり、こじ開《あ》けつつあった。建物《たてもの》は鬼《おに》の力《ちから》で常《つね》に揺《ゆ》れ続《つづ》けている。

モモタローは、はっとして思《おも》い出《だ》したように櫓《やぐら》を見上《みあ》げた。

すると整備用《せいびよう》のゴンドラのはじに両足《りょうあし》を揺《ゆ》らしながら、必死《ひっし》でぶら下《さ》がっているココネの姿《すがた》が目《め》に飛《と》び込《こ》んできた。

「――ココネ！」

モモタローの声《こえ》も、ゴンドラにしがみつくのに精一杯《せいいっぱい》のココネの耳《みみ》には届《とど》かない。

「モモおじさん、このままだと……」

「分《わ》かっとる。真面目《まじめ》に考《かんが》えよったら、ココネを助《たす》けられん」

モモタローはとっさに物語世界《ものがたりせかい》の設定《せってい》を思《おも》い出《だ》していた。この世界《せかい》は、元《もと》はと言《い》えば自分《じぶん》が考《かんが》え出《だ》した世界《せかい》でもあるのだ。

「モリオ、エンジンヘッドを動《うご》かすぞ！　そいつを貸《か》せ！」

モモタローは、モリオのショルダーバッグを引《ひ》ったくると自分《じぶん》の肩《かた》にかけた。中《なか》にはAR《エーアール》デバイスが入《はい》っている。これで新型《しんがた》のエンジンヘッドを動《うご》かすことができるはずだ。

小人《こびと》のレジスタンスたちは、モモタローの言葉《ことば》を聞《き》いて、顔《かお》をほころばせた。ついにピーチ、いや、モモタローがオリジナルコードを！

「……勘違《かんちが》いすんな。俺《おれ》はココネを助《たす》けるだけだ」

照《て》れ隠《かく》しで言《い》い捨《す》てると、モモタローはベワンのエンジンヘッドが繋留《けいりゅう》されている櫓《やぐら》へと駆《か》け上《のぼ》っていった。

絶《た》え間《ま》なく揺《ゆ》れ続《つづ》けるゴンドラに、ココネはそろそろ自分《じぶん》の握力《あくりょく》が限界《げんかい》を迎《むか》えそうだと感《かん》じていた。

ジョイも必死《ひっし》でココネを引《ひ》き上《あ》げようともがくが、ぬいぐるみの腕《うで》にそこまでの力《ちから》はない。

「あの娘《むすめ》を助《たす》けよ！」

ハートランド王《おう》の号令《ごうれい》に応《こた》えようと、衛兵《えいへい》たちが柵《さく》にロープを固《かた》く結《ゆ》わえつけてココネのもとへと降下《こうか》していく。

あの娘《むすめ》が救出《きゅうしゅつ》されてしまえば、ハートランド王《おう》に今《いま》までの奸計《かんけい》がバレてしまう。焦《あせ》ったベワンは、なんとかハートランド王《おう》をこの場《ば》から引《ひ》き離《はな》そうと試《こころ》みる。

「鬼《おに》がもうそこまでやってきています。あんな下賤《げせん》の者《もの》を助《たす》ける必要《ひつよう》などありません！　国王《こくおう》、ここはまず避難《ひなん》を」

いつまでも作《つく》り笑《わら》いを続《つづ》けるベワンを睨《にら》みつけて、王《おう》は重々《おもおも》しく衛兵《えいへい》に命《めい》じた。

「この者《もの》を捕《と》らえよ！」

一瞬虚《いっしゅんきょ》を衝《つ》かれたように固《かた》まると、ベワンは悲痛《ひつう》な叫《さけ》び声《ごえ》を上《あ》げた。

「国王《こくおう》、私《わたし》は……」

「馬鹿者《ばかもの》！　まだワシを騙《だま》せると思《おも》っているのか！」

険《けわ》しい表情《ひょうじょう》を崩《くず》さぬままハートランド王《おう》は柵《さく》の外《そと》へと目線《めせん》を向《む》け、今《いま》もココネを必死《ひっし》で支《ささ》えているジョイを見《み》た。

「……あのぬいぐるみは、ワシがイクミに贈《おく》ったものだっ」

子《こ》どもの頃《ころ》から、ずっとイクミがかわいがっていたぬいぐるみ。そして、そのぬいぐるみを持《も》っていた、あの少女《しょうじょ》は……。

ハートランド王の脳裏《のうり》に、一つの可能性《かのうせい》が頭《あたま》をもたげてくる。もしや、あの少女《しょうじょ》はイクミの忘《わす》れ形見《がたみ》なのではないか、と。

「お前《まえ》は一体《いったい》、ワシにどれだけの嘘《うそ》をついてきたのだ!?」

これ以上《いじょう》、嘘《うそ》は通《つう》じないと悟《さと》ったベワンは、いよいよ卑屈《ひくつ》な笑《え》みの仮面《かめん》を取《と》り去《さ》り、自《みずか》らの傲《ごう》慢《まん》さを思《おも》う様《さま》さらけ出《だ》した。

「国王《こくおう》。あなたの計画《けいかく》は失敗《しっぱい》だった。おとなしく引退《いんたい》し、この私《わたし》に王位《おうい》を渡《わた》せ！」

だが、ハートランド王《おう》の威風《いふう》の前《まえ》に、ベワンの虚勢《きょせい》など太刀《たち》打《う》ちできるわけもなかった。

「無事《ぶじ》に鬼《おに》からこの国《くに》を守《まも》ることができたら、話《はなし》だけは聞《き》いてやる。連《つ》れていけ！」

だがその時《とき》、とうとう鬼《おに》が門扉《もんぴ》を破壊《はかい》する轟音《ごうおん》が、ハートランド城《じょう》の格納庫内《かくのうこない》に響《ひび》き渡《わた》った。

モモタローは必死《ひっし》の形相《ぎょうそう》で、永遠《えいえん》に続《つづ》くのではないかと思《おも》われる螺旋階段《らせんかいだん》を一気《いっき》に駆《か》け上《のぼ》っていた。実際《じっさい》のビルでいえば三〇階《かい》の高《たか》さはある櫓《やぐら》の頂上《ちょうじょう》にようやくたどり着《つ》いた時《とき》、モモタローの心臓《しんぞう》は今《いま》にも爆発《ばくはつ》しそうな勢《いきお》いで脈動《みゃくどう》していた。息《いき》つく暇《ひま》なく手《て》すりに取《と》り付《つ》きココネを探《さが》す。

ココネはまだ、先《さき》ほどと同《おな》じ場所《ばしょ》でゴンドラにぶら下《さ》がっていた。

「さすが俺《おれ》の娘《むすめ》じゃ！　今《いま》すぐ助《たす》けにいくからのう」

モモタローはエンジンヘッドを見《み》た。しかしその肩口《かたぐち》までの距離《きょり》はゆうに二〇メートルはある。常識的《じょうしきてき》に考《かんが》えれば、とても飛《と》び移《うつ》れる距離《きょり》ではない。何《なに》か移動《いどう》できるものはないか？　あたりを探《さが》すと、櫓《やぐら》の端《はし》に資材《しざい》を釣《つ》り上《あ》げるためのクレーンが半分《はんぶん》ほど伸《の》びた状態《じょうたい》で放置《ほうち》されていた。

モモタローは、ためらうことなく手《て》すりを乗《の》り越《こ》えると、クレーンの上《うえ》を全速力《ぜんそくりょく》で駆《か》け出《だ》した。

だが、クレーンの先《さき》からでも、エンジンヘッドまではまだ一〇メートル以上離《いじょうはな》れている。

「ココロネひとつで、人《ひと》は空《そら》だって飛《と》べるんじゃ！」

モモタローはそう叫《さけ》ぶと、クレーンの先端《せんたん》を蹴《け》って宙《ちゅう》に飛《と》び出《だ》した。

空気《くうき》の壁《かべ》がモモタローの飛翔《ひしょう》を阻《はば》み、すべての動《うご》きをスローモーションに変《か》える。

「届《とど》け！」

強引《ごういん》につま先《さき》を突《つ》き出《だ》し、エンジンヘッドの外壁《がいへき》に設置《せっち》されたハシゴへと伸《の》ばす。ブーツの先《さき》が、かろうじて届《とど》いた。しかし伸《の》ばした右手《みぎて》がわずかにハシゴに届《とど》かない。

自重《じじゅう》に耐《た》えかね、つま先《さき》が滑《すべ》ると、モモタローの体《からだ》は一気《いっき》に落下《らっか》していった。

こんなところで落《お》ちてはいられない。必死《ひっし》で手《て》を伸《の》ばすとハシゴの一番下《いちばんした》に右手《みぎて》がかかった。

間髪《かんはつ》を容《い》れずに左手《ひだりて》でハシゴを掴《つか》むと、モモタローはハシゴを猛《もう》スピードで上《のぼ》っていった。

同《おな》じ頃《ころ》、ココネの力《ちから》は限界《げんかい》を超《こ》えようとしていた。

まず右手《みぎて》がずるりとゴンドラから外《はず》れる。残《のこ》る左手《ひだりて》はジョイが掴《つか》んでいるものの、ココネを引《ひ》き上《あ》げるだけの力《ちから》はなかった。

ハートランド王《おう》は、柵《さく》から身《み》を乗《の》り出《だ》し、二人《ふたり》を見守《みまも》ることしかできない己《おのれ》の無力《むりょく》さに苛立《いらだ》っていた。

門扉《もんぴ》を破壊《はかい》した鬼《おに》は、どんどん城内《じょうない》へと侵入《しんにゅう》してくる。体表《たいひょう》に現《あらわ》れては消《き》えるひび割《わ》れからはマグマの熱気《ねっき》が放出《ほうしゅつ》され、口《くち》からは恐《おそ》ろしい咆哮《ほうこう》を上《あ》げている。

衛兵《えいへい》たちは恐怖《きょうふ》から、まだ誰《だれ》もゴンドラに近《ちか》づくことができずにいた。

もう、時間《じかん》がない……。

「こんなところで落《お》ちるもんか……」。だが自分《じぶん》の意思《いし》とは関係《かんけい》なく、とうとう握力《あくりょく》が潰《つい》えてしまう。ふわりと体《からだ》が宙《ちゅう》に舞《ま》い、思《おも》わず悲鳴《ひめい》を上《あ》げる。ジョイがタブレットを抱《だ》いて、自分《じぶん》のあとを追《お》うようにゴンドラから飛《と》び降《お》りるのが見《み》えた。「ジョイ、来《き》ちゃダメ！」と突然《とつぜん》、子供《こども》の頃《ころ》に乗《の》った、鷲羽山《わしゅうざん》ハイランドのアトラクションの感覚《かんかく》が全身《ぜんしん》を覆《おお》った。ふわりと浮《う》き上《あ》がるようなフライング系《けい》のアトラクションの感覚《かんかく》。

「これっていわゆる走馬灯《そうまとう》ってやつ？」だがゆっくりと目《め》を開《ひら》くと、新型《しんがた》エンジンヘッドがココネとジョイを右手《みぎて》ですくい上《あ》げてくれていた。

「おお〜！」

ココネはさっきまで悪役《あくやく》っぽいと思《おも》っていたエンジンヘッドを見上《みあ》げて歓声《かんせい》を上《あ》げた。

しかし、一息《ひといき》つく間《ま》もなく危機的状況《ききてきじょうきょう》は続《つづ》く。門扉《もんぴ》を破壊《はかい》した鬼《おに》が、動《うご》き出《だ》した新型《しんがた》エンジンヘッドに気《き》づき、その大《おお》きな腕《うで》を伸《の》ばしてきていた。鬼《おに》の体《からだ》はマグマのような物《もの》で出来《でき》ており、掴《つか》まれたが最後《さいご》、その高熱《こうねつ》によってたちまち炎上《えんじょう》させられてしまう。

だが新型《しんがた》エンジンヘッドは、反対《はんたい》に鬼《おに》の腕《うで》を左手《ひだりて》で掴《つか》むと、ココネを乗《の》せた右手《みぎて》をかばいながらケンカキックをお見舞《みま》いした。

鬼《おに》の巨体《きょたい》は一直線《いっちょくせん》に吹《ふ》き飛《と》ばされ、地響《じひび》きを立《た》てながら城《しろ》の外《そと》へと吹《ふ》き飛《と》んでいく。

さすがは魔法《まほう》で動《うご》く新型《しんがた》エンジンヘッドである。その動《うご》きは、今《いま》までのものとは段違《だんちが》いに滑《なめ》らかで力強《ちからづよ》く見《み》えた。

城外《じょうがい》へと蹴《け》り出《だ》された鬼《おに》は、土煙《つちけむり》を巻《ま》き上《あ》げながら、城《しろ》から湾岸地区《わんがんちく》へと延《の》びる、エンジンヘッド専用道路《せんようどうろ》の上《うえ》を転《ころ》がっていく。

ハートランド中《じゅう》に響《ひび》き渡《わた》ろうかという轟音《ごうおん》と震動《しんどう》で、出勤途中《しゅっきんとちゅう》だった人々《ひとびと》は、車《くるま》を止《と》めてその様子《ようす》を食《く》い入《い》るように見《み》つめている。

するとそこに、鬼《おに》の後《あと》を追《お》って、新型《しんがた》エンジンヘッドが悠然《ゆうぜん》と姿《すがた》を現《あらわ》した。そしてハートランド城《じょう》の前庭《まえにわ》でいったん歩《あゆ》みを止《と》めると、手《て》のひらに乗《の》せたココネを地上《ちじょう》に降《お》ろすためにゆっくりとひざまずく。

手《て》の甲《こう》の厚《あつ》みだけでも四メートルはあるだろうか。ココネは、悪役《あくやく》だと思《おも》っていたエンジンヘッドが自分《じぶん》を助《たす》け、いまはそっと地上《ちじょう》に降《お》ろしてくれているのだと気付《きづ》いた。

「あのエンジンヘッド……もしかして」

ココネは手《て》のひらから飛《と》び降《お》りると、再《ふたた》び立《た》ち上《あ》がっていく新型《しんがた》エンジンヘッドを見上《みあ》げ、その勇姿《ゆうし》に父《ちち》モモタローの姿《すがた》を重《かさ》ね合《あ》わせていた。立《た》ち上《あ》がった高《たか》さは瀬戸大橋《せとおおはし》の橋脚《きょうきゃく》の高《たか》さと同《おな》じくらいに見《み》えた。

新型《しんがた》エンジンヘッドのコックピットは、奈落《ならく》のような底《そこ》なしの筒《つつ》の中《なか》に、一本《いっぽん》の支柱《しちゅう》が生《は》えており、その先《さき》に自転車《じてんしゃ》の形状《けいじょう》をした操縦装置《そうじゅうそうち》が設置《せっち》されている奇妙《きみょう》な構造《こうぞう》になっていた。

AR《エーアール》デバイスを顔面《がんめん》に装着《そうちゃく》したモモタローは、自転車型《じてんしゃがた》の操縦桿《そうじゅうかん》を一人《ひとり》黙々《もくもく》と漕《こ》ぎながら、新《しん》型《がた》エンジンヘッドを操縦《そうじゅう》していた。

「ココネ……すまんかったのぉ。危《あぶ》ない目《め》に遭《あ》わせて」

お互《たが》いに言葉《ことば》は聞《き》こえないが、どんな時《とき》も父《ちち》は娘《むすめ》を思《おも》い、娘《むすめ》はそんな父《ちち》の姿《すがた》をちゃんと見《み》ていたのだ。

よろよろと立《た》ち上《あ》がった鬼目《おにめ》がけて、相撲《すもう》の立《た》ち合《あ》いのようにエンジンヘッドを突進《とっしん》させるモモタロー。

「ぬあああ！」

モモタローが一層力《いっそうちから》を込《こ》めてペダルを漕《こ》ぐと、エンジンヘッドは左《ひだり》の差《さ》し手《て》で鬼《おに》の腰《こし》を浮《う》かせ、下手投《したてな》げの要領《ようりょう》で地面《じめん》に叩《たた》きつけた。ビルは壊《こわ》れ、粉塵《ふんじん》が爆炎《ばくえん》のように巻《ま》き上《あ》がる。

一見優勢《いっけんゆうせい》に見《み》えるエンジンヘッドだが、自転車《じてんしゃ》を漕《こ》ぐモモタローの体力《たいりょく》もギリギリの状態《じょうたい》だった。

本来《ほんらい》、魔法《まほう》で動《うご》く新型《しんがた》エンジンヘッドは、人《ひと》が操縦《そうじゅう》することを前提《ぜんてい》にしていないため、モモタローの漕《こ》ぐ操縦桿《そうじゅうかん》はあくまで補助的《ほじょてき》なものに過《す》ぎない。

せっかく魔法《まほう》の呪文《じゅもん》をダウンロードしたのに、ベワンはプログラムの実行《じっこう》にパスワードの入力《にゅうりょく》と再起動《さいきどう》が必要《ひつよう》な事《こと》を知《し》らなかったため、モモタローは止《や》むを得《え》ず新型《しんがた》エンジンヘッドを手動《しゅどう》で動《うご》かさなければならなかったのだ。

モモタローのヘッドマウントディスプレイには、パスワードの入力《にゅうりょく》を示唆《しさ》する表示《ひょうじ》が点滅《てんめつ》したまま、システムはロックされていた。

「くっそう、こいつを魔法《まほう》で動《うご》かさねえと……」

「あれは、誰《だれ》が動《うご》かしているのだ！」

その見事《みごと》な戦《たたか》いぶりに、ハートランド王《おう》は目《め》を見張《みは》った。だが、王《おう》の質問《しつもん》に答《こた》えられる者《もの》は、その場《ば》に一人《ひとり》もいなかった。


「すげえ！」

ココネのもとに走《はし》ってきたモリオも、はしゃいだような声《こえ》を上《あ》げた。

「モリオ！　あれに乗《の》っとるのお父《とう》さんだよね？」

ココネの問《と》いかけに、憧《あこが》れと興奮《こうふん》で瞳《ひとみ》を輝《かがや》かせるモリオ。

「ああ！　モモおじさん、マジ喧嘩《けんか》つええ！」

尚《なお》も立《た》ち上《あ》がる鬼《おに》に、エンジンヘッドは容赦《ようしゃ》なくパンチを食《く》らわせる。鬼《おに》が大《おお》きくよろける様《さま》を見《み》て、格納庫内《かくのうこない》の衛兵《えいへい》たちも口々《くちぐち》に歓声《かんせい》を上《あ》げた。

手錠《てじょう》をかけられたベワンは、面白《おもしろ》くなさそうに戦《たたか》いを眺《なが》めていたが衛兵《えいへい》たちの注意《ちゅうい》がそれていることに気《き》づくと、にやりと口元《くちもと》に怪《あや》しい笑《え》みを浮《う》かべた。そして手錠《てじょう》のまま腕《うで》を揺《ゆ》すり、袖口《そでぐち》に隠《かく》していた魔法《まほう》のスマホを手《て》のひらに滑《すべ》り落《お》とす。

「……あれは私《わたし》のエンジンヘッドだ。すなわち、この国《くに》は私《わたし》のもの」

欲望《よくぼう》が肥大化《ひだいか》しすぎて、何《なに》もかも我慢《がまん》できなくなったベワンは、とうとう禁断《きんだん》の魔法《まほう》を使《つか》うことを決意《けつい》する。

顔《かお》を引《ひ》きつらせ、指先《ゆびさき》だけで器用《きよう》にスマホの画面《がめん》をタップしていく。

そのただならぬ気配《けはい》に、衛兵《えいへい》たちが振《ふ》り返《かえ》る。

「おいお前《まえ》！」

「あっ!?　こいつ、呪《のろ》いの魔法《まほう》を！」

もう遅《おそ》い、とでも言《い》いたげに、ベワンは衛兵《えいへい》の制止《せいし》を振《ふ》り切《き》りスマホを頭上高《ずじょうたか》く掲《かか》げた。その画面《がめん》には、既《すで》に呪《のろ》いの呪文《じゅもん》が打《う》ち込《こ》まれている。

『志島自動車《しじまじどうしゃ》の自動運転車《じどううんてんしゃ》はオリンピックまでに完成《かんせい》しませんでした。その証拠《しょうこ》は、以下《いか》のURL《ユーアールエル》にて http://www?????』

ベワンは、もはや自分《じぶん》のものにならないと判断《はんだん》したハートランドを炎上《えんじょう》させるべく、送信《そうしん》ボタンを憎《にく》しみを込《こ》めた指先《ゆびさき》でタップした。

不穏《ふおん》な音《おと》を立《た》てて送信《そうしん》されたその呪《のろ》いの呪文《じゅもん》は、ベワンが自室《じしつ》で作《つく》り上《あ》げていた魔法《まほう》のタイプライターのガラス管《かん》に共鳴《きょうめい》し怪《あや》しく光《ひか》り輝《かがや》くと、フラスコの栓《せん》を吹《ふ》き飛《と》ばし、ハートランド中《じゅう》に拡散《かくさん》していった。

苦悶《くもん》の叫《さけ》びを上《あ》げ、それでも立《た》ち上《あ》がる鬼《おに》に、モモタローは渾身《こんしん》のパンチを叩《たた》き込《こ》んだ。鬼《おに》の上半身《じょうはんしん》は、その威力《いりょく》に耐《た》え切《き》れずに弾《はじ》け飛《と》び、とうとう膝《ひざ》から崩《くず》れ落《お》ちる。

「やったか？」

勝利《しょうり》を確信《かくしん》するも、肩《かた》で息《いき》をするモモタロー。

お城《しろ》の前庭《まえにわ》からモモタローを応援《おうえん》していたココネとモリオ、そして小人《こびと》のレジスタンスたちも歓声《かんせい》を上《あ》げる。

しかし、鬼《おに》の断末魔《だんまつま》の叫《さけ》びは、新《あら》たなる始《はじ》まりでしかなかった。

ベワンが拡散《かくさん》した呪《のろ》いの呪文《じゅもん》を燃料《ねんりょう》として、バラバラに弾《はじ》けた鬼《おに》の破片《はへん》がコウモリの群《む》れへと変化《へんか》し、黒《くろ》い霧《きり》のように渦《うず》を巻《ま》いたかと思《おも》うと、一気《いっき》にハートランド城下《じょうか》を覆《おお》い尽《つ》くしていった。

霧《きり》に包《つつ》まれた街《まち》は、いたるところから炎《ほのお》を上《あ》げ、飛散《ひさん》する呪《のろ》いの霧《きり》に黒煙《こくえん》が加《くわ》わり、街《まち》はたちまち暗雲《あんうん》に呑《の》み込《こ》まれていく。

そしてついにはエンジンヘッドまで、体《からだ》のあちこちから火《ひ》を噴《ふ》き始《はじ》める。

「どういうこと……？」

あっという間《ま》に炎上《えんじょう》していくハートランド。ココネは困惑《こんわく》した顔《かお》でエンジンヘッドを見上《みあ》げるほかはなかった。


「燃《も》えろ！　私《わたし》の思《おも》い通《どお》りにならないものなど、すべて燃《も》えてしまえ！」

魔法《まほう》のスマホを叩《たた》き落《お》とされ、衛兵《えいへい》に組《く》み敷《し》かれたベワンはそれでも、ハートランド王《おう》に対《たい》し、呪《のろ》いの言葉《ことば》を吐《は》き続《つづ》けた。ベワンの呪文《じゅもん》は拡散《かくさん》され、さらに多《おお》くの人々《ひとびと》の憎悪《ぞうお》となって、今《いま》やハートランド中《じゅう》を覆《おお》い尽《つ》くしていた。

「貴様《きさま》っ……！」

あれだけ威厳《いげん》に満《み》ちていたハートランド王《おう》も、今《いま》はベワンを睨《にら》みつけることしかできなかった。

炎《ほのお》に包《つつ》まれ、動《うご》きを止《と》めてしまったエンジンヘッドに向《む》かって、ココネは夢中《むちゅう》で走《はし》り出《だ》していた。魔法《まほう》を使《つか》えない自分《じぶん》に何《なに》かできるというわけではなかったが、たった一人《ひとり》で戦《たたか》っているモモタローを見《み》て、じっとしてはいられなかったのだ。

モリオも、小人《こびと》たちも想《おも》いは同《おな》じだった。ココネを追《お》って、駆《か》け出《だ》していた。

だが、ココネたちの行《ゆ》く手《て》をさえぎるように黒《くろ》いコウモリの群《む》れが襲《おそ》いかかってくる。

「わぷっ！」

「うわぁあ！」

コウモリの群《む》れを振《ふ》り払《はら》うのに必死《ひっし》で、なかなかそこから先《さき》に進《すす》めない。かつて鬼《おに》だったものは茫漠《ぼうばく》たるコウモリの群《む》れと化《か》し、その一部《いちぶ》が巨大《きょだい》な触手《しょくしゅ》のようにうねりながら飛《と》び回《まわ》ったかと思《おも》うと、再《ふたた》び燃《も》えるマグマとなってエンジンヘッドにまとわりついてゆく。

「お父《とう》さん……！」

ココネは再《ふたた》び焼《や》け崩《くず》れていく街《まち》の中《なか》をエンジンヘッド目《め》がけて走《はし》り始《はじ》めた。

「ココネぇ！」

コウモリと格闘中《かくとうちゅう》だったモリオも、ココネを追《お》って走《はし》りだす。


「ひゃあっはっはっはっはぁ！」

正気《しょうき》を失《うしな》ったベワンは燃《も》え盛《さか》る街《まち》を見《み》て笑《わら》い転《ころ》げた。長《なが》い年月《ねんげつ》、下《さ》げたくもない頭《あたま》を下《さ》げ、心《こころ》にもない言葉《ことば》を吐《は》き、金《かね》と策略《さくりゃく》を駆使《くし》してきたのは、すべて自分《じぶん》が王位《おうい》に就《つ》くためだった。だがそれもたった今《いま》、全《すべ》て無《む》に帰《き》した。ベワンは正気《しょうき》を失《うしな》い、ひたすら狂《くる》った声《こえ》で笑《わら》い続《つづ》けた。

「すべて炎上《えんじょう》しろお！」

その絶叫《ぜっきょう》を聞《き》きつけ、呪《のろ》われたコウモリの群《む》れが、ベワンのもとにも飛来《ひらい》する。そして一瞬《いっしゅん》にしてベワンの体《からだ》を呪《のろ》いの炎《ほのお》で包《つつ》み込《こ》む。

『この書《か》き込《こ》み、志島本社《しじまほんしゃ》のIP《アイピー》だぞ』『ワタナべって役員《やくいん》が自分《じぶん》で書《か》いてるw』『自演《じえん》？　内紛《ないふん》？　炎上商法《えんじょうしょうほう》？』

ベワンの傍《そば》に落《お》ちていた魔法《まほう》のスマホには次々《つぎつぎ》と呪《のろ》いの呪文《じゅもん》が表示《ひょうじ》され、同《おな》じく炎《ほのお》に包《つつ》まれる。

ベワンを捕《と》らえていた衛兵《えいへい》たちも、あまりに突然《とつぜん》のことにどうすることもできず、事《こと》の顛末《てんまつ》を見守《みまも》るほかはない。

「ひゃあああああ――――!!」

断末魔《だんまつま》の悲鳴《ひめい》を上《あ》げ、炎《ほのお》の中《なか》に崩《くず》れ落《お》ちると、ベワンもまた黒《くろ》いコウモリの群《む》れとなっていずこかへと飛《と》び去《さ》っていった。狂気《きょうき》の笑《わら》い声《ごえ》だけを残《のこ》して。

ハートランド王《おう》はその一部始終《いちぶしじゅう》を哀《あわ》れみを浮《う》かべた眼差《まなざ》しで見届《みとど》けると、この国《くに》を守《まも》るためにたったひとりで戦《たたか》っているエンジンヘッドのパイロットの元《もと》へと向《む》かって歩《ある》きだしていた。

歩《ある》きながら王《おう》は思《おも》った。彼奴《あやつ》を狂気《きょうき》に追《お》いやったのは他《ほか》の誰《だれ》でもない、この私《わたし》だ。そして彼奴《あやつ》の呪《のろ》いによって引《ひ》き起《お》こされたこの事態《じたい》に決着《けっちゃく》をつけなければならないのも、私自身《わたしじしん》なのだと。

各機関部《かくきかんぶ》が炎上《えんじょう》し、身動《みうご》きのできないエンジンヘッドに、復活《ふっかつ》しつつある鬼《おに》が、飴《あめ》のように形《かたち》を変《か》えまとわりついてくる。バランスを崩《くず》し、倒《たお》れかけるエンジンヘッド。

エンジンヘッドのコックピットの中《なか》で、必死《ひっし》でペダルを漕《こ》いでいたモモタローは、その反動《はんどう》でサドルから振《ふ》り落《お》とされそうになる。かろうじてハンドルにしがみつき落下《らっか》を逃《のが》れる。

気《き》がつけばコックピット内《ない》にまでコウモリが入《はい》り込《こ》んできていて、狂《くる》おしく飛《と》び交《か》っている。

モモタローの装着《そうちゃく》したAR《エーアール》デバイスの画面《がめん》には、今《いま》もまだパスワードの入力《にゅうりょく》を示唆《しさ》する表示《ひょうじ》が点滅《てんめつ》していた。

「やはり、魔法《まほう》で動《うご》かさないと、あれは倒《たお》せねえのか……」

モモタローはポケットをまさぐりスマホを探《さが》した。

「ココネ……魔法《まほう》の呪文《じゅもん》じゃっ！」

タブレットからパスワードを打《う》ち込《こ》めば、ダウンロードした魔法《まほう》を発動《はつどう》させられるはずだ。そのことを、ココネに知《し》らせようと、スマホを取《と》り出《だ》した瞬間《しゅんかん》、再《ふたた》びエンジンヘッドが大《おお》きくバランスを崩《くず》す。

「うわっ……！」

モモタローの手《て》からスマホが離《はな》れ、コックピットのはるか奈落《ならく》へと落下《らっか》していき見《み》えなくなった。

これでもう、ココネにパスワードを打《う》つよう伝《つた》えるすべはなくなってしまった。

モモタローはAR《エーアール》デバイスを外《はず》すと、歯《は》を食《く》いしばり、再《ふたた》びペダルを漕《こ》ぎ始《はじ》めた。だが、さすがにその体力《たいりょく》も尽《つ》きかけていた。

「おとうさ――ん！」

エンジンヘッドが間近《まぢか》に見《み》える高速道路《こうそくどうろ》までやってきたココネは、鬼《おに》の暴走《ぼうそう》で破壊《はかい》された道路《どうろ》の突端《とったん》に立《た》ち、モモタローに呼《よ》びかけた。だが、エンジンヘッドは動《うご》き出《だ》す様子《ようす》もなくマグマに絡《から》め取《と》られたまま燃《も》え続《つづ》けていた。

周《まわ》りの街《まち》はすっかり瓦礫《がれき》と化《か》し、あちこちから黒《くろ》い煙《けむり》を上《あ》げて炎上《えんじょう》を続《つづ》けている。それはあまりにも絶望的《ぜつぼうてき》な光景《こうけい》だった。

「……どうすりゃあええん……!?」

「ココネ！」

あまりの大惨事《だいさんじ》に、自《みずか》らがすべきことを見失《みうしな》いかけていたココネに、今《いま》まで黙《だま》っていたジョイが声《こえ》を上《あ》げた。

ジョイはココネの肩《かた》にしがみついたまま、ココネの手《て》の中《なか》にあるタブレットを指《ゆび》さした。

「ココネ、今度《こんど》こそ、魔法《まほう》でエンジンヘッドを動《うご》かすんだ！」

「そっか……！」

ココネはその言葉《ことば》に、物語《ものがたり》の続《つづ》きを自分《じぶん》が書《か》けばいいのだと気《き》がついた。

そしてタブレットを両手《りょうて》で高《たか》く掲《かか》げると、魔法《まほう》の呪文《じゅもん》をタブレットに打《う》ち込《こ》んだ。

「ココロネひとつで人《ひと》は空《そら》も飛《と》べるはず。エンジンヘッド、お父《とう》さんとお母《かあ》さんの思《おも》いを乗《の》せて、ハートランドを救《すく》え！」

ココネはそう叫《さけ》ぶと、まっすぐに画面《がめん》に向《む》けて人《ひと》さし指《ゆび》を伸《の》ばした。

「送信《そうしん》！」


エンジンヘッドのコックピット内《ない》で、力《ちから》なくペダルを漕《こ》ぎ続《つづ》けていたモモタローを、突如《とつじょ》淡《あわ》い光《ひかり》が包《つつ》み始《はじ》めた。それは魔法《まほう》によって放《はな》たれる光《ひかり》だと、モモタローも気《き》がついた。その光《ひかり》はやがてエンジンヘッドの体《からだ》すべてを包《つつ》み込《こ》んだ。

エンジンヘッドは見《み》る見《み》る力《ちから》を取《と》り戻《もど》し、まとわりつくマグマを両腕《りょううで》で引《ひ》きちぎると、その勢《いきお》いを借《か》りて全身《ぜんしん》から魔法《まほう》の光《ひかり》を放出《ほうしゅつ》した。

エンジンヘッドから放《はな》たれた閃光《せんこう》は、一気《いっき》にハートランド中《じゅう》を駆《か》け巡《めぐ》り、燃《も》え盛《さか》る炎《ほのお》も、舞《ま》い上《あ》がる黒煙《こくえん》も全《すべ》て一瞬《いっしゅん》で消《け》し飛《と》ばしてしまった。

上空《じょうくう》に垂《た》れ込《こ》めていた粉塵《ふんじん》もかき消《け》され、ハートランドは真《ま》っ青《さお》な空《そら》を取《と》り戻《もど》していた。

まばゆい光《ひかり》を浴《あ》びて、飛散《ひさん》していたコウモリたちが、一気《いっき》に集結《しゅうけつ》してくる。自分《じぶん》たちの力《ちから》を失《うしな》う前《まえ》に、もう一度《いちど》ハートランドを、そして魔法《まほう》の力《ちから》で動《うご》き出《だ》したエンジンヘッドを炎上《えんじょう》させるために。

モモタローは魔法《まほう》で動《うご》き始《はじ》めたエンジンヘッドに最後《さいご》の希望《きぼう》を託《たく》し、大声《おおごえ》で命《めい》じた。

「飛《と》べ、エンジンヘッド」

すると、エンジンヘッドの背中《せなか》に大《おお》きな翼《つばさ》が出現《しゅつげん》し、脚部《きゃくぶ》のブースターが点火《てんか》しジェットエンジンが噴射《ふんしゃ》を開始《かいし》する！

轟音《ごうおん》とともに爆煙《ばくえん》がハートランド城《じょう》を包《つつ》み込《こ》み、ゆっくりとエンジンヘッドが真《ま》っ青《さお》な空《そら》へと上昇《じょうしょう》を始《はじ》める。

その後《あと》を追《お》うように、コウモリの群《む》れも上昇《じょうしょう》を開始《かいし》する。

ロケットエンジンの噴射《ふんしゃ》による衝撃《しょうげき》を、ココネもモリオも、上体《じょうたい》をかがめて必死《ひっし》で堪《た》える。

街《まち》にわずかに燃《も》え残《のこ》っていた炎《ほのお》も、見《み》る間《ま》に吹《ふ》き飛《と》ばされていく。

「うわああっ」

徐々《じょじょ》に速度《そくど》を増《ま》しながら空《そら》へ昇《のぼ》っていくエンジンヘッド。それを黒《くろ》い霧《きり》となって追《お》いかけていくコウモリの群《む》れ。

ココネは粉塵《ふんじん》の舞《ま》う地上《ちじょう》から、父《ちち》と母《はは》の偉業《いぎょう》を見守《みまも》った。


「ぐっ……！」

操縦席内《そうじゅうせきない》でひとり、経験《けいけん》したことのないレベルのG《ジー》に耐《た》えるモモタロー。

まっすぐに上昇《じょうしょう》を続《つづ》けるエンジンヘッドは、雲《くも》を突《つ》き抜《ぬ》け、成層圏《せいそうけん》をも越《こ》えて、いよいよ衛星《えいせい》軌道《きどう》へ達《たっ》しようかというところで、追《お》いかけてくるコウモリの群《む》れに取《と》り囲《かこ》まれてしまう。だが、それはモモタローの狙《ねら》いだった。

「ハートランド王《おう》は、これでイクミの魔法《まほう》を、認《みと》めてくれるじゃろうか？」

無重力《むじゅうりょく》となったコックピットの中《なか》でモモタローは、イクミの偉業《いぎょう》がハートランドの炎上《えんじょう》をこれで終《お》わらせてくれることを祈《いの》った。

やがて青《あお》く輝《かがや》いていた翼《つばさ》が消滅《しょうめつ》し、エンジンヘッドは漆黒《しっこく》の玉《たま》となって衛星軌道上《えいせいきどうじょう》に静止《せいし》した。

桟橋《さんばし》まで駆《か》けてきたココネとモリオはエンジンヘッドが見《み》えなくなった真《ま》っ青《さお》な空《そら》に、小《ちい》さな黒《くろ》い塊《かたまり》が、シミのようにポツンと浮《う》かんでいるのを確認《かくにん》する。

「……ん？　なんか変《へん》だぞ」

そう口《くち》にしてから、モリオははっとして目《め》を見開《みひら》いた。

「もしかしてモモおじさん、自力《じりき》で戻《もど》ってこられないのかも！」

「ええ、どうしよう!?　お父《とう》さん助《たす》けなきゃ！」

「だがしかし……！」

手元《てもと》にあるのはもはやタブレットだけ。イクミの魔法《まほう》を使《つか》ったあとには、もう使《つか》えるものなど残《のこ》ってはいなかった。

二人《ふたり》の手《て》のひらにいやな汗《あせ》がにじみ始《はじ》めた時《とき》、背後《はいご》から聞《き》き覚《おぼ》えのあるエンジン音《おん》が近《ちか》づいてきた。

「ええっ！」

二人同時《ふたりどうじ》に振《ふ》り返《かえ》ると、土煙《つちけむり》を上《あ》げながらこちらに向《む》かって走《はし》ってくるサイドカーS《エス》‐19

3の姿《すがた》があった。二人《ふたり》の目前《もくぜん》でドリフトして急停止《きゅうていし》すると、「お待《ま》たせして申《もう》し訳《わけ》ありません」と挨拶《あいさつ》するようにそのままの勢《いきお》いで人間型《にんげんがた》のハーツへと変形《へんけい》した。

「ハーツ!? どうしてここに？」

驚《おどろ》きの声《こえ》を上《あ》げたココネ以上《いじょう》に、モリオは納得《なっとく》できないという顔《かお》で首《くび》をひねった。

「なんでだ、確《たし》か家《いえ》に戻《もど》るように設定《せってい》したはずなんじゃが……」

大阪《おおさか》のガソリンスタンドで無人《むじん》で発進《はっしん》させた時《とき》には、下津井《しもつい》へ帰《かえ》る指示《しじ》を出《だ》したつもりだったのだが。

「モリオ、ありがとう！」

ココネはてっきりモリオがここに来《く》るようにハーツを設定《せってい》してくれていたのだと思《おも》い、礼《れい》を言《い》うとすぐさまハーツの背中《せなか》に飛《と》び乗《の》った。

ハーツはココネが背《せ》に乗《の》ったことを確認《かくにん》すると、空《そら》を飛《と》ぶためにどたどたと駆《か》け出《だ》した。だが、加速《かそく》が足《た》りない。

「きゃあぁぁ！」

一瞬海《いっしゅんうみ》に落《お》ちそうになるが、そこで一気《いっき》にエンジンを吹《ふ》かせると、エンジンヘッドと同《おな》じように、背中《せなか》に魔法《まほう》の翼《つばさ》が生《は》える。ばさりと翼《つばさ》を羽《は》ばたかせ、ハーツは大空高《おおぞらたか》く舞《ま》い上《あ》がった。

一直線《いっちょくせん》にエンジンヘッドへと上昇《じょうしょう》していくハーツ。その背《せ》につかまるココネは、ものすごい風《ふう》圧《あつ》に、目《め》もろくに開《あ》けられないままにしがみついていた。

やがて気圧《きあつ》も下《さ》がってきて、空気《くうき》も薄《うす》くなってくる。

「もう、やばいかも……」

その時《とき》、黒《くろ》い塊《かたまり》となって漂《ただよ》っているエンジンヘッドが見《み》えてきた。コウモリの壁《かべ》を突《つ》き抜《ぬ》けるとハーツはエンジンヘッドの周《まわ》りを半周《はんしゅう》し、ココネを無重力状態《むじゅうりょくじょうたい》の空間《くうかん》に放出《ほうしゅつ》する。そのままの勢《いきお》いで、エンジンヘッドのメインハッチに向《む》かって浮遊《ふゆう》するココネ。とっさにハッチのノブを掴《つか》むと、力任《ちからまか》せに引《ひ》っ張《ぱ》った。

「お父《とう》さん、助《たす》けにきたよ……」

だが、ハッチは開《ひら》く気配《けはい》はなく、ココネは徐々《じょじょ》に酸欠状態《さんけつじょうたい》に陥《おちい》ってゆく……。

ふっと、体《からだ》が浮遊《ふゆう》する感覚《かんかく》にココネは意識《いしき》を取《と》り戻《もど》す。掴《つか》んでいたハッチのノブを離《はな》してしま

ったのかと思《おも》い、ココネはおそるおそる目《め》を開《あ》けた。

「……あれ？」

浮遊《ふゆう》ではなく、自分《じぶん》は落下《らっか》しているのか？

さっきまで宇宙《うちゅう》にいると思《おも》っていたのに、気《き》がつけばココネは志島本社《しじまほんしゃ》ビルのエントランスの高《たか》い吹《ふ》き抜《ぬ》けをスローモーションで落下《らっか》している途中《とちゅう》だった。

おそるおそる下《した》を覗《のぞ》くと、はるか下方《かほう》、垂《た》れ幕《まく》やバルーンの間《あいだ》から、豆粒《まめつぶ》のような人《ひと》が歩《ある》き回《まわ》っているのが見《み》える。

「⁉」

ココネの意識《いしき》がはっきりしていくとともに、スローモーションだった世界《せかい》が終《お》わりを告《つ》げ、一気《いっき》にリアルスピードに戻《もど》る。

「えっ、えっ？　ええええええ」

だが、落下《らっか》するココネの手《て》を誰《だれ》かが掴《つか》んだ。

「ぐっ！」

腕《うで》を掴《つか》まれ、落下《らっか》を免《まぬか》れたココネは、自分《じぶん》の腕《うで》を掴《つか》んでくれた者《もの》が誰《だれ》なのかと仰《あお》ぎ見《み》る。

それは、ココネがあまり見《み》たことのない、ワイシャツ姿《すがた》のモモタローだった。

「？……あれ、私《わたし》がお父《とう》さんを助《たす》けに行《い》きょうたはずなのに、なんで私《わたし》が助《たす》けられよるん？」

ココネはまだ夢《ゆめ》の余韻《よいん》の中《なか》にいるが、モモタローは額《ひたい》に汗《あせ》を浮《う》かべてぎりぎりと歯《は》を食《く》いしばっている。

どうやら自分《じぶん》とモモタローは吹《ふ》き抜《ぬ》けのガラスの天井付近《てんじょうふきん》に組《く》まれているトラス構造《こうぞう》の鉄骨部分《てっこつぶぶん》にぶら下《さ》がっているらしかった。

ココネの腕《うで》を掴《つか》んで鉄骨《てっこつ》にぶら下《さ》がるモモタローの姿《すがた》を、三〇階《かい》のフロアにいた志島会長《しじまかいちょう》や、エントランスに押《お》しかけていたマスコミ、各《かく》フロアの通路《つうろ》に並《なら》ぶ志島社員《しじましゃいん》、そして吹《ふ》き抜《ぬ》けの真《ま》下《した》にいるモリオとレジスタンスの面々《めんめん》が固唾《かたず》を呑《の》んで見守《みまも》っている。

「お父《とう》さん、私《わたし》、大事《だいじ》な時《とき》に昼寝《ひるね》してしもうたみてえなんじゃけど、その間《あいだ》に何《なに》か、いけんことやらかしょーた？」

ココネは、自分《じぶん》が夢《ゆめ》で引《ひ》き起《お》こした大騒動《おおそうどう》が、現実《げんじつ》ではどんな事態《じたい》になっていたのかを想像《そうぞう》して、恐《おそ》ろしくなった。

「お父《とう》さんに、迷惑《めいわく》かきょうた？」

「さあな。俺《おれ》も気《き》がついたら、こうなっとった」

ココネは、モモタローが自分《じぶん》を安心《あんしん》させるためにそう言《い》ったのかと思《おも》ったが、実際《じっさい》にモモタローにも現実《げんじつ》での記憶《きおく》はなかった。モモタローもさっきまでピーチとなって、ココネとハートランドの危機《きき》を救《すく》おうと奔走《ほんそう》していたのだ。

ココネを安心《あんしん》させようと、無理《むり》に笑顔《えがお》を取《と》り繕《つくろ》うモモタロー。

だがココネは不安《ふあん》そうに、モモタローを見返《みかえ》す。モモタローが作《つく》り笑顔《えがお》をするのは、本当《ほんとう》に余《よ》裕《ゆう》がない時《とき》なのだ。

ココネのその表情《ひょうじょう》を見《み》て、モモタローの脳裏《のうり》に、エンジンヘッドの甲板《かんぱん》からぶら下《さ》がった時《とき》のイクミの顔《かお》が浮《う》かぶ。

何《なん》としても、あの時《とき》の二《に》の舞《まい》になってはならない。右手《みぎて》に力《ちから》を込《こ》めるが、手《て》のひらの汗《あせ》で滑《すべ》って、ココネが手首《てくび》までがくんと下《さ》がる。

思《おも》わず目《め》を瞑《つぶ》るココネとモモタロー。

「あなたが困《こま》った時《とき》、私《わたし》は必《かなら》ず戻《もど》ってくる。だから、それまでココネをお願《ねが》いね」

イクミの声《こえ》が、聞《き》こえた気《き》がした。

がしゃあああん！

その時《とき》、一階《いっかい》の大《おお》きなガラス窓《まど》を粉々《こなごな》に砕《くだ》いて、S《エス》-193《イクミ》ハーツがエントランス内《ない》に飛《と》び込《こ》んできた。

「なんでハーツがここに⁉」

驚《おどろ》きを隠《かく》せないモリオをよそに、巨大《きょだい》なバルーンを繋《つな》ぐワイヤーを自《みずか》らのボディーに巻《ま》き込《こ》み、それを引《ひ》っ張《ぱ》りながら野次馬《やじうま》の間《あいだ》を走《はし》り抜《ぬ》けていくハーツ。

やがて、それを目《め》で追《お》っていたモリオの頭上《ずじょう》に、志島《しじま》のマスコットキャラクターを模《も》した巨大《きょだい》なバルーンが移動《いどう》してくる。

「これを使《つか》って」と言《い》いたげなハーツは、後輪《こうりん》を空転《くうてん》させてモリオの前《まえ》で前進《ぜんしん》をやめた。

「そうか！」

目《め》を見開《みひら》くモリオ。もう一度上《いちどうえ》を見《み》て、ココネの位置《いち》を確《たし》かめると、モリオは急《いそ》いでハーツに絡《から》まったワイヤーの一端《いったん》を手繰《たぐ》り寄《よ》せた。


イクミの声《こえ》に顔《かお》を上《あ》げたモモタローの目《め》に、ハーツの姿《すがた》が飛《と》び込《こ》んできた。ハーツは身《み》を挺《てい》してバルーンを引《ひ》いて、自分《じぶん》たちを助《たす》けようとしてくれている。巨大《きょだい》バルーンが、徐々《じょじょ》にココネの下《した》に移動《いどう》してくる。あと少《すこ》し、もう少《すこ》しで真下《ました》にバルーンがくる。


しかし、もう腕《うで》が、ほどける。

「ココネっ、飛《と》べぇ！」

モモタローはそう叫《さけ》ぶと、ココネとともにバルーン目《め》がけて落下《らっか》した。そして空中《くうちゅう》でココネの体《からだ》を抱《だ》きしめると、落下速度《らっかそくど》を少《すこ》しでも抑《おさ》えようと、張《は》り巡《めぐ》らされた垂《た》れ幕《まく》に体《からだ》を何度《なんど》も預《あず》ける。それでもまだ無事《ぶじ》では済《す》まない速度《そくど》で二人《ふたり》は落《お》ちていく。

その時《とき》、ワイヤーを振《ふ》りほどいたハーツが再《ふたた》び急発進《きゅうはっしん》したかと思《おも》うと、ちぎれて落《お》ちてきた垂《た》れ幕《まく》をジャンプ台《だい》にして上空《じょうくう》へと駆《か》け上《あ》がっていった。

「ハーツ！」

その時《とき》モリオは、あともう少《すこ》し、落下地点《らっかちてん》に届《とど》かないでいるバルーンに、人型《ひとがた》に姿《すがた》を変《か》えたハーツが最後《さいご》の一押《ひとお》しをするのを目撃《もくげき》した気《き》がした。

危機一髪《ききいっぱつ》、ココネとモモタローの真下《ました》にバルーンが移動《いどう》し、二人《ふたり》はバルーンの背中《せなか》に落下《らっか》した。二人《ふたり》を受《う》け止《と》めたバルーンは、衝撃《しょうげき》で穴《あな》が開《ひら》き、大《おお》きな音《おと》を上《あ》げ、変形《へんけい》しながらゆっくりと高度《こう ど》を下《さ》げ始《はじ》める。マスコミや野次馬《やじうま》たちに覆《おお》いかぶさってくるバルーン。逃《に》げ惑《まど》う一般客《いっぱんきゃく》。

モリオとレジスタンスたちは、バルーンに呑《の》み込《こ》まれた二人《ふたり》を助《たす》けようと、落下地点《らっかちてん》へと駆《か》け寄《よ》っていく。フロアに着地《ちゃくち》したバルーンは徐々《じょじょ》に空気《くうき》を吐《は》き出《だ》して、やがてゆっくりと平《たい》らにつぶれていく。

多《おお》くの傍観者《ぼうかんしゃ》たちが固唾《かたず》を飲《の》んで見守《みまも》る中《なか》、萎《しぼ》みきったバルーンの中《なか》から姿《すがた》を現《あらわ》したのは、衝撃《しょうげき》でフレームの曲《ま》がってしまったサイドカーと、そのサイドカーから、にょっきりと足《あし》を突《つ》き出《だ》して倒《たお》れているココネだった。

「ココネ!?」

モリオが心配《しんぱい》そうに声《こえ》をかけると、頭《あたま》をさすりながらサイドカーの中《なか》からココネが顔《かお》を出《だ》した。

「……うおぉぉ！」

モリオの雄叫《おたけ》びを皮切《かわき》りに、エントランス中《じゅう》に歓声《かんせい》が溢《あふ》れる。ココネの元《もと》に駆《か》け寄《よ》ろうとしたモリオは、我先《われさき》にココネへと突進《とっしん》していくマスコミたちに撥《は》ね飛《と》ばされ、あっという間《ま》に人波《ひとなみ》に呑《の》み込《こ》まれてしまう。

「今《いま》、何《なに》が起《お》きたんでしょうか⁉」

「おいっカメラカメラ！」

「どうしてあんな高《たか》いところにいたの？」

「この怪《かい》メールのこと、何《なに》か知《し》ってる？」

カメラのフラッシュがあちこちでばちばちと焚《た》かれ、サイドカーの中《なか》のココネに次々《つぎつぎ》とマイクやカメラが突《つ》きつけられる。

まだ事態《じたい》が呑《の》み込《こ》めていないココネは、首《くび》を傾《かし》げつつ見知《みし》った顔《かお》を探《さが》す。それには全《まった》くおかまいなしで、レポーターたちは矢継《やつ》ぎ早《ばや》にココネに質問《しつもん》を投《な》げかけ続《つづ》けた。

「いま、志島自動車《しじまじどうしゃ》で起《お》きていることと何《なに》か関係《かんけい》があるんですか？」

「ココネー！」

質問《しつもん》を続《つづ》けるレポーターたちのざわめきの中《なか》からようやく聞《き》こえた、覚《おぼ》えのある声《こえ》。マスコミをかき分《わ》けて、モリオが姿《すがた》を現《あらわ》す。その途端《とたん》に、ココネの表情《ひょうじょう》が輝《かがや》き始《はじ》める。

「モリオ！」

モリオが手《て》を貸《か》し、ココネはサイドカーから立《た》ち上《あ》がった。その二人《ふたり》の周《まわ》りをマスコミがさらに何重《なんじゅう》にも囲《かこ》み、バシャバシャとフラッシュが焚《た》かれる。その周《まわ》りにはスマホ片手《かたて》の野次馬《やじうま》たちの姿《すがた》も。

ココネは思《おも》わずモリオに飛《と》びついた。

「どうなっとるん、これ!?」

「それはこっちのセリフだ！」

見《み》つめ合《あ》う二人《ふたり》を取《と》り巻《ま》いていた記者《きしゃ》たちが突然《とつぜん》どよめき、さっと一筋《ひとすじ》の道《みち》をあけた。

そこに現《あらわ》れたのは、険《けわ》しい表情《ひょうじょう》を浮《う》かべ、威厳《いげん》をまとった志島自動車会長《しじまじどうしゃかいちょう》、志島一心《しじまいっしん》だった。

ゆっくりと二人《ふたり》の元《もと》へと足《あし》を進《すす》める一心《いっしん》。

その重々《おもおも》しい雰囲気《ふんいき》に、その場《ば》にいるマスコミも、志島《しじま》の関係者《かんけいしゃ》たちも、ただ姿勢《しせい》を正《ただ》して見守《みまも》るしかなかった。

「志島自動車《しじまじどうしゃ》がオリンピックの開会式《かいかいしき》でお披露目《ひろめ》する予定《よてい》だった完全自動運転車《かんぜんじどううんてんしゃ》は、実《じつ》はまだ完《かん》成《せい》していない」という趣旨《しゅし》の怪文書《かいぶんしょ》が、志島《しじま》の役員《やくいん》によってSNS《エスエヌエス》上《じょう》に流《なが》されたという情報《じょうほう》を聞《き》きつけてやってきていた下世話《げせわ》なメディアの面々《めんめん》も、目《め》の前《まえ》の会長《かいちょう》にマイクを突《つ》きつけ質問《しつもん》をできるような雰囲気《ふんいき》ではなかった。

一心《いっしん》はココネが乗《の》っていたサイドカーに目《め》をやった。それは、志島自動車《しじまじどうしゃ》が初《はじ》めて開発《かいはつ》した、記念《きねん》すべき第一号車《だいいちごうしゃ》だった。そんな旧車《きゅうしゃ》であるハーツが、まるで魔法《まほう》で動《うご》いているかのように走《はし》り回《まわ》り、ココネの窮地《きゅうち》を救《すく》う一部始終《いちぶしじゅう》を目《ま》の当《あ》たりにした一心《いっしん》は、戸惑《とまど》いながら、独《ひと》り言《ごと》のようにココネにたずねた。

「……自動運転車《じどううんてんしゃ》を、完成《かんせい》させていたのか」

そうつぶやいて、あらためて一心《いっしん》は、ハーツから降《お》り立《た》ったココネを見《み》た。一心《いっしん》がイクミに贈《おく》ったぬいぐるみを、大事《だいじ》に抱《かか》えていたその少女《しょうじょ》には、どこかイクミの面影《おもかげ》が感《かん》じられた。

「君《きみ》は……」

言葉《ことば》の続《つづ》かない一心《いっしん》に、ココネは笑顔《えがお》で挨拶《あいさつ》を返《かえ》した。

「はい、私《わたし》、森川《もりかわ》ココネと言《い》います。心《こころ》に羽《はね》と書《か》いて、ココネと読《よ》むの！」

「……！」

志島《しじま》の創立《そうりつ》以来《いらい》の社訓《しゃくん》を、自分《じぶん》なら一文字《もじ》だけ変《か》えると言《い》い残《のこ》したまま逝《い》ったイクミが変《か》えたかったのは、そういうことだったのか、と一心《いっしん》はその時初《ときはじ》めて理解《りかい》した気《き》がした。

「ココロにハネがあれば、人《ひと》はもっと自由《じゆう》に空《そら》を飛《と》べるはず」

イクミが本当《ほんとう》に変《か》えたかったのは、志島《しじま》のスピリットだったのだ。

――イクミはそれを、この娘《むすめ》に託《たく》した。

一心《いっしん》はゆっくり目《め》を閉《と》じると、イクミの思《おも》いを噛《か》みしめるように微笑《ほほえ》んだ。

ココネは、一心《いっしん》が自分《じぶん》をイクミとモモタローの娘《むすめ》だと気《き》づいてくれたと確信《かくしん》した。そして「今《いま》こそ、お父《とう》さんの誤解《ごかい》を解《と》くチャンス！」と。

志島会長《しじまかいちょう》と天井《てんじょう》から落《お》ちてきた少女《しょうじょ》の関係《かんけい》を知《し》ろうと、レポーターたちがあらためて動《うご》き出《だ》す。その人垣《ひとがき》を縫《ぬ》うように、ココネは父《ちち》の姿《すがた》を探《さが》した。

事《こと》の真相《しんそう》を知《し》ろうとざわつく野次馬《やじうま》の足下《あしもと》で、もぞもぞとバルーンの残骸《ざんがい》から這《は》い出《で》てきたモモタローは、マスコミに見《み》つからないよう、こっそりその場《ば》から退散《たいさん》しようと考《かんが》えていた。しかし、ココネの様子《ようす》が気《き》になって、人垣《ひとがき》の間《あいだ》からココネの様子《ようす》をうかがう。そこには、いつか直接《ちょくせつ》会《あ》って話《はなし》をしなければと思《おも》ったまま、十八年間《ねんかん》も顔《かお》を合《あ》わすことのなかった志島一心《しじまいっしん》の姿《すがた》があった。

「自動運転技術《じどううんてんぎじゅつ》を完成《かんせい》させたというのはどういうことですか？」

ココネと一心《いっしん》への遠慮《えんりょ》のない質問《しつもん》が飛《と》び交《か》う中《なか》、ココネは人垣《ひとがき》の間《あいだ》から自分《じぶん》を見《み》ているモモタローの姿《すがた》をようやく見《み》つけた。

その視線《しせん》に気《き》づき、一心《いっしん》もモモタローのほうを振《ふ》り返《かえ》る。

ココネはタブレットをモリオに預《あず》けると、父《ちち》の元《もと》へと駆《か》けて行《い》き、その手《て》を取《と》ると一心《いっしん》のほうへと引《ひ》っ張《ぱ》っていった。そしてもう一方《いっぽう》の手《て》で一心《いっしん》の手《て》を握《にぎ》った。

マスコミや野次馬《やじうま》たちは、わけがわからないままその〝歴史的《れきしてき》な握手《あくしゅ》〟をカメラに収《おさ》め続《つづ》け、志島《しじま》の自動運転車《じどううんてんしゃ》は、予想《よそう》をはるかに上回《うわまわ》る形《かたち》で完成《かんせい》しているようだと、世界中《せかいじゅう》に発信《はっしん》した。

「――毎回《まいかい》、様々《さまざま》な名《めい》ドラマを生《う》むオリンピック。十七日間《にちかん》の大会《たいかい》を締《し》めくくる感動《かんどう》のフィナーレとなった閉会式《へいかいしき》においても、各国《かっこく》の選手団《せんしゅだん》は志島自動車《しじまじどうしゃ》を筆頭《ひっとう》とする、複数《ふくすう》の自動車《じどうしゃ》メーカーの技術供与《ぎじゅつきょうよ》による、完全自動運転車《かんぜんじどううんてんしゃ》で会場入《かいじょうい》りを果《は》たしました」

テレビのニュースは、無事閉会式《ぶじへいかいしき》を終《お》えて間《ま》もない東京《とうきょう》オリンピック関連《かんれん》のニュースを流《なが》し続《つづ》けていた。

「開会式直前《かいかいしきちょくぜん》まで調整《ちょうせい》が続《つづ》けられ、正常《せいじょう》な運行《うんこう》が危《あや》ぶまれていた完全自動運転技術《かんぜんじどううんてんぎじゅつ》でしたが、大《おお》きな事故《じこ》もなく、各国選手団《かっこくせんしゅだん》およびメディアにも、大《おお》いに好評《こうひょう》を博《はく》した模様《もよう》です——」

イクミの仏壇《ぶつだん》の前《まえ》には、まだつけられたばかりの線香《せんこう》が白《しろ》く細《ほそ》い煙《けむり》をなびかせ、お盆《ぼん》の香《かお》りを運《はこ》んでくる。昨日《きのう》まではキュウリだった精霊馬《しょうりょううま》が、今日《きょう》からナスに替《か》わっている。

ココネは、裏庭《うらにわ》で、ひとり迎《むか》え火《び》を焚《た》いているモモタローに声《こえ》をかける。

「なーあー。なんで仏壇《ぶつだん》のキュウリ、ナスビに替《か》えたん?」

ん、と顔《かお》を上《あ》げ、モモタローはスイカを運《はこ》んできたココネのほうを見《み》る。

ココネが自分《じぶん》で初《はじ》めて着付《きつ》けた浴衣《ゆかた》が、なかなか様《さま》になっていた。

「キュウリは馬《うま》で、ナスビは牛《うし》みてえじゃろ。牛《うし》は足《あし》が遅《おせ》ぇから、お母《かあ》さんが来《き》たら早《はよ》ぅ帰《かえ》ってしまわんよう思《おも》うてなぁ」

よいしょと立《た》ち上《あ》がり、背筋《せすじ》を伸《の》ばした。

「あれって、そうゆう意味《いみ》があるんなぁ」

「ようは知《し》らんけんどなぁ、俺《おれ》も」

照《て》れ隠《かく》しに笑《わら》って見《み》せて、モモタローは空《そら》を見《み》た。

入道雲《にゅうどうぐも》が真《ま》っ青《さお》な空《そら》に白《しろ》く輝《かがや》いていた。

「モリオの奴《やつ》、どうした？」

「大学《だいがく》のゼミがあるからゆうて、昨日《きのう》から東京《とうきょう》に戻《もど》ったみたい」

「ふーん、そうか」

仏間《ぶつま》に通《つう》じるふすまがガラリと開《ひら》き、浴衣姿《ゆかたすがた》の一心《いっしん》が姿《すがた》を現《あらわ》す。

オリンピックという大仕事《おおしごと》を終《お》え、昨日《きのう》の晩《ばん》から、岡山《おかやま》の家《いえ》に泊《と》まりに来《き》ていたのだ。

「浴衣《ゆかた》、似《に》おうとるね」

「おお、そうか」

孫《まご》からの褒《ほ》め言葉《ことば》に、嬉《うれ》しそうに頬《ほお》を緩《ゆる》める。

三人《にん》は、ココネを中心《ちゅうしん》にして縁側《えんがわ》に並《なら》んで座《すわ》ったが、まだ、どこかぎこちなさは残《のこ》っている。

一心《いっしん》は、ゆっくりとモモタローに切《き》り出《だ》す。

「……ところで、例《れい》の話《はなし》。どうする？」

あの日《ひ》、ぎりぎりに迫《せま》った開会式《かいかいしき》に完璧《かんぺき》な自動運転技術車《じどううんてんぎじゅつしゃ》を間《ま》に合《あ》わせるため、モモタローはイクミの遺《のこ》したプログラムを志島《しじま》に渡《わた》し、岡山《おかやま》で実装《じっそう》していた自動運転技術《じどううんてんぎじゅつ》のデータも提供《ていきょう》した。レジスタンスも総動員《そうどういん》した必死《ひっし》の作業《さぎょう》ののちに、あの完璧《かんぺき》な開会式《かいかいしき》が開催《かいさい》されたのだ。

イクミの夢《ゆめ》が花開《はなひら》く瞬間《しゅんかん》を共有《きょうゆう》し、一心《いっしん》とモモタローのわだかまりはすっかりなくなっていた。

あらためて会長《かいちょう》はモモタローに、志島自動車《しじまじどうしゃ》に技術者《ぎじゅつしゃ》として来《き》てほしいと持《も》ちかけたのだった。

いつものように頭《あたま》に巻《ま》いていたタオルを外《はず》し、ぐしゃりと一度《いちど》髪《かみ》の毛《け》をかき混《ま》ぜてから、モモタローは答《こた》える。

「人《ひと》には、分相応《ぶんそうおう》ってのがありますけぇ。こっちでコツコツ、仕事《しごと》を続《つづ》けようと思《おも》います」

「そうか……」

残念《ざんねん》だが、一心《いっしん》はその答《こた》えを予想《よそう》していた気《き》もした。

「お盆《ぼん》を過《す》ぎると夏休《なつやす》みももう終《お》わりだ。ココネはどうする？　東京《とうきょう》で受験《じゅけん》の準備《じゅんび》をするか？」

ココネがそう望《のぞ》むのであれば、ぜひこちらを頼《たよ》ってほしいと、一心《いっしん》から申《もう》し出《で》ていた。

「うーん……ちょっと行《い》ってみたい気《き》もするんじゃけど」

ココネはそう言《い》うと、モモタローのほうをちらりと見《み》る。その視線《しせん》に気《き》づいたモモタローは、あくまで前《まえ》を向《む》いたまま、わずかに微笑《ほほえ》んだ。

「別《べつ》に俺《おれ》は構《かま》わんでぇ」

ココネも微笑《ほほえ》んで言葉《ことば》を継《つ》ぐ。

「……ほんなら、お母《かあ》さんのこともっと知《し》りたいし、大学《だいがく》どこにするか目標《もくひょう》できたから……これからちょくちょく東京《とうきょう》行《い》くね」

祖父《そふ》と父親《ちちおや》の顔《かお》を順繰《じゅんぐ》りに見《み》つめて、またニッコリと笑《わら》う。

「その時《とき》はよろしく、お祖父《じい》ちゃん‼　お父《とう》さん！」

ココネはあの、たった二日間《ふつかかん》の大冒険《だいぼうけん》を思《おも》った。今《いま》まで知《し》らなかった土地《とち》を訪《おとず》れ、今《いま》まで知《し》らなかった父親《ちちおや》と母親《ははおや》と祖父《そふ》の思《おも》いに触《ふ》れ、自分《じぶん》が生《う》まれて、ここで暮《く》らすまでに、たくさんの人《ひと》の願《ねが》いがあったことを知《し》った。

この夏休《なつやす》みを経《へ》て、新《あたら》しい人生《じんせい》が始《はじ》まる。そんな清々《すがすが》しい気分《きぶん》だった。

本書《ほんしょ》は『小説《しょうせつ》 ひるね姫《ひめ》 ～知《し》らないワタシの物語《ものがたり》～』（角川文庫《かどかわぶんこ》 二〇一七年《ねん》二月刊《がっかん》）をもとに、漢字《かんじ》にふりがなをふり、読《よ》みやすくしたものです。

神山健治／作
1966年埼玉県生まれ。アニメーション監督、脚本家、株式会社クラフター代表取締役共同CEO。『攻殻機動隊S.A.C.』シリーズ、『精霊の守り人』、『東のエデン』などの作品を手がける。他の小説作品に『小説 東のエデン』、『小説 東のエデン 劇場版』など。

ひるね姫製作委員会／カバー絵

よん／挿絵
新潟県生まれのイラストレーター。イラストを手がけた主な作品に『ナゾカケ』『伝説の魔女』（ポプラポケット文庫）、「恐怖コレクター」シリーズ（角川つばさ文庫）などがある。

角川《かどかわ》つばさ文庫《ぶんこ》

ひるね姫《ひめ》

～知《し》らないワタシの物語《ものがたり》～

作《さく》　神山《かみやま》健治《けんじ》

カバー絵《え》　ひるね姫《ひめ》製作《せいさく》委《い》員会《いんかい》

挿絵《さしえ》　よん

2017年３月10日　初版発行
2025年５月25日　６版発行

発行者　山下直久
発　行　株式会社KADOKAWA
〒102-8177　東京都千代田区富士見 2-13-3
電話　0570-002-301（ナビダイヤル）
印　刷　株式会社KADOKAWA
製　本　株式会社KADOKAWA
装　丁　ムシカゴグラフィクス

ISBN978-4-04-631693-6　C8293　N.D.C.913　255p　18cm

●お問い合わせ
https://www.kadokawa.co.jp/（「お問い合わせ」へお進みください）
※内容によっては、お答えできない場合があります。
※サポートは日本国内のみとさせていただきます。
※Japanese text only

読者のみなさまからのお便りをお待ちしています。下のあて先まで送ってね。
いただいたお便りは、編集部から著者へおわたしいたします。

〒102-8177　東京都千代田区富士見 2-13-3　角川つばさ文庫編集部